Mord i Mørket

Mord-serien:

1. Mord i Mørket (1981)
2. Mord i Rodby (1981)
   (også udgivet som Mord i Paradis)
3. Mord på Malta (1982)
4. Mord ved Runddelen (1983)
5. Mord i Marts (1984)
6. Mord i September (1984)
7. Mord i Myldretiden (1985)
8. Mord på Møntvaskeriet (1986)
9. Mord i Rendestenen (1987)
10. Mord på Medierne (1988)
11. Mord på Markedet (1989)
12. Mord i San Francisco (1990)

Dan Turèll

MORD I MØRKET

Kriminalroman

BORGEN

Mord i Mørket

Cover art: Peder Bundgaard
Producer: Jens Christiansen
Published by Borgens Forlag,
Valbygaardsvej 33,
DK-2500 Copenhagen Valby
Trykt hos Narayana Press, Gylling
ISBN 87-21-01407-8

6. udgave, 5. oplag 2004

www.borgen.dk

NOTE:
Forfatteren understreger, at dette ikke *er en nøgleroman om Vesterbro. Gader, stræder, steder og scener er brugt med fri hånd (Saxogade og Absalonsgade støder ikke til hverdag, som i denne historie, op mod hinanden), og på samme måde er ingen af personerne bevidst tegnet af fra virkeligheden. Denne bog kan altså ikke bruges som turist-brochure og har heller ikke dén intention.*

FØRSTE DEL

1

Det begyndte med at jeg vågnede fordi telefonen ringede.

Men det føltes ikke på den måde.

Jeg var på vild panisk flugt. Jeg havde myrdet nogen. Hvem vidste jeg ikke, men jeg var klar over det var sket, *det var sket*, der var ikke mere tilbage for mig, ikke flere fredelige aftener med vennerne, ikke flere afslappede pokerspil hos Nick, ikke mere noget med at sidde i min grimme slidte gamle stol og høre country & western ud på aftenen mens larmen over gaderne tonede op og ned i rytmiske bølgeslag.

Det var sket, jeg havde krydset grænsen, jeg var for evigt på den gale side.

Jeg flygtede, forfulgt af politiet, ned igennem skarpe smalle skiftevis stigende og faldende små klippegyder – som en medina i en arabisk by. De var efter mig, de var lige i hælene. Jeg mistede kontrollen over bilen i et skarpt sving, og jeg kunne stadig høre lyden af sirener svæve over alt, over bilen der skred ud og stanken af brændende gummi som jeg så mine blodplettede fingre på rattet som det sidste filmbillede.

Så rakte min højre arm ud efter røret ved siden af madrassen. Min arm er en klog arm. Dén havde for længst opdaget, at sirenen var en god gammeldags telefon.

– Hallo? sagde jeg.

Ikke særlig genialt, heller ikke specielt opfindsomt, men kl. 3:30 er ikke et tidspunkt for åndrigheder, og for resten er »Hallo« ikke noget ringe ord. Det siges at være selveste Edison der har opfundet det, så jeg gik i hvert fald i de bedste fodspor.

– Hallo? gentog jeg lokkende.

Så skete der noget.

Lyden i den anden ende af røret var svær at definere, ikke kun på grund af mit afbrudte mareridt og søvn-tungheden. Den rallede, ikke bare som en fuld mand, men som en aldeles usandsynlig stenet og fuld mand på sjette døgns druktur, sådan én der pludselig sér hele sit liv og alverdens liv for dén sags skyld i en forbiflydende rendesten og som så vil have alle til at sé den og slæber undrende folk hen til den for at de skal erkende Alt Køds visse skæbne. En fuld mand på kanten til det absolutte sammenbrud, sådan lød det.

– Kom ... sagde stemmen grødet. Kom ... Det er *dig*, ikke? ... Kom *nu* ...

Jeg var nu blevet lidt mere mig selv. Jeg spurgte hvem jeg talte med og hvad det drejede sig om.

– Det er mig, gamle ven ... Du kender da stemmen? Kom straks over i Saxogade ... Nummer 28B, gamle dreng ... Anden baggård ... 28B, anden baggård ... Forstår du –

Pludselig gled stemmen over i en kvækkende knækkende læspen og forsvandt.

Jeg trykkede på gaflen og skreg »Hallo ... Hallo ... Hallo«.

Edison ville have været stolt af mig.

Men der kom intet svar. Kun en infam dytten, en infam intetsigende dytten.

Jeg vidste ikke hvad jeg skulle gøre. Sund fornuft – en herlig facilitet – tilskyndede mig at opfatte det som pjat eller hallucinatorisk vanvid, fjas eller delirium. En mand med en omgangskreds som min vænner sig til lidt af hvert af telefonsamtaler.

Og ikke *bare* af telefonsamtaler.

Jeg var for træt til at opsøge Saxogade 28B, anden baggård. Det lød ikke overvældende attraktivt. Jeg havde allerede haft et par lange dage eller tre. Jeg faldt tilbage på min seng – i mørket var den smukkere end den nogen sinde ville være i dagslys – og glemte telefonen, sank ind i min drøm og lod modstandsløst strisserne fortsætte forfølgelsen, vel vidende det ville ende galt.

Det gjorde det. De fik mig.

Jeg syntes selv det var fuldt ud retfærdigt.

2

Da jeg for alvor vågnede tiltog trafiklarmen uden for vinduet med formiddagens fremmarch, og da mine øjne slog sig op og jeg begyndte de sædvanlige overvejelser om hvem jeg var, hvad jeg hed og hvor jeg boede, forenklede jeg det hele ved at tage posten op fra entrégulvet og sé om ikke ét eller andet skulle minde mig om noget.

Metoden virkede. Det første brev jeg tog op var fra Skattevæsenet, Københavns Kommune, og mindede mig om både mit navn og mit CPR-nummer samt om at jeg boede præcis dèr, hvor et blik ud ad vinduet fortalte mig jeg var – på Vesterbro.

Således opmuntret i min identitet begav jeg mig i bad. Da badet var overstået stak jeg i underbukser, skjorte, sokker, benklæder, jakke og hat – i den angivne naturlige rækkefølge. Jeg stak posten og aviserne i jakkelommen og gik ud for at drikke morgenkaffe. Jeg foretrækker at drikke morgenkaffe uden for mit hjem. I det hele taget foretrækker jeg, medmindre jeg har nået en overvældende grad af beruselse, at opholde mig uden for mit hjem.

Jeg gik ned til Café Freden, tre hjørner rundt til Gasværksvej, ned til den sædvanlige heldags-radiolarm. Ronnie, værten og personalet, hostede energisk med sin evindelige filtercigaret mellem læberne. Jeg har aldrig sét ham uden dén – de hører sammen, Ronnie og hans Tampax, som nazister og gas. Han trækker vejret igennem dén med samme selvfølgelighed som de gamle bluessangere fra Sydstaterne trækker vejret igennem en mundharpe: Der er aldrig en afgørende bevægelse eller en decideret inhalering. Den sidder der bare, cigaretten.

Ud over Ronnie, i gang med at feje gulvet, tørre baren af og måle flaskerne op, var der en elektriker i gang med hvad der syntes et livsfarligt arbejde: At forbinde et par slet sammenfattede kabler, svedende og bandende med en øl ved sin side.

Samt en enkelt drukkenbolt der stirrede tomt ud for sig uden at åbne munden eller reagere. Han var totalt stiv. Man accepterer sådan én som ham fordi han er kendt hos Ronnie's. Man går diskret ud fra han tænker over noget. Det gør han sikkert også, men man har ikke en kinamands chance for at vide hvad.

Men som man siger om hans slags i Distriktet: »Han generer ikke nogen. Han er værst ved sig selv.«

Menneskeligt og smukt.

Jeg bestilte kaffe og æg og skår brevene op med bacon-kniven. Der var ikke noget dèr. Rykkere fra folk jeg godt vidste jeg skyldte penge, invitationer fra folk jeg ikke gad sé på uden kontant kompensation, interesseløse faglige cirkulærer og breve fra mennesker jeg havde skuffet – en af mine specialiteter. Jeg fik mere kaffe og bladede rastløst rundt i morgenavisen i det sædvanlige infantile håb om at dén skulle være mere interessant end posten – et håb, jeg stik imod al sund fornuft har næret siden mit 14. år.

Da jeg løseligt havde gennemgået statsministerens indledende folketingssamlings-tale om den uomgængelige nødvendighed af en strammere økonomisk politik, Ugens Top Ti, den seneste skuespiller-skilsmisse og de nyeste opskrifter på gastronomiske gedeoste med rå-hindbær-mousse, faldt jeg over en tospaltet nyhedsnotits på bagsiden:

MORD I SAXOGADE

Den 67-årige folkepensionist Emil Christensen blev i nat myrdet i sin lejlighed i Saxogade 28B, 2. baggård. Emil Christensen levede et stilfærdigt og tilbagetrukket liv. Ingen af hans naboer havde hørt støj i nattens løb, så det var en chokerende overraskelse for alle, da hans hjemmehjælper, Eva Jørgensen, til morgen lukkede sig ind – da Christensen sov tungt havde hun ekstranøgle – og fandt sin klient død på sengen med et blodigt hul i brystet, tilsyneladende tilføjet ham med en revolver.

Stærkt eksalteret tilkaldte fru Jørgensen politiet, og ordenskorpset såvel som ambulance-tjenesten ilede til. Ved redaktionens slutning påbegyndte politiet en minutiøs undersøgelse af gerningsstedet.

Politimyndighederne står i øjeblikket uden spor og vil være taknemmelige for enhver henvendelse fra bekendte af afdøde eller andre der kan bidrage til i mindste mål at kaste lys over denne dystre og tragiske sag. *-vig*

Som jeg så denne intetsigende artikel isnede jeg og kom i tanker om min natlige telefonsamtale.

»Kom nu ... Kom straks over i Saxogade ... Nummer 28B ... Kom ... Anden baggård ...«

Stemmen lød i Café Freden og jeg undrede mig over de andre ikke kunne høre den.

Og med stemmen vendte hele nattens mareridt tilbage.

Jeg tænkte på min samtale. Den havde fundet sted 3:30. Nu var klokken 12:30. Avisen var en andenudgave, og historien var sjusket hastværks-arbejde. Den sagde mordet havde fundet sted »i nat«.

Det måtte altså være sket mere eller mindre mens jeg blev ringet op af en stemme som jeg pludselig syntes jeg kunne genkende – uden alligevel at vide hvis stemme det var.

Det fik mig ikke til at have det ret godt. Det har jeg sjældent om morgenen, men det er den slags der gør éns morgener værre.

Jeg tænkte mig om – forfra og bagfra.

Måske havde min opringning noget med mordet på afdøde hr. Christensen at gøre. Måske ikke. Måske burde jeg være en flink dreng og fortælle politiet om samtalen. Måske ikke. Det kunne være tidsspilde. Det kunne være en fuld mand havde ringet til mig samtidig med at en morder havde været på arbejde – der er altid nogen der har fri og er ude på sjov. Det kunne også betyde noget at nogen havde ringet fra samme hus samme aften. Hvad vidste jeg?

Jeg ringede fra Ronnie's box til nærmeste politi-myndighed – 24 14 48 – og sagde jeg havde haft en mystisk telefonopringning fra Saxogade 28B, 2. baggård, i nat.

De lod til at tro jeg var en af disse galninge der melder sig hver gang der er en nogenlunde klar mordsag for hånden. (Der er flere af den type end de fleste tror, og mange af dem er hæderlige og solide samfundsstøtter med børn og egen bil. De har blot det ene svage punkt, at de ikke kan modstå at være væsentlige vidner i en mordsag.)

Jeg måtte sige mit navn to gange – og mit CPR-nummer én gang – før de tog det alvorligt.

Så gjorde de det til gengæld også. I et myndigt tonefald bad Café Fredens telefonautomat mig om at møde frem hos politiinspektør Ehlers på Halmtorvet så hurtigt som muligt.

Jeg sagde, jeg skulle være der om et kvarter.

De tolv minutter af dét kvarter brugte jeg på to bittere og to kopper endnu mere skoldhed sort kaffe. De tre sidste på at gå de tyve meter til politistationen på Halmtorvet så langsomt jeg kunne. Jeg har aldrig kunnet fordrage at tilbringe min fritid på politistationer.

3

Det var rart at gå. Jeg har altid været glad for det – i al uskyldighed har det været en af mit livs største opmuntringer siden barndommen. Jeg har det med almindelig gang som andre har det med f.eks. flyvning eller svømning. Jeg har hørt mennesker, pålidelige mennesker, fortælle mig hvor godt de havde det, hvor befriede de blev fra alle bekymringer, når de svømmede ryg-crawl, spillede skak eller løb rundt på atletikbaner i hvidt tøj. Jeg går ud fra, jeg altid har opnået det samme ved at gå. Der er altid *noget* at sé, det er som om hele Verden er til stede fordi man selv er der, og det er ikke engang en umoralsk forlystelse at gå.

Men der var ikke den sædvanlige fornøjelse ved det denne morgen. Jeg følte mig underligt medskyldig i noget og vidste ikke hvad.

Politistationen på Halmtorvet var et nydeligt gult hus. I stuen var der en skranke hvor jeg fremførte min aftale med inspektør Ehlers, mens jeg prøvede at ligne en hæderlig skatteborger.

En bebrillet ældre herre der lignede en sygekassesekretær bad mig vente et øjeblik og pegede over mod en hård træbænk der mindede til forveksling om Café Fredens stole i smag og elegance.

Jeg satte mig ned og tændte en cigaret, mens den bebrillede forsvandt ud ad en bagdør.

Et minut efter kom han igen og betroede mig rygning var forbudt.

Jeg spurgte ham om det generede ham. Det gjorde det ikke, sagde han, det var ikke dét, men det var en regel, og regler måtte man respektere.

Jeg skulle lige til at spørge ham om han også ville have ment det hvis han havde været strisser i Tyskland i 30'rne, men så gik det op for mig det er den type dialog jeg har ført med ordensmagten og pæne mennesker siden jeg var 14 år gammel, og man kan nu engang ikke blive ved, i hvert fald ikke uden et folketingsmandat. Jeg sukkede og slukkede.

Efter få minutter kom politiinspektør Ehlers frem i døren. Han var en lav, firskåren, bred mand med et viltert krøllet hår og et forvirret anarkistisk skæg der så ud som om han havde opkøbt dagens rester fra fejebladet hos en barber og så selv klistret det sammen. Han var i civilt jakkesæt. Det så billigt ud. Det var i nær familie med mit.

Han gav mig hånden – som jeg må sige virkede velvasket – og bad mig følge ham. Vi gik ned ad en lang gang og ind ad den fjerde dør.

Kontoret lignede til forveksling det jeg blev afhørt på da jeg engang som 14-årig havde stjålet en cykel. Der var et gulligt skrivebord, en grøn lampe, en reol der flød over med papirer – mange med diverse stempler, »Fortroligt« og »Internt« – et askebæger, tre telefoner og to stole udover den bag skrivebordet. Ehlers satte sig og bød mig en cigaret. Så gjorde han en grimasse og kikkede træt ud ad vinduet på Halmtorvet som om han ventede et særligt tegn fra en medsammensvoren med et signalflag før han kunne gå i gang. Han sukkede dybt og bad mig fortælle om min samtale med mordhuset.

Jeg fortalte ham hvad jeg kunne. Det var ikke meget.

– De genkendte ikke stemmen? spurgte han en ekstra gang.

– Jeg både genkendte den og ikke genkendte den, sagde jeg. – Jeg *mente* jeg havde hørt den før, men jeg kunne ikke sætte navn og adresse på. Det *kan* være én jeg har truffet for længe siden. Jeg træffer mange mennesker hver dag, som de siger i deodorant-reklamerne.

– Åh ja, sagde han. – De er jo journalist.

Jeg svarede ikke.

– Hvor er det nu De skriver?

– Ingen steder fast. Jeg er free-lance.

– De har altså ingen fast arbejdsplads? spurgte han veloplagt. Som om han fattede nyt mod.

– Lad os sige jeg er free-lance.

– Betyder det ikke det samme?

– Det lyder pænere. Når De siger »uden fast arbejdsplads« lyder det som en alfons. Jeg har bare en fobi mod chefer, det er det hele. –

Han så på mig som om jeg var en slags mellemting mellem en narkoman og en ludder.

– Hm – sagde han. Han kikkede ned på et stykke papir på bordet, med let sammenknebne øjne, som om han var nærsynet. – Hm. De er 35 år, CPR-nr. 190845-1823, ægteskabelig status: fraskilt, bopæl Istedgade 20?

Jeg nikkede samtykkende. Han havde åbenbart haft tid til at slå op hist og her inden jeg nåede frem.

– Kasseret til militærtjeneste, fortsatte han. – Hvorfor?

Jeg tillod mig at spørge om disse personlige spørgsmål var af stor vigtighed i den foreliggende sag.

Han sagde, at det beroede på politiets skøn.

Han spurgte igen.

– Jeg er ikke særlig stærk, svarede jeg. – Dårlige nerver. Jeg havde søgt om militærnægterlejr og blev kasseret. Der er noget med at sessionsmyndighederne hellere vil have en krykhusar end en landsforræder. –

Han ligefrem smilede. Det klædte ham. Pludselig lignede han en gut man kunne få en drink og et spil billard med en eftermiddag hvor der var tid til den slags uskyldige fornøjelser.

– Har I et helt kartotek på mig? spurgte jeg. Jeg tilføjede beskedent, at jeg slet ikke var vant til så overvældende en opmærksomhed. Kun mine nærmeste venner vidste tilsyneladende lige så meget om mig som han gjorde.

Politiinspektør Ehlers strøg sig over overskægget som for at fjerne et lag usynligt skum fra en fadøl jeg ville ønske *jeg* havde. Så smilede han drilsk og sagde:

– Jeg undersøgte Deres affærer for et par år siden. Bare på mistanke. Vi havde fået et anonymt tip om at De sandsynligvis var indblandet i narkotika-smugleri. Det var nødvendigt at sé Deres sager efter, det er det vi får vores penge for. Til at begynde med havde vi godt håb, på grund af Deres forbindelser og de steder De kommer, men da det ikke virkede som om De brugte flere penge end De tjente opgav vi Dem. –

Jeg var en anelse chokeret. Ganske vist er det mange år siden jeg forlod søndagsskolen uden udmærkelse, og nok er min illusionsmængde i årenes løb undergået en radikal slankekur, men jeg havde dog ikke vidst mine faste fodtrin blev fulgt så indgående.

Men først og fremmest ønskede jeg ikke at komme ind på stofproblematikken. Det er efter min opfattelse en privatsag som ikke vedrører politiet. Og hvad angik »de steder De kommer« vidste jeg hvad Ehlers mente. Café Amigo, Bobby's Bodega, Stjernecaféen – han vidste lige så vel som jeg hvad der foregik heromkring.

– Jeg har været længe her i kvarteret, sagde han så. Med en skuldertrækning, næsten som om han beklagede det.

Manden var tilmed tankelæser. Jeg fik ny respekt for politiinspektør Ehlers.

– Hvad har De så ellers på mig? spurgte jeg.

Det bedste forsvar er et godt angreb. Det lærte jeg i min fodboldtid.

Han kastede på ny et blik ned på papiret.

– Ingenting, sagde han. – Broget omgangskreds – ikke ulovligt, men interessant. En parkeringsbøde i '73, en skattebøde i '77. Ganske normalt. –

– Forbandet normalt! tilføjede han ved nærmere eftertanke og kastede foragteligt sine papirer fra sig.

Det var tydeligt, at bare et enkelt ærligt rovmord ville have glædet og stimuleret ham.

Et øjeblik gloede vi begge ud i tomheden tværs hen over det skrivebord der stod os imellem både fysisk og psykisk. Jeg fortrød jeg var kommet, men på den anden side var det praktisk at blive så eftertrykkeligt advaret.

Der er intet som en politi-afhøring til at få én til at føle sig som en *sag*. Pludselig forstår man hvordan man sér ud *udefra*. Og dét selv om man selv i *sit* job har sét andre mennesker udefra dag ud og dag ind i ti år.

Jeg så sigende på mit ur, idet jeg gjorde en halv bevægelse for at rejse mig.

Han reagerede ikke, så jeg fulgte bevægelsen op med en respektabel bemærkning om mit ventende arbejde.

Han sad ubevægelig. Et øjeblik troede jeg han sov. Så vendte han ansigtet, så endnu en gang ud ad vinduet og stirrede så direkte på mig med et hårdt og koncentreret blik, jeg ikke før havde bemærket hos ham.

– Det er en forbandet sag, sagde han så. Træt, men ikke slået, som en revisor der gør et ubehageligt regnskab op.

– Vi har ikke noget at gå efter, intet. Vi véd ingenting. Vi véd ikke andet end Deres telefonsamtale. –

Stilheden var meget dyb efter hans ord. Det var som om samtalens toneart var skiftet til en melankolsk mol.

Jeg havde sat mig igen. Jeg så på ham.

Jeg sagde ingenting. Han sagde ingenting.

– Véd De hvad, sagde han så, som med et sæt: – Tag med mig

derover. Jeg skal tale med naboerne og sé på lejlighederne omkring Christensen . . .

(Jeg skulle lige til at spørge ham hvem Christensen var, da jeg kom i tanker om det var liget. Jeg holdt min kæft igen. Det virkede som om jeg til sidst skulle blive helt god til det.)

– Og, fortsatte han, måske kan De genkende en af stemmerne. Det er værd at prøve. Måske var det en anden der ringede. Måske havde det ingenting med mordet at gøre, måske havde det. Men hvis det var én i huset, hvis De genkender stemmen – eller måske den person stemmen mindede Dem om – så véd vi da i hvert fald dét. –

Og som om han havde dvælet længe nok bag sit skrivebord og pludselig med et sæt blev forvandlet fra bureaukrat til handlingsmenneske greb han sin hat og frakke og sagde: – Kommer De? –

Det lød som et høfligt spørgsmål, men naturligvis var det en ordre. Jeg kom.

Vi marcherede tavse ud igennem kontorerne, vi fik lige et undersøgende nysgerrigt blik med fra den gamle i forkontoret – han sagde intet til at vi begge havde cigaretter i munden – og gik ud på fortovet. Luften gjorde mig så klar igen, at jeg lige måtte vende mig om for at sé om jeg virkelig fulgtes med en strisser. Det gjorde jeg. Godt han ikke var i uniform.

Da vi drejede om Halmtorvet op ad Viktoriagade var klokken på Bankens ur allerede 14:00, og de første luddere var ude og trak rundt i småkøligheden. Vi passerede Café Lanternen med det skinnende neon-navn. Café Lanternen . . . Et af den slags steder der altid er halvtomme og hvor der altid står eller sidder mænd i klynger der samtidig vender sig om mod én når man kommer ind, som for at sé om man »er ude på noget«. Sandsynligvis checker de bare horisonten som gamle storvildtjægere, på udkik efter interessant nyt eller i vanemæssigt håb om en ven der giver en genstand, men folk med svag mave kan sjældent lide deres måde at hilse på. Nå, folk med svag mave ville sandsynligvis ikke nå så langt som til indgangsdøren til Café Lanternen. De ville gå i en lang bue udenom, hen over den på femte år tomme byggeplads der var nærmeste nabo til dette udsøgte udskænkningssted. Alene lugten af urin, bræk og dovent øl udenfor ville have advaret dem.

Personlig er jeg mere tryg ved caféer som Lanternen end ved selskabelige spadsereture med politiinspektører.

Ehlers fulgte mit blik over gaden til Lanternen og dens port. Der hang et par unge fyre i porten, et par unge fyre i cowboybukser og læderjakker. De hænger alle vegne i kvarteret. Man sér dem på hvert eneste gadehjørne og i hveranden døråbning. De ryger cigaretter og siger ikke ret meget til hinanden.

Hvad de gør dèr har altid været mig en gåde. De er så fast inventar i gadebilledet at man kunne forveksle dem med lygtepælene eller neon-reklamerne – undtagen, selvfølgelig, hvis de pludselig afviger fra disse deres artsfæller ved at gå løs på én.

I så fald kan man kun håbe på Gud, Heldet eller Politiet i angivne rækkefølge. Odds er lave for alle tre heste.

Ehlers så også over på dem, og de så tilbage på ham. Åbenbart kendte de ham.

Vi gik op ad Istedgade. Vi gik forbi min beskedne bopæl, og jeg fik et øjebliks paranoia-flash ved tanken om den klump tjald jeg havde liggende midt på bordet fra i går aftes. Hvis nu Ehlers skulle få lyst til en lille husundersøgelse?

Som om han læste mine tanker vendte han sig pludselig om mod mig.

– Der er ingen der stoler på en strisser, sagde han. – Ikke her i distriktet, i hvert fald. –

Han flæbede ikke. Han sagde det som en klar kendsgerning.

Og han havde ret.

4

I dét øjeblik fik jeg et af mine sjældne anfald af inspiration. Det kunne i sig selv være slemt nok. Men hvad værre var, det samlede sig til en idé.

Jeg trak – endnu famlende efter den – Ehlers i ærmet.

– Det er rigtigt, sagde jeg. – Ingen stoler på en strisser. Og hvis jeg nu kommer med en strisser, tror De så jeg får noget at vide? –

Ehlers så lidt forbløffet ud.

– Kom lige med et øjeblik – sagde jeg. – Gå med herind på legepladsen. –

Vi var kommet til et lille indhug af en legeplads hvor børnene var godt i gang med at more sig på gynger, karruseller og klatrestativer. Barnepigerne og mødrene sad som store fugle udenom, godt indpakket, hæklende, strikkende eller læsende ugeblade på de kommunale bænke.

Ehlers fulgte mig. Jeg havde taget på ham. Jeg havde forført en politi-inspektør til at afvige fra pligtens pietistiske vej i et øjebliks ophidselse.

Jeg udnyttede chancen til at score to fadøl hos købmanden på legepladsens hjørne før jeg anbragte os på en tom bænk med direkte udsigt til en vippe hvor der foregik en unfair kamp mellem en tyk dreng og en lille tynd pige. Hun sprællede oppe i luften og så ud til at måtte gøre det til hendes mor hentede hende hjem til middagsmaden. Well, så havde hun lært dét af Verden.

I et øjeblik var det Ehlers og mig der sad på vippen. Men måske var vi alligevel lige tunge.

Jeg gav ham gæstfrit den ene dåseøl, med en håndbevægelse som overrakte jeg ham byens nøgler. Og så fyrede jeg løs.

Jeg sagde til ham, at han da måtte kunne sé det var uklogt. *Hvis* der var nogen i det hus med forbindelse til mig var det højst tænkeligt de ville klappe fuldstændig sammen når de så mig sammen med ham og han afhørte dem. Og *jeg* var ringet op kl. 3:30 om natten midt i et mareridt og ville nødig med sikkerhed identificere en stemme der var belagt af druk. Det ville ikke være til at finde ud af noget vidnefast på dén måde.

Hvis *han* derimod foretog sine undersøgelser alene, kunne jeg senere gå hen i huset. Jeg havde hele to mulige dækhistorier. Jeg kunne gå rundt og sludre med beboerne, og afhængigt af omstændighederne kunne jeg, hvis jeg blev spurgt lige ud, være en nysgerrig journalist *eller* en desperat boligsøgende der prøvede at kapre den myrdedes lejlighed før liget var koldt. Ikke særlig smagfuldt, måske, men lige netop nedrigt nok til at være menneskeligt overbevisende.

Den første historie, journalisten, ville interessere sladder-søstrene, dem der altid forsamles i tre timer og står i vejen rundt omkring et bil-uheld eller en politi-razzia. De kunne tænkes at sige alt hvad de alligevel sagde til ismejeri-damen plus lidt ekstra i dagens anledning. Den anden historie kunne tænkes accepteret af netop dem, der ville knalde døren i hovedet på en journalist. Eller sådan tænkte jeg i hvert fald.

Da jeg var færdig med at forklare – over for embedsmænd lønner det sig som regel at forklare ting usædvanlig grundigt – var den lille pige på vippen begyndt at hyle. Ehlers stillede eftertænksomt sin dåseøl, gik hen til vippen og sagde noget til den tykke dreng. Et øjeblik efter var pigen nede.

Så vendte han tilbage til mig, med hænderne foldet bag om ryggen. Han så pludselig meget større ud.

– Det lyder ikke *helt* idiotisk, sagde han. – Ikke helt, men temmelig meget. Og det er ureglementeret. –

– Det er mord også, sagde jeg overlegent. Jeg havde været i teatret to dage før, så den slags replikker faldt mig ikke vanskeligt.

Han nikkede som om han kendte den.

Så tømte han sin øl, tværede cigaretten ud under hælen i gruset og sagde:

– O.K., vi prøver. Intet at tabe, intet at vinde. Jeg véd hvor jeg kan finde Dem, De véd hvor De kan finde mig. Hvis jeg ikke hører fra Dem finder jeg Dem. Hvis De skriver noget i Bladet uden jeg har hørt det bliver vi uvenner. Hvis De kan stole på en strisser kan jeg vel også lade som om jeg stoler på en journalist. –

Det sårede mig lidt han sagde »lade som om«, men jeg lod som ingenting. Vi journalister er så følsomme.

– Lige én ting mere, tilføjede han, som parat til at gå, idet han stak hånden inden for i jakkelommen og tog et fotografi frem. – Kender De ham? –

Det var en tynd, hvidhåret gammel mand med magre og skarpe træk. »Markeret« ville det hedde i et fødselsdags-portræt i avisen, men sådan er der mange ældre mænd der sér ud.

– Nej, sagde jeg. – Hvem er det? –

– Christensen, sagde Ehlers. – Det er det samme billede som aviserne får i morgen, men det er tydeligere end i deres reproduktion. Det er dét billede vi vil vise frem i dag på caféerne og i butikkerne i nabolaget. –

Jeg rejste mig.

– Gå ikke derhen før i aften, sagde Ehlers da vi gik hen imod udgangen. – Vi arbejder i huset hele dagen i dag, og vi har nok at sé til med opmålinger og afhøringer og eksperter. *Alle* eksperterne kommer – fingeraftryks-folkene og mikroskop-medicinerne, hele bundtet, og vi skal skrive ti tons papir. –

Han så meget træt ud.

Vi skiltes da vi kom ud af parken. Jeg gik mod venstre, han mod højre – hen mod Saxogade, 28B, 2. baggård.

– Vi tales ved, sagde han lakonisk. Så var han væk.

Det sidste jeg så af legepladsen var at den tykke dreng igen havde fået den tynde pige op på vippen.

5

Det jeg tænkte på da jeg var kommet hjem – efter et kort ophold med en 3-dobbelt whisky på Stjernecaféen – det var: Hvad rager det mig?

En folkepensionist var blevet myrdet i Saxogade, en flink fyr af en folkepensionist, uden tvivl, en rar dreng man kunne have ønsket et par fredfyldte år med at betragte solnedgange og klappe børnebørn på hovedet og gynge i en magelig stol mens røgskyerne steg blidt op fra hans pibe. Enhver der har overlevet længe nok til at være folkepensionist, enhver der har arbejdet længe nok til at få sit beskedne 1500 kr. om måneden-otium fortjener lidt fred og fryd til sidst.

Hr. Christensen havde ikke fået det. Hr. Christensen var blevet skudt.

Men farvede mennesker blev hugget ned i Rhodesia. Arabere blev mishandlet i Israel. Polakker blev dikteret af Sovjetunionen. Folk blev tilfældigt skudt ned på gaden overalt i Verden. Verden vrimlede af når som helst mulige dommedags-katastrofer. Bombeblaffet kunne hver dag blive en realitet.

Hvad var Christensen imod det? Hvad kom Christensen mig ved?

Jeg så mig omkring. Der var ikke meget at sé på. Jeg var »hjemme«. Det var en meget tom fornemmelse. Jeg forestillede mig jeg skulle beskrive min »bopæl«, hvis jeg var Ehlers og skrev rapport.

Ruderne var snavsede. Møblerne var støvede. Gulvet var svinsk – »griset« eller »nusset«, som pæne damer ville sige. Det hele trængte ikke bare til rengøring i konventionel forstand, men til den type rense-proces man giver ved en bilvask: Til en skyllende syndflod af vand og sæbe der intet efterlod.

Jeg bor på en fjerdesal i en fem-værelses lejlighed. De to værelser står tomme. Det ene er fyldt af mine bøger og plader fra skilsmisse-boet, de ligger rundt omkring og flyder på gulvet. De er flinke, de flytter sig ikke uden nærmere ordre. Det andet rummer mit skrivebord og min »seng« – en madras på gulvet. Det tredje er »dagligstue«, undertiden kaldt »mødelokale«. Det benyttes sjældent.

Derudover er der toilet, bad og køkken. I køkkenet står køleskabet lige op ad døren, på det mest idiotiske sted så ingen af delenes døre kan åbnes, men sådan endte det under flytningen, »indtil videre«, og jeg har i det sidste år tænkt på at en af dagene måtte det ændres.

Der er kort sagt ikke gjort noget for at »gøre det hyggeligt«, som min svigermor ville sige.

Det mærkelige var, at efter jeg havde boet der et år lugtede der stadig ubeboet. Måske har jeg ikke så megen lugt tilbage.

Det var i hvert fald ikke et hjem der egnede sig til ugebladenes »Sådan bor de«. Det var ikke sådan et sted, som kendte skuespillerinder kunne fremvise med stolthed så alle husmødrene kunne sé hvidløgsrankerne i køkkenet, de fikse fund fra loppetorvet i Paris og den smukke samovar fra teaterrejsen i Rusland.

Ikke desto mindre havde jeg ofte sovet her til jeg vågnede. Så vidt jeg har forstået det er det netop det man mener med »et hjem«.

»Så vidt jeg har forstået det« siger nu nok heller ikke meget. Hvis jeg havde forstået mere ville Helle aldrig være rejst.

Jeg ville ikke tænke på Helle. Jeg fandt en LP med Johnny Cash og fik ham til at synge melankolsk mekanisk over min højttaler om ulykkelig kærlighed. Hvis *han* sang hvad *jeg* tænkte kunne *jeg* i hvert fald tænke noget andet – på den måde er en grammofon enestående god økonomi. Den græder for én når man ikke selv har tid.

Ikke fordi jeg ikke havde tid. Jeg havde al den tid der var i Verden. Jeg havde ikke andet.

Jeg gav en whisky og stirrede ud over eftermiddagen mens trafikken tiltog og alle omegns-høvederne drønede hjem fra dagens travle arbejde på kontoret til villaen med koner og børn og ventende middage og carporte. Jeg var godt klar over, jeg ikke ville få lavet noget i dag. Jeg var også godt klar over, at alle andre ville være pisse hamrende ligeglade med om jeg fik lavet noget i dag. Det vedrørte kun mig selv. Det var det der lå i dét begreb, »freelance«, Ehlers ikke rigtig havde fanget.

Men hvad betød dét? Der var ikke så meget at sige eller tænke over. Der var et glas og en flaske, der var en pakke cigaretter og en æske tændstikker, der var en papirkurv til at opsluge resterne. Det var det hele. Det var den udsigt hele mit liv havde været: Et glas, et askebæger, en bordplade.

Og en telefon. En telefon som straks ringede og afbrød alle yderligere betragtninger.

6

Jeg ventede allerede at blive kaldt over til en ny baggård. Det blev jeg også. Det var en af byens mest beskidte bevidstheds-baggårde. Det var Jens.

Jens er min kollega på Bladet – sådan da. Jens arbejder fast for Bladet og er meget populær hos såvel redaktion som læsere fordi han altid er så *forstående*, skiftevis i Danmark og udlandet – snart skriver han sociale reportager, snart rejse-reportager, men under alle omstændigheder drejer hans artikler sig om *forståelse*. Jens forstår alle, høj som lav. Jens forstår godt at menige mennesker på Sydfyn synes det er forkert at en godsejer på grund af privilegier fra det syttende århundrede kan lukke egnens eneste rekreative skov til private formål. Jens forstår skomagerens og buskonduktørens harme over dét. Men samtidig forstår Jens også godsejeren hvis slægt i seks generationer har kunnet det. Det er ingen sag for Jens at forstå begge parter, og hvis der var en tredje ville han også forstå dén. Indien, Nyhavn, Bangla Desh, Viet Nam, Jerusalem – Jens forstår. Jens har nemlig, som redaktør Otzen gang på gang påpeger over for Bladets nye elever, en *menneskelig* holdning til tingene. Jens *kan lide* mennesker. Jens forstår dem bare. Og ikke bare dem, de mennesker han skriver om i dag, men også deres børn, børnebørn, forældre, bedsteforældre og skuffede skolekærester. Jens forstår i timevis, ugevis, månedsvis.

Jens scorer ca. 25 Grande månedligt på det. Når han er hjemme i Danmark er det på ren menneskelighed, når han rejser er det på at han tillige kan nynne de fleste europæiske og asiatiske nationalsange, kan huske alle flagene og til enhver tid har fem miniparlører i sin kuffert.

– Hallo, hej hej, du, hvordan går det? gik han veloplagt i gang. – Du er forhåbentlig O.K.? –

Ingen der bliver ringet op af Jens kan være O.K., men jeg lod det passere og spurgte hvad der fik ham til at ringe.

– Har du sét aviserne? spurgte han.

Jeg indrømmede jeg havde sét dem.

– Nå, de er fulde af en folkepensionist fra Saxogade der blev myrdet i går nat, sagde han frisk. – Jeg tænkte på at skrive en historie om det. Du véd, jeg har på fornemmelsen – bladene er ret overfladiske i deres skildring, det er bare kolde politirapport-facts – så jeg har på fornemmelsen, at vi måske burde behandle det fra en mere *menneskelig* synsvinkel, du véd, finde den gamle mands familie og skildre hans tilværelse før mordet, tale med naboerne osv. . . . Jeg ville bare tale med dig først, for Otzen sagde at det var jo lige dit distrikt, du bor lige dèr omkring, ikke? så det kunne være du havde et par tråde at give mig til at begynde på, lidt baggrund fra kvarteret . . .

Jeg sagde ikke et ord. Jeg havde brækanfald.

Jeg kunne allerede sé Jens' artikel for mig, spalte for spalte, fra start til slut. »Uafventende og umistænksomt lukkede den 67-årige onsdag aften op for en gæst der skulle betyde hans død.« »Han var altid munter og glad og havde en vittig replik til enhver,« sagde købmand Sørensen, Gasværksvej 23, hvor Christensen gjorde sine beskedne daglige indkøb. »Det er ikke til at forstå vi ikke skal sé ham mere. Han holdt så meget af sin daglige porter!«

Og så videre og så videre og så videre.

Det løb mig koldt ned ad ryggen.

– Lad mig lige ringe dig op om en time, du, så skal jeg lige tænke det igennem, sagde jeg. – Jeg er lige midt i et møde. Er du på Bladet om en time? –

– O.K., sagde Jens – med sin afskyelige vi-må-jo-prøve-at-forstå-hinanden-honning-stemme – og vi ringede af.

Jeg gik ned til Café Fredens kaffe. Den smagte som sæbevand, men det tog mig et par slurke at afgøre om sæbevandet var med eller uden sulfo.

Jeg skulle lige til at sige Ronnie min mening om etablissementets faldende standard da han kom løbende over til mig med en flaprende åbnet avis.

– Sé, sagde han. – Den Gamle er død. Politiet har været her. –

– Kendte *du* ham? spurgte jeg dumt.

– Gjorde *du* ikke? sagde Ronnie.

– Nej.

– Nå nej, du kommer altid sent. Han kom hver morgen klokken 8 og drak kaffe. Han fik altid to kopper, et rundstykke med ost og et overskåret . . .

Han afbrød pludselig sig selv. Måske tænkte han for første gang på hvad ordet *overskåret* betød. Måske så han Christensens liv *overskåret* foran sig på wienerbrødsbakken.

– Hvad var han for en fyr? spurgte jeg. Vi journalister er altid parat til at stille intelligente spørgsmål.

– Det véd jeg sgu ikke, sagde Ronnie. Jeg har aldrig talt med ham . . . Han kom bare hver morgen kl. 8, præcis som et urværk – ja, mere præcis end *mit* ur i hvert fald. Det samme hver morgen. Han sagde ikke et ord – han læste bare sin avis. Ligesom *du* plejer . . .

Pludselig blev afdøde folkepensionist Emil Christensen et menneske for mig, pludselig blev en fjern idé om en gammel mand der var blevet myrdet i Saxogade forfærdelig livagtig mens jeg stirrede ned i min sulfo-kaffe. Christensen havde altså også drukket sin kaffe her om morgenen, måske ved samme bord som jeg selv, i hvert fald den samme kaffe. Han havde læst sin avis som jeg plejede at gøre det. Han kom bare hver dag 3-4 timer før jeg var på benene, og derfor havde jeg aldrig sét ham. Sådan er tilværelsen.

Sandsynligvis havde vi endda ofte drukket af samme kop – Ronnie har ikke *så* mange kopper.

– Er han kommet længe? spurgte jeg.

Ronnie stirrede ud ad vinduet som om svaret stod dèr.

– Et år, tror jeg. Et års tid, måske. Lige så længe som dig. –

Dèr fik jeg den. Ronnie havde sandelig check på tingene. Det var netop et års tid siden jeg var flyttet herhen efter bruddet med Helle. Det beviser, uansét hvad amerikanske og japanske forskere så end måtte hævde, at filtercigaretter ikke sløver opfattelsesevnen.

Da jeg forlod Ronnie gik jeg direkte hen til den nærmeste telefonbox og ringede til redaktør Otzen. Jeg sagde til ham at hvis han sendte Jens herud var jeg definitivt færdig med Bladet. Jeg sagde til ham at det var sket i *mit* nabolag og at jeg havde de bedste forudsætninger for at behandle historien – hvis der i det hele taget var én.

– »*Hvis* der er én« ... gentog han med sin karakteristiske snærren. Han lød altid som en buldog på vagtjob. – For Satan, hvad enten der er én eller ikke er én vil Jens finde den! –

– For Helvede, sagde jeg: – Jens' historier er altid ens. Send ham til Vejle og lad ham finde en folkepensionist dèr, det kommer ud på ét. Hvis jeg ikke får denne her er det slut. Du véd jeg har fået et tilbud fra Ny Tid. Hvis ikke jeg får denne her tager jeg det! –

– Du kan ikke holde Ny Tid ud, sagde Otzen. Fuldt ud korrekt, men ikke desto mindre fremturede jeg.

– Jeg kan heller ikke holde Jens ud, jeg kan heller ikke holde Bladet ud. Men lad *mig* tage dén! –

– Kan jeg ringe tilbage? spurgte Otzen.

Det svin er så formidabelt sindrigt klog at han fortjener at være redaktør for en pestbule som Bladet.

– Nej, sagde jeg. – Jeg skal på research på den. Jeg har et spor. (Svimlende løgn). Der er et par tråde, men jeg vil ikke have Jens til at være menneskelig og falde over mine ben mens jeg checker dem. –

– Kunne I ikke skrive den sammen? spurgte Otzen chef-diplomatisk.

Mit svar var ikke fuld af overflødige ord. Jeg sagde bare nej. Jeg tilføjede at jeg stadig havde en smule stolthed tilbage i mig og gerne ville beholde dén lille smule, selv om det sikkert var ren og skær sentimentalitet. Jeg spurgte ham om der ikke var én eller anden der fyldte 60 i dag som Jens kunne tage sig af.

Jeg vandt. Jeg fik overbevist Otzen.

Jeg ville ønske jeg også kunne overbevise mig selv. Jeg anede ikke hvor jeg nu skulle begynde eller ende. Nu havde jeg allerede givet to løfter om at finde ud af noget, Ehlers og Otzen. Begge forventede jeg gjorde min pligt, eller i hvert fald at jeg gjorde *noget*.

Altså måtte jeg gøre *noget*.

Da jeg smed telefonrøret syntes jeg der var kvælende hedt i boxen. Jeg svedte og var overbevist om jeg havde feber. Jeg gik ind på Stjernecaféen og fik en øl og bitter og tænkte. Jeg tænkte ti eller tolv gange og kom hver gang til samme resultat.

Der var ingen vej uden om. Det var bare til Saxogade 28B, anden baggård.

Jeg gik hjem og hentede min hat og min regnfrakke. Det var begyndt at regne – en tynd, spinkel, melankolsk støvregn. Den passede så udmærket til det hele.

Ét eller andet sted spekulerede jeg på, om Christensen og jeg måske også havde haft samme købmand, haft ens regnfrakker eller måske på ét eller andet tidspunkt havde skubbet til hinanden på Istedgade i myldretiden. Det var næsten umuligt andet.

7

Jeg må have gået igennem Saxogade tusinder af gange. Det er ikke urimeligt at antage, at jeg har passeret Saxogade 28, mordstedet, mindst 5.000 gange. Ikke desto mindre anede jeg ikke hvilket hus det var før jeg stod over for det. Så genkendte jeg det.

Men selv om jeg havde passeret nr. 28 havde jeg aldrig været inde i baggården.

28 var en pænt stor ejendom med mejeri i stuen og to lejligheder på hver af de følgende fire sale. 28A fandt man ved at gå igennem midterporten og ind i en gård. Gården var fyldt af nedlagte toiletter – endnu med en indgroet stank af forrige århundredes menneskelige afføring – og en samling affaldskasser og containere. Katte og rotter rørte straks på sig, da jeg kom ind. Et vindue

eller to i kælderen var smadret. Det var kort sagt ganske normalt. 28A mindede til forveksling om 28.

Det gjorde 28B ikke. For at nå den skulle man igennem endnu en port, men denne gang så snæver at man undrede sig over hvordan folk der gik dèr skulle kunne medbringe f.eks. en plasticpose med mælk og grøntsager – for slet ikke at tale om, hvordan det var lykkedes dem at flytte ind hvis de brugte møbler. 28B var ganske rigtigt, som telefonstemmen havde sagt »anden baggård«. Mindst. Det virkede som syvende.

Men dét der slog mig fra første øjeblik var at huset virkede *halvt*: Det så simpelt hen ud, som om det var savet over. 28 var et hus, O.K., et slumhærget rottefyldt hus, men dog et hus. 28A var et hus, sandsynligvis dét hvor koleraen i gamle dage var brudt ud og havde bredt sig over København – men også det var et hus. 28B var ikke et hus. Det var et *halvt* hus.

Et halvt og smalt hus, ikke overvældende fashionabelt. Støvet lå tykt, og gamle aviser, knuste flasker og smadrede øldåser flød rundt i gården. Jeg så en rotte, og måske var det bare mit syn der svigtede, men den forekom mig betydelig mere velnæret end sine kolleger i første baggård.

Jeg så hvorfor huset virkede halvt. Grunden var åbenbart disponeret sådan, at den blev mindre jo længere ind i bagkvarteret mod Absalonsgade den kom fra Saxogade. Den gik som i en trekant, og spidsen af den trekant hed 28B, var tyndere end de andre og havde tydeligvis kun én lejlighed på hver etage.

Så meget bedre. Så mange færre mennesker at spørge om noget. Så meget kortere tid.

I stuen lå der selvfølgelig et værtshus. Jeg både undrede mig og ikke. Hvad har et værtshus at bestille i anden baggård hvor ingen kan sé det? Og alligevel, jeg burde efterhånden have lært at på Vesterbro er der basis for en café i hveranden stuelejlighed i hver eneste lille solløse sidegade.

Værtshuset havde intet navn. Der stod bare »Café« tværs over en dør, og der var to vinduer der ikke i årevis havde abonneret på noget rengøringsselskab.

Mod min forventning var døren til at åbne.

Der var halvmørkt på Café Café, selv tidligt på eftermiddagen. Det var ikke Sheraton-luksus, men på den anden side sad man ikke på ølkasser, jeg kunne skelne adskillige borde og stole. Der var endda en zink-disk, der var et spejl bag baren, og baren bestod af mindst tyve forskellige flasker spiritus.

I lokalet var kun en tjener – måske Værten – en stor svær mand med kasket, og ved et af bordene en enlig pige der så meget udslukt og træt ud. Hun sad med ryggen til mig, men selv rygge sladrer.

Jeg bestilte en whisky og kikkede omkring på ølplakaterne på væggen og lod som om jeg var turist og overordentlig interesseret i disse de samme plakater som jeg havde sét på hvert eneste værtshus jeg havde besøgt siden mine forældre i sin tid havde forivret sig. Jeg betragtede tjeneren. Jeg fortalte ham jeg aldrig før havde lagt mærke til der var et værtshus herinde. Han sagde »Nå?«

Jeg bestilte en whisky til og spurgte ham høfligt og belevent om han ville have én med. Han ville hellere have en snaps. Han fik den, skyllede den ned og så stift på mig som om han ville spørge om han kunne gå nu.

– Der er nok foregået noget her i huset, hvad? sagde jeg snaksomt, som bare for at slå en sludder af i forbifarten, jævnt og ligetil, ha ha.

Tjeneren tog sin kasket af og viste sig at være skaldet. Han betroede mig straks summen af sin livserfaring som menneske og opvarter ved at sige at enhver burde passe sit. Han tilføjede at *han* altid havde passet sit, og naturligvis havde han hørt ét og andet nu og da, men *han* blandede sig ikke i andres sager. Han – tilføjede han – passede sit.

Ganske overflødigt tørrede han disken af som for at bevise i hvor høj grad han passede sit.

Jeg sagde, at hvor havde han dog ret, og gid mange andre var som han. Jeg sagde »Nå – men hej« og betalte og prøvede at antyde jeg fløjtede da jeg gik ud.

Ikke desto mindre kikkede han langt efter mig da jeg gik – jeg kunne sé det i spejlet – og jeg havde en fornemmelse af at han kunne tænkes at passe en hel del mere end »sit«, hvis »sit« bare var dén café. Der var noget ved øjnene.

Det var bare en fornemmelse. Dem har jeg aldrig manglet.

Indgangen til opgangen var til venstre for caféen, og døren i stuen måtte altså føre ind til den. Den så ikke ud som om den blev brugt. I indgangen hang et skilt til lejernes navne. Det lød: 1): E. Christensen, 2): Fritz Rosenbaum, 3): tom, 4): tom. Enten boede der ingen på de sale, eller de var navnløse, eller de ønskede ikke at annoncere.

Jeg kunne lige så godt begynde hos Rosenbaum. Det gjorde jeg.

Klokken så ud som om den ikke virkede, men det gjorde den. Pludselig var der en spinkel knirkende lyd, en tung kæde blev skramlende trukket fra døren, et øje viste sig i en dørspion som jeg først nu opdagede, og en kvækkende stemme sagde, efter at have mønstret mig indgående: »Hvad drejer det sig om?«

Jeg bestemte mig lynhurtigt.

Jeg præsenterede mig og oplyste jeg kom fra Bladet og gerne ville stille ham et par spørgsmål. Han trak endnu en kæde fra og åbnede døren og bød mig indenfor. Tilsyneladende var han ikke paranoid nok til at ansé mig for at være rovmorder.

Hans lejlighed var forbløffende. Fra den smalle entré hvor vi stod over for hinanden, mand til mand, kunne jeg sé to rum, og de lignede begge syge muséer. Tapeterne var lyserøde, lokalerne duftede af parfume, lofterne var dekorerede og ned fra dem hang rigt udsmykkede lyseblå fuglebure. Rundt omkring i stuerne, anbragt mellem små spinkle borde der så ud som om de ville vælte hvis man bandede, stod der vitriner, mandshøje porcelæns-askebægre, gipsengle og gammeldags Grandfather Clock-ure i én vild forvirring. Hist og her lå små stabler af bøger, alle i læderbind, og en enkelt papegøjeagtig fugl i skrigende farver galede fra det eneste beboede bur.

Da hr. Fritz Rosenbaum så jeg så mig omkring lod han det ikke mangle på en bemærkning om at det havde taget ham mange år at indrette sig sådan med alle disse sjældenheder. Jeg sagde det var meget smukt, hvilket lod til at falde i hans smag. Jeg har aldrig haft svært ved at lyve.

Ikke fordi, på den anden side, jeg nogen sinde har haft svært ved at tale sandhed. Det er bare ligesom med den venstre og den højre hånd: Det er dén man bruger der bliver mest udviklet.

Hr. Rosenbaum – en lille, tynd mand med feminine bevægelser og en kraftig duft af eau-de-cologne – bad mig sidde ned i sit raritets-kabinet, idet han med en drejning af hånden henviste til en stol der så ud som om den havde været beregnet for en baronesse-bagdel for halvfjerds år siden.

Jeg satte mig. Vi sad over for hinanden, ansigt til ansigt, kun med en halv snes cigaretholdere og konfektskåle på et antikt empire- eller renæssance-bord, hvad véd jeg, i hvert fald noget gammelt lort der lignede noget fra en italiensk film, imellem os.

Så sad vi dèr.

Jeg gentog mit navn og min stilling og beklagede jeg forstyrrede ham.

– Ach, sagde han, og da han sagde dette sit første ord efter sin kvækken igennem døren blev jeg klar over han var udlænding. Hans accent var tysk. Den var beskeden men der var noget med ch'er, en læspen der dog også kunne være en talefejl.

– Ach, sagde han, jeg har tid nok. Jeg har trukket mig tilbage med mine samlinger. Jeg lukkede butikken for fem år siden. –

– Butikken? spurgte jeg.

– Rosenbaum Antikviteter, på Gammel Mønt, forklarede han. Kendte De ikke dén? –

Han så helt såret ud.

– Jo, jo, naturligvis, sagde jeg. – Hr. Rosenbaum, kan De kaste noget lys over den tragiske affære der har fundet sted lige under Deres bolig? –

Jeg havde på fornemmelsen han var den slags der reagerer bedst på lidt melodramatisk tiltale. Jeg havde ret.

– Ach nej, sagde hr. Rosenbaum, ach nej. Jeg kendte ikke den herre, jeg har kun sét ham på trappen. Åh, vil De ikke nyde et glas portvin? –

Et glas portvin!

Det passede perfekt til fugleburene. Jeg takkede og han tøffede ud igennem en dør til noget der formentlig var et køkken. Det gav mig lejlighed til at sé mig lidt mere uforstyrret om. Jeg kikkede på bogskabene. Hans fine bøger stod naturligvis bag glas. Men som Somerset Maugham engang bemærkede, der er intet der siger så meget om folk som hvilke bøger de har.

Hans var tydelige nok. De Sade, Casanova, Genet og billigere udgaver af samme temaer. Og nedenunder avisen på et lille glasbord – jeg løftede den for at gensé notitsen om Christensens død, som den var slået op på – fem-seks numre af »Vennen«.

Selvfølgelig! At jeg kunne være så naiv. Selvfølgelig, det forklarede alt: Den kvindelige sirlighed, serviliteten, portvinen, indretningen, bevægelserne. Rosenbaum var bøsse, og bøsse af den gamle skole.

Gad vide om han er færdig som aktiv, tænkte jeg. Gad vide, om han stadig har unge elskere, eller om han har glemt det hele?

Det kom ikke mig ved.

Da Rosenbaum kom ind med to glas portvin – med isterninger – takkede jeg og spurgte ham hvad han vidste om Christensen.

– Icke meget, sagde han, icke meget. Vi levede hver for sig med hver sine ting. Jeg har kun sagt goddag til ham, jeg har aldrig sét hans lejlighed. Jeg kender ham ikke. Jeg sidder hjemme om afftenen, som mest, og læser mine bøker. Jeg er ikke nysgerrig. –

– De så aldrig nogen gæster til Christensen? –

– Jeg har mit at sé til, sagde hr. Rosenbaum, ikke uden værdighed som han stolt mønstrede sin bopæl og sine skindbind, – og jeg er ikke nysgerrig. –

Han tømte sit portvinsglas. Jeg var særdeles uhøflig hvis jeg i det mindste ikke nippede til det væmmelige sjask.

– Hvem bor på tredje og fjerde sal? spurgte jeg.

– Tredje sal unge mennesker, svarede han. – Meget unge mennesker, mange. De har ikke boet her ret længe. Fjerde sal er tom. Fjerde sal tom meget længe. –

Nu var jeg klar over, han *var* udlænding. Denne tilbøjelighed til at tale i korte hovedsætninger er typisk for enhver som ikke taler sit modersmål. Folk der taler deres eget sprog rabler bare løs og sætter bisætning efter bisætning og overlader til deres tilhørere at finde sammenhængen. Kun udlændinge – og især udenlandske forretningsfolk hvis liv og kasse afhænger af klare meldinger – taler sådan som han gjorde.

– De hørte ikke noget forleden aften? spurgte jeg, mere for en ordens skyld.

– Nej, politiet også spurgt. – Nej, desværre ...

Jeg takkede for portvinen, sagde »pip-pip« til hans fugl, undskyldte ulejligheden og forsvandt.

Én ting var i hvert fald sikker: Det var ikke Rosenbaum der havde ringet til mig på mordnatten. Hans kvækkende stemme og hans accent ville hver for sig være nok til at frikende ham. Tilsammen var de et uigendriveligt bevis.

Men måske »de unge mennesker« på tredje sal?

Jeg gik ned på første igen og så på Christensens beskedne dørplade. Der stod, sort i guld, samme besked som på skiltet nede i trappeopgangen: »E. Christensen«. Christensen var ikke den mand der syntes det ragede folk om han hed Emil, Ernst eller Erik. Rosenbaum hed tydeligt og klart og demonstrativt *Fritz* på begge sine skilte. Folk er nu engang så forskellige.

Jeg tog i Christensens dør. Den var låset. Den reagerede ikke. Jeg åbnede brevsprækken og kikkede ind. Der var intet at sé. Selvfølgelig, havde der været noget interessant havde politiet allerede beslaglagt det.

Jeg gik op igen, op til tredje sal og ringede på en klokke magen til Rosenbaums og Christensens. Ingen tog notits af det. Lyset var forsvundet heroppe, så jeg kunne end ikke skelne dørpladen. Jeg fumlede en tændstik frem og så på den. Der var ingen. Men lidt højere oppe på døren fandt jeg et papskilt hvor der stod Berg. Bare Berg.

Berg reagerede ikke.

På fjerde sal var lyset ligeledes væk og døren låst. Intet navn nogen steder. Ikke noget nogen steder. Det eneste tegn på menneskeligt liv var at gulvet i entréen – sét igennem brevsprækken ved en tændstiks lys – var overstrøet med distriktsblade og annoncer fra de lokale supermarkeder. Det var sådan sét også nok. Ethvert menneske der bor et sted smider den slags ud så hurtigt som det kommer ind. Når der ligger flere måneders distriktsblade og annoncer bag en entrédør er det lige så sikkert lejligheden er ubeboet, som det er sikkert nogen er ude at rejse når mælkemanden sér tre dages mælk stå fremme ved køkkendøren.

Det var et meget dødt hus, alt i alt. Slet ikke noget medrivende sted.

Men det var altså det sted, hvor Christensen havde fundet døden. Christensen, som havde drukket sin morgenkaffe hver morgen hos Ronnie på Café Freden.

Jeg gik langsomt ned ad trappen igen. Det var ikke til at bilde mig ind jeg havde fundet ud af noget.

Så slog det mig pludselig, at der kunne være en bagtrappe, sådan én af den slags som børn og bude benytter. Jeg arbejdede mig hele vejen ud fra 28B og 28A til 28 til gaden og den »friske luft« der for én gangs skyld ikke føltes som en vittighed og kom rundt på den anden side. Der lå et hotel, Hotel Capital. Dèr havde jeg overnattet engang.

Altså var der ingen køkkentrappe, uansét hvad brandtilsynet så ville sige til dét. Altså var det som det var: Christensens morder var gået straight op ad samme trappe som jeg, forbi beværtningen, én etage op.

Resten var tavshed og gåder.

8

Det var allerede ved at blive mørkt. Jeg gik ned igennem Absalonsgade hjemad, og undervejs kom jeg i tanker om noget der for nylig var sket her. En dyrehandler havde smidt en død flermeters slange i skraldespanden. Ud på natten var en af spritterne kommet for at ransage skraldespandene for eventuelle værdier og havde fundet slangen. Først var han blevet stivfrossen af rædsel, så fattede han sandheden og fandt det i sin brandert død-morsomt at fjolle rundt i gaderne med den døde slange om halsen og vise den frem for folk og fæ resten af natten.

Det skulle han ikke have gjort. Slangen var allerede i fremskreden tilstand af forrådnelse og tæt besat med baciller og små søde vampyr-insekter der straks – selv om de ellers ikke havde kastet vrag på slangens krop – foretrak en levende spritter fremfor en død slange. Det var tre uger siden, og spritteren havde ligget på hospitalet siden.

Nå, jeg stak hænderne i lommen igen. Det kom ikke mig ved. Verden var i det hele taget fuld af ting som ikke kom mig ved.

Jeg gik hjem til Istedgade. I opgangen hang der et skilt med påskriften »*Danger! Cable!*« med én meters selvlysende bogstaver, og en helt gennemrådden serie ledninger viste sig nedenunder i et ormædt træskab man ville kunne slå ind med den bløde ende af en filtpen. Jeg havde tit, når jeg gik forbi, tænkt på hvad der ville ske hvis man bare én gang sparkede til hele lortet. Jeg havde aldrig gjort det. Heldigvis havde heller ingen anden tilsyneladende gjort det – endnu.

Blot én af hverdagens titusind dødsfælder . . . Herre Gud. Har De ofte dårlige nerver, hr.? spurgte en psykiater servilt – utvivlsomt i forventningen om en check – i mit baghoved. Lider De af paranoia, hr.? Venter De inderst inde der vil lyde en bombe-eksplosion hver gang De smider Deres cigaretstump i den nærmeste rendestens-kloak?

Jeg gik langsomt op ad trappen til min fjerdesal. Mit hus lignede mere end nogen sinde før dét det var: En gang slum. Der var godt nok ikke rotter, men alt var mørt og fugtigt. Jeg gik tålmodigt samtlige etager igennem og undervejs slog det mig hvor meget huset mindede om Saxogade 28B. Også vi havde i stuen et værtshus, på første sal boede »viceværten«, ejerens søn og stråmand samt indehaver af værtshuset, på anden sal et halv-officielt intim-massage bordel hvor man ofte på afsatsen kunne træffe prustende svedige midaldrende forretningsmænd fra provinsen med blussende kinder og angste blodskudte øjne, på tredje sal en lidet succesrig forretningsmand der ustandselig, når man mødte ham, oprømt fortalte om hvordan han (tilsyneladende altid) var *lige ved* at få fingre i noget, virkelig *noget*, du! – svagt duftende af whisky.

På fjerde sal boede jeg – næppe ét kussehår værre eller bedre end nogen af de andre.

Da jeg var kommet helt op, havde taget frakke og hat af og sat mig i skrivebordsstolen med en whisky ringede en af sekretærerne straks og sagde det var Bladet, at det var Bladets festdag og at Otzen ønskede at sé mig.

Jeg burde have vidst det. Ikke alene kommer én ulykke sjældent alene, som regel ankommer de ligesom tunfisk i dåser engros på lastvognslade. Kun det sidste døgns tid havde fået mig til at glemme det. Selvfølgelig, det var Bladets årlige festdag, Grundlæggelsesdagen der pudsigt nok var den samme som grundlæggerens fødselsdag.

Grundlæggeren var afdøde chefredaktør M.P. Metz. Metz var død, før jeg blev født – sådan går det så tit, sådan gik det også Dante og Shakespeare. Men jeg har ofte betragtet hans buste i receptionen. Han så ikke usympatisk ud, slet ikke. Måske, hvis man skulle fremsætte en spagfærdig kritik, lignede han bare en fanatisk ådselsgrib lidt mere end almindeligt er, selv for grundlæggere. Imidlertid havde han gjort noget der holdt hans navn levende til sene tider – ud over Bladet der pligtskyldigst fejrede hans fødselsdag: Han havde opfundet den institution der hedder Børnehjælpsdagen, hvor kendte mennesker fiser fjollet rundt i byen og rasler skillinger ind til unger der hakker i det og diverse spejderforeninger der tør være deres Gud bekendt. Det havde hele landet siden beundret. Det var kun et mindretal – og især på Bladet – der vidste han havde været pæderast, og det mindretal holdt klogeligt sin kæft. Man skal ikke ødelægge sin arbejdsplads.

O.K., jeg var nødt til at tage ind på Bladet, »forholdet« var spændt nok på forhånd, og jeg vidste redaktør Otzen og jeg ikke havde været perlevenner siden jeg havde fratrådt mit faste job. Jeg sukkede hørligt til min grammofon, min båndoptager og min whiskyflaske – mine tre bedste venner – og tog en vogn ind til Bladet. Jeg kører aldrig selv mere. Det er mit eneste, om end tungtvejende, bidrag til Større Færdselssikkerhed. Jeg har mindst sparet tre menneskeliv på dén måde.

Ved medarbejder-festen skete der alt hvad der plejede, alt hvad jeg, detalje for detalje, havde sét de sidste syv år i træk på denne dag, med en præcision som var det en forud tilrettelagt amerikansk TV-udsendelse. Redaktør Otzen holdt tale og takkede vanen tro os journalister, fastansatte som free-lancere – det forekom mig han blinkede til mig – for vores gode arbejde. (Som om han ikke til hverdag hakkede os i småstykker, og som om han ikke i morgen igen ville true enhver fastansat med at forflytte ham til provinsen.) Landsretssagfører hvad-fanden-er-det-nu-han-hedder – jeg har kun sét ham en snes gange, men han ligner til forveksling et pantebrev – takkede som formand for bestyrelsen på bladets vegne. Der blev serveret laks, roastbeef med kold kartoffelsalat og brie-ost, øl og vin ad libitum, af sortklædte serveringsdamer. Derefter kaffe og cognac.

Længe inden kaffen summede stemmerne oppe under loftet og gamle anekdoter blev genopgravet af ivrige snakkere. Interne fortroligheder og hemmeligheder blev røbet med stolt toneføring til senere stærk fortrydelse i morgen, og kliker begyndte at udskille sig som tips og hints og antydninger og rygter blev udvekslet, distribueret og checket. Stemningen steg, hvis man kalder dét stemning. En sportsmedarbejder var allerede faldet om (de folk har ingen kondition), og teatermedarbejderen havde gravet sig halvt ned i moderedaktørens skød med hendes åbenlyse billigelse.

Heller ikke dét kom mig ved. Idet jeg fromt lod som om jeg skulle på toilettet skred jeg uantastet og uden afsked ud i den kølige og rolige nat og lod ubekymret – så ubekymret som passagererne på det synkende »Titanic« må have været fem minutter før deadline når vandet var nået dem til halsen.

Men O.K., dèr lå byen, og klokken var midnat.

9

Jeg tog en taxi hjem. København er aldrig så smuk som sét ud af en taxi kl. 0:00 i selve dét magiske øjeblik hvor døgnet dør og fødes mens morgenavisernes trykpresser drøner. Op ad Vesterbrogade kørte vi, med de kinesiske restauranter, natkioskerne og bordellerne blandet ind imellem de smukke og statelige gamle huse og de kæmpende små kirkesamfund, alt sammen mixet af Den Store Bartender i midnattens mildnende lys hvor alt skinner blåt og smukt og forgæves i grønt, gult, rødt.

Bag ved alt lå den store blege desperation, storbyens, og sagde: Sex, selvmord, eller søvn?

Jeg ville være fornuftig. Jeg ville vælge det sidste.

Men da vognen nåede til Stjernecaféen bad jeg den holde alligevel. Jeg tænkte det nok.

Jeg fik en whisky og satte mig i hjørnet ved siden af jukeboxen, hvor ingen ville forstyrre mig og hvorfra jeg kunne iagttage alle hvis jeg havde lyst. Der er den uskrevne regel på Stjernecaféen, at hvis man er ude på noget sidder man i forreste halvdel af lokalet, *før* jukeboxen, og så véd pigerne og pusherne dét. Hvis man ikke er sidder man *bag* boxen, og dét bliver respekteret.

Jeg sad og tænkte. Jeg fyrede en tjald og tænkte lidt mere. Jeg spekulerede stadig på tredje- og fjerdesalen i Saxogade 28B, anden baggård, jeg tænkte på Christensen og på Rosenbaum. Var det virkelig muligt, Rosenbaum kunne vide så lidt? På den anden side, man læste og hørte hver dag om naboer der end ikke kendte hinanden af udseende og som var højst forbløffede når de hørte om dødsfald på den anden side af væggen. Hvorfor ikke?

Jeg kunne ikke holde tankerne samlet om Saxogade ret længe. Jeg smed en mønt i jukeboxen og Frank Sinatra sang for mig. Sinatra sang *Strangers in The Night*, og jeg tænkte på hvor sandt det var. Sikken et liv, tænkte jeg, stimuleret af endnu en whisky. Vi begynder med at gå syv år i skole og lære ingenting. Syv år – det vil sige, hvis man er heldig og ikke er overklasse. Ellers er det fra ti til tyve år.

Så er det overstået, og så kommer de næste ti år hvor man først skal finde ud af hvordan det hele – i hver eneste forbandede detaille – er anderledes end man fik at vide, og det skal man *selv* finde ud af uden lærere eller forældre, som Fremmed i Natten, og jo længere man har ventet jo sværere er det.

O.K., så gør man dét. Når man *har* gjort det og er kommet igennem sine første skilsmisser og tilsyneladende jobs for livet er man halvgammel og dør snart, så man må hellere forberede sig på det. *Strangers in The Night*, det er ikke for meget sagt.

Jeg er 35 år. Hverken ung eller gammel. 35. Præcis halvdelen af »Støvets År«, som de gamle talte om, de syv gange ti. Halvt ung, halvt gammel, halvt født, halvt død. Midtvejs.

Flere drinks. Flere mønter i jukeboxen. Beatles sang *All You Need is Love.* Rolling Stones sang *I Can't Get No Satisfaction.* Jeg gav dem begge ret, og bagefter sang Ella Fitzgerald *I Can't Give You Anything But Love*, sødt af hende, og *I Get A Kick Out Of You*, endnu sødere, og derefter opløste det sig i *Blue Moon, There'll Never Be Another You, Now It's Time To Dream a Thousand Dreams of You* – og så vågnede jeg med et sæt op fra en lang drøm, en glemt og fortabt drøm om »livet«.

Pludselig forekom mit liv mig meget lille og meget indholdsløst. Hvad var jeg, hva'? Hvad ville jeg? Skulle jeg bare skrive artikler i Bladet til jeg døde og sikkert fik en nekrolog, givetvis af

Jens der så ville *forstå* mig i time- og spaltevis og fortælle læserne hvor meget vi alle sammen ville savne mig?

Skulle dét være et liv? *Mit*?

Jeg blev meget utilfreds med mig selv. Jeg bestilte mere whisky og startede jukeboxen forfra. Ved hjælp af en énkrone overtalte jeg Fats Domino til at spille *Blueberry Hill*. Fantastisk, Fatsastisk. Tjeneren smilede medvidende til mig da han kom med mere whisky. Fup og bullshit. Hvad vidste han om hvad jeg gik igennem? Hvad sansede han af mine mareridt? Kun at de krævede en dobbelt Ballantine mere. Det var nok til at han kunne smile medvidende.

Jeg stoppede min egen hjernes grammofon ved igen at igangsætte jukeboxens. Dén var i hvert fald mere afvekslende. Den var en genial opfindelse. Det begyndte med grammofonen, så blev det jukeboxen. Genialt. Det var Edison der opfandt grammofonen. Dèr havde vi det – Edison var et geni. Hverken Marx eller Freud eller Chaplin, men *Edison* var *The King*. Det var ham der fik telegrafen til at fungere, det var ham der fik Graham Bell's telefon til at virke, det var ham der fik duplikatorerne til at rulle, LP'erne og singlerne til at cirkulere, det var ham, Edison, der tændte hver eneste lyspære i hvert eneste beskidte deprimerende værtshus-lokale over hele Jorden og alle andre værelser også, alle de soveværelser rundt om i byen hvor folk nu var ved at gå i seng og sove eller . . ., alle de værelser hvor flinke kontorfolk næste morgen ville sidde og stemple papirstykker. Edison var genial. Vi vader alle sammen i Edison hver eneste dag fra morgen til aften, og hvor tit tænker vi på det?

Alt for sjældent, fandt jeg. Af gammel vane var jeg lige ved at foreslå Bladet en artikel om Edison og hvor meget det Moderne Menneske dog skylder ham, men så skulle det være hans 100 års fødselsdag eller sådan noget, og det vidste jeg ikke om det var, så jeg glemte det igen. Desuden var jeg ikke i humør til at telex'e. De havde stadig fest, og telex'en var sikkert blokeret.

Telex – en anden stor opfindelse, sprogets jukebox. En fantastisk ting. Den gav mennesker mulighed for at sige direkte til hinanden, fra Chicago til Beirut, fra København til Johannesburg, hvad de havde på hjerte og fandt umiddelbart og spontant væsentligt.

Det var næsten altid noget med penge.

Jeg blev klar over jeg måtte være meget fuld. Stjernecaféen sejlede. Jeg skulle lige til at bede tjeneren om en taxi – jeg havde glemt, jeg boede lige ved siden af – da Kurt kom forbi. Kurt er en fjern bekendt. Jeg har sét ham ofte, men kan aldrig rigtigt huske hvorhenne eller hvordan. Kurt spurgte om vi ikke skulle spille et enkelt slag kort. Jeg var glad for at blive fri for mine egne tanker og slog straks til. Vi spillede poker. Ind imellem bytningerne spurgte Kurt om jeg havde hørt om hvad der var sket i Saxogade 28B. Jeg sagde nej, og han fortalte mig historien, og jeg virkede passende interesseret samtidig med at jeg vogtede mine kort. Jeg havde tre esser.

– Gad vide hvad »Den Tynde« siger til dét? – sagde Kurt.

Jeg hørte ikke mere efter hans snak, jeg kunne ikke. Jeg var for fuld til overhovedet at kunne fæstne øjnene præcist på kortene, jeg måtte knibe dem helt sammen med stor anstrengelse for at afgøre om jeg havde to eller tre esser. Jeg spillede helt på rygradens automatiske pilot.

Kurt var pludselig væk – formentlig med nogle af mine penge – og jeg fandt mig siddende sammen med en mørkhåret pige næste gang jeg kom til bevidsthed, samt med en idé om at Kurt havde sagt noget vigtigt jeg havde glemt. Den mørkhårede nævnte navnet på et hotel, som vi åbenbart var blevet enige om at tage hen til mens jeg havde været væk. Det var Hotel Capital.

Hun bad mig ringe efter en bil, og jeg ringede til Isted-Bilen. Det var igen ren og skær automatisk vane. Isted-Bilen ligger i et par skure på Istedgade, hvor det om vinteren piber ind med sne og vind og kulde. Indvendigt er der telefoner der kimer ustandseligt og frysende chauffører der venter med kaffe og forbudte små skarpe i hænderne. Onde rygter – især udspredt af hyrevognschauffører i mere vel-etablerede firmaer – vil vide, at Isted-Bilens chauffører i høj grad er »tidligere straffede«, folk med dybt kendskab til »afvigende miljøer« eller selv »afvigere«. Hellerup-Taxi og Virum-Vognen, Krone-Bilen og Konge-Bilen har chauffører der formelig vrisser ad Isted-Bilen som en stiftsprovst vrisser ad Weekend-Sex.

Ikke desto mindre er det den eneste hyrevogns-central i København der kan levere en klar vogn til enhver tid hvor som helst – og med en vis hast. De beviste det igen.

Hun hed Hanne og vognen førte os på tre minutter til Hotel Capital og værelse 107.

Ganske vist huskede jeg ikke ret meget af vores samtale og eventuelle aftale, men da hun begyndte at klæde sig af så snart vi var kommet ind, og da hendes krop fra at være klædt i blåt efterhånden blev mere og mere kødfarvet, næsten hvid i hotelværelsets gule lys, forstod jeg så nogenlunde hvad det måtte handle om og havde ikke så meget imod det. Jeg lagde mig på sengen efter tre gange at have hældt koldt vand i ansigtet, og et øjeblik efter kom hun glidende – mere som en levende end en død slange – hen over mig.

Derefter skete der hvad der må ske, og hvad der er sket for mig siden jeg som 14-årig første gang var ude for en sådan situation. Vi mænd *er* nu engang uopfindsomme, det bliver åbenbart aldrig anderledes.

Bagefter faldt jeg i søvn. Om natten drømte jeg jeg var en mekanisk baby der blev fodret af en Mor af en jukebox hvis bryster flød over med plader jeg suttede i mig.

10

Da jeg vågnede havde jeg det ikke godt, og det havde jeg næppe heller fortjent. Det var varmt, ulideligt varmt, og jeg kunne ikke forstå jeg ikke så mit ur fra sengen før jeg blev klar over hvor jeg var henne. Jeg gik ud i badeværelset, sjaskede koldt vand i ansigtet, tørrede mig med Hotel Capitals tynde viskestykkeagtige håndklæder, samlede mit tøj sammen og gjorde mig klar til at fragte min dundrende hovedpine hjem.

Der *er* ikke noget så deprimerende som at vågne på et hotelværelse. Jeg har tilbragt henimod halvdelen af mine nætter på hotelværelser, så jeg véd hvad jeg taler om. Jeg kender dem: Deres udbombethed, deres ubesmykkethed, deres livs-samlesæt: bord, stol, seng, askebæger, wc, deres saglighed med brand-forordningerne og Bibelen i natskuffen – og den tomme fade lugt af linned og den forrige ejers cigarer ... Hver gang jeg lugter den gamle sæd på en hotel-madras undrer jeg mig over alting.

Man blive så gammel af hoteller. Det er som om tapetet kryber direkte ind i øjnene på én og minder én om alle éns livs tapeter i forladte værelser. Det er som et dødsbo. Man bliver melankolsk. Meget menneskeligt, ganske vist, men hvilket lort og hvilken svinsk sadisme er ikke dét?

Lige da jeg skulle til at lukke døren så jeg en lap papir flyde på sengen. Jeg tog den med mig. Det var en seddel fra Hanne, kort og snavset, et stykke papir revet ud af en lommebog. Der stod med rød kuglepen at jeg gang på gang i nattens løb havde bedt hende huske mig på, at jeg måtte og skulle tale med *Kurt – Kurt* var understreget tre gange. Ellers intet.

Jeg stak sedlen i lommen. Jeg havde glemt hende. Jeg havde også glemt hvad jeg skulle tale med Kurt om. Jeg havde i det hele taget glemt aftenen i går. Det eneste jeg huskede noget om var Edison.

Morgenportieren var en ung, rødhåret mand. Han smilede fint. Det kunne ikke være længe siden Hanne var gået.

Jeg steppede ud på gaden og fandt en kaffebar og tænkte mig om så godt mit hoved tillod det. Jeg blev klar over, at det eneste fornuftige var at gå i sauna.

Lige om hjørnet ved Oehlenschlägersgade ligger der en sauna der har kendt bedre tider. I gullasch-baronernes tid var det dèr middagsherrerne samledes for at få lidt styr på deres kæferter og få dryppet en smule af fedtet af før de på ny lagde til depoterne. Man kunne stadig væk af og til sé lettere udsmadrede forretningsmænd der kom tidligt om morgenen med ansigter som bløde tomater for at blive i stand til at klare dagens kontor-tjeneste, men ellers var den type mennesker sjældne nu. De havde vel fået sauna hjemme og kom kun her når fruen ikke måtte sé deres øjne.

Jeg betalte min tyvekroneseddel – jeg havde mistet forbløffende få penge i nattens løb – og gled ind i dampen hvor fire-fem mænd hang rundt omkring på træbænkene. Jeg hilste med en hovedbevægelse og lod sveden hagle ned ad mig.

Hvad var nu det hele for noget? Christensen var død, *si*. Ehlers ventede, *si*. Otzen blev snart rasende, hvis ikke han hørte fra mig. Noget skulle jeg tale med Kurt om, men hvad? Og Hanne, hvad med hende? Hvem var hun? Ikke en ludder, så havde min pung ikke været fyldt og sandsynligvis ville jeg heller ikke være gået med hende, men hvem da? Og hvorfor havde hun lodset mig med sig? Eller havde *jeg* virkelig taget initiativet?

Mens jeg sad og spekulerede betragtede jeg fraværende mine køns-kolleger og deres figurer. Der var en sorthåret fyr der så ud som om han havde en sportsforretning, en muskuløs og slank 50-årig der lå på gulvet og gjorde armbøjninger med røven i vejret, sikkert en af disse konditions-fanatikere man ellers altid sér galoperende som vilde heste igennem byens parker. Der var en feddert med syv lag om maven, ubestemmelig af alder, en typisk kontor- eller administrations-dreng der lige skulle svede lidt for at få god samvittighed inden forretnings-frokosten med det store kolde bord. Der var en spytslikket Casanova-type der sad med samlede ben og klippede sine negle som om meget afhang af dem, og som om han var ved at gøre sig lækker med henblik på senere at score lidt fisse – måske var han direkte på vej til damen og nød sig selv lidt før det blev hendes tur. Og så var der et par ca. fyrreårige svanser der gjorde sig lækre over for hinanden med hver sit kokette håndklæde om livet.

Jo mere jeg så mig om, jo mindre forstod jeg hvad kvinder ville med os.

Sveden haglede ned ad mig, men min hovedpine var på taktisk retræte. Saunaen blev pludselig meget lille, den lignede et rum hvis vægge kunne trykke sig sammen for at kvæle mig. Et lille rum. En kiste. Der var alt for mange små rum i Verden, alt for få steder hvor man kunne trække vejret.

Som barn syntes jeg, det rækkehus vi boede i var meget stort – dagligstuen alene var en hel Verden. I dag føler jeg mig indeklemt samme sted, jeg kan ikke trække vejret. Vore mål skifter. Mit arbejdsværelse i dag er på størrelse med den stue vi fem mennesker sad og spiste og læste og hørte radio i, aften efter aften hjemme – og nu synes jeg, hélt alene, dét er for lille.

Man kalder det klaustrofobi: Angst for små rum. Måske var den samme fornemmelse som jeg har når jeg besøger mine forældre i dag grunden til at jeg holdt op som fast på Bladet, måske kunne jeg heller ikke holde dét lille rum ud. Hvor havde de været overraskede dengang! Otzen og redaktionssekretær Clausen ... Straks var de kommet: »Hvis det er et spørgsmål om penge ...« Det var ikke et spørgsmål om penge, men det er næsten umuligt at få nogen til at tro på at noget som helst ikke er et spørgsmål om penge nu om dage.

Jeg holdt op med at snakke med mig selv. Somme tider har jeg på fornemmelsen jeg bruger det meste af min tid på at stille spørgsmål som ingen besvarer.

Måske *er* en journalist én der altid stiller spørgsmål, og ikke kun til andre.

Måske burde i hvert fald én journalist sé at stille nogle spørgsmål til andre end sig selv.

Jeg kom ud af sauna'en og fik klunset på igen. Jeg ville gå hen i Saxogade 28B, anden baggård, og tage tråden op fra i går, der var ikke andet at gøre. Jeg skyldte både Bladet og politiet i hvert fald at *prøve.*

Huset lignede sig selv. Der var stille i værtshuset, ikke en flaske klirrede, ingen bandede eller smed med en terning, ingen lyd lød.

Det gjorde der til gengæld inde i opgangen. Den lille tynde opgang var en ren flaskehals, der holdt enhver lyd beskyttende inden i sig. På anden sal lød det som om hele huset var ved at blive revet ned. Møbler blev skubbet frem og tilbage, hæle jokkede skurvende over gulve, stemmer rungede. Måske havde Rosenbaum en frokost-sammenkomst, måske holdt han forårsrengøring. Jeg var lige ved at kikke ind, men bestemte mig til ikke at gøre ulejlighed.

Jeg klatrede endnu en trappe op og bankede på tredjesals-døren med papskiltet »Berg«. Jeg bankede så mine knoer var ved at knække over. Det hjalp. Der kom en kvinde ud.

Det var ikke særlig lyst, men i et spinkelt dagslys fra vinduet kunne jeg godt genkende hende.

Det var Hanne, i en slidt lyseblå house-coat.

Hun genkendte mig, lagde en finger over læben, trak døren næsten til igen, lænede sig frem mod mig og hviskede at jeg skulle komme igen sent på eftermiddagen, hun havde travlt nu. I baggrunden hørte jeg en mand råbe: – Hvad er der? og straks skreg hun »Ingenting ... Én der gik galt« tilbage til ham, hviskede på ny: »sent på eftermiddagen« og trak døren i bag sig.

Fortumlet bevægede jeg mig på ny ned ad trappen, men der var flere møder på vej, alle de mennesker jeg kendte havde sat mig stævne her i huset i dag. På afsatsen mellem anden og tredje sal stod politiinspektør Ehlers og tyggede en cerut i hidsige småstykker som han spyttede ud på gulvet. Han så ud som om han havde en hovedpine værre end min.

Han brummede bare, da han så mig. Uden at sige goddag eller spørge hvordan jeg havde det, sagde han i en langsom skurrende tone, så utydelig at det tog mig et minut at opfatte hans ord:

– Én gang til. Denne gang er det Rosenbaum! –

11

Jeg er bange for, jeg ikke var særlig kvik lige i dét øjeblik. Min stemme lød som en kvækkende frø, da jeg spurgte: – Hva'?

Ehlers så på mig uden videre sympati.

– Rosenbaum, sagde han som en gammel telegrafist i korte knappe hovedsætninger. – Død. Myrdet. Skudt. I aftes. Kom med. –

Han greb mig om skulderen, åbnede døren til Rosenbaums lejlighed og trak mig med ind som om jeg var en genstridig skødehund der rykkede i snoren.

Inde hos Rosenbaum gik tre uniformerede strissere frem og tilbage og var i fuld gang med at splitte hans livs stolthed, den smukke lejlighed, fuldstændig ad i småstykker. Alle skuffer var trukket ud, alle døre åbne, alle møbler flyttet rundt. Vinduerne stod på vid gab for at fjerne bare en beskeden procentdel af støvet, og rundt omkring på disponible bordplader lå store stabler af breve, kvitteringer, papirstykker, notater – al den slags, mennesker nu engang efterlader sig.

Rosenbaum selv var ikke til stede længere. De tre strissere kikkede op et øjeblik, før de fortsatte deres tavse, systematiske søgen i den døde mands rester af en kulisse. Ehlers trak mig ud i køkkenet.

– Noget nyt om den mystiske stemme? spurgte han med svag skurrende hån.

– Jeg har ikke fundet den, indrømmede jeg.

– Det ville måske også være for meget forlangt bare uden videre at finde den på Stjernecaféen, sagde Ehlers barsk.

Det rykkede i mig.

– Bliver jeg skygget? spurgte jeg.

– Nej, sagde Ehlers, *så* værdifuld er De ikke. De bliver ikke skygget, bare genkendt. Der var en af mine folk der tilfældigt så ind ad vinduet i går da De sad op ad jukebox'en og drømte. To timer efter kom han forbi igen og kikkede ind, og De sad stadig væk og var lige nyttig for samfundet. De skal i øvrigt være glad for at han kom igen. Det har givet Dem et alibi. –

– Alibi? –

– Alibi, sagde jeg, ja. Rosenbaum blev skudt mens De sad og hang. Det lader til at være et farligt hus at bo i. Man burde nok advare de unge mennesker på tredje sal. –

– Hvem er de? spurgte jeg ham.

– Snak ikke udenom, sagde Ehlers. – Jeg så, De kom fra tredje sal. Første og anden sal er døde på to dage her i huset. De er det eneste spor vi har, *De* hævder De blev bedt om at komme herover, og her møder jeg Dem på vej ned fra tredje sal. Hvad med at fortælle Onkel Ehlers her hvad *De* véd om tingene? –

Jeg fortalte ham, jeg intet vidste. Jeg nævnte ikke noget om min nat, men jeg fortalte ham om min samtale med Rosenbaum dagen før. Jeg var ikke nået langt før han afbrød mig.

– Svans! sagde han med væmmelse. – Svans, og antikvitetshandler. Alene og uden familie, ganske ligesom Christensen. Ingen i dette hus har nogen familie. Ingen er kendt af nogen. Ingen véd noget om nogen. –

– Jeg fandt heller ikke ud af noget i går, men det er heller ikke mit arbejde, svarede jeg. – Jeg prøvede bare på at genkende en stemme, og det kunne jeg ikke. Hvad Fanden kan *jeg* gøre? –

– Sikkert intet, sagde Ehlers – ganske sikkert ingenting, men derfor ville det alligevel klæde Dem at prøve på det. –

Han vendte sig bort fra vinduet og da lyset pludselig strømmede ind i værelset så jeg hvor furet og træt hans ansigt var. Han havde poser under øjnene, og det af en størrelse som kunne have været solgt til et container-firma.

– Forbandet sag! sagde han.

Jeg fortalte ham, jeg havde været oppe på tredje for at sé om dét kunne have været stemmen, men at en kvinde havde lukket op, og stemmen havde ikke været en kvindestemme, og en mand havde råbt op i baggrunden, men det havde heller ikke været hans der havde ringet til mig i går nat – i går nat, der allerede virkede som om den lå flere uger tilbage i tiden.

– Hm, sagde han. – Det kan være en af de andre?

– De andre? spurgte jeg.

– De bor en 3-7 stykker deroppe, sagde han kort. – Jeg er sikker på det er en narkoman-bule. Fyren og pigen De traf – jeg kom lige deroppefra – er dem der har lejet stedet. De har altid et par andre boende plus et par stykker der holder til fra tid til anden. Der lugter af stof. Jeg ville ikke foretage nogen husundersøgelse, det så for småt ud til at give noget, men vi sætter bevogtning på huset nu. –

Jeg spurgte ham om han havde en teori.

Han trak på skulderen. – Har De?

Min hovedpine begyndte at komme tilbage. Ikke desto mindre prøvede jeg at svare ham fornuftigt.

– Jeg tror ikke på det er en sindssyg morder der vil myrde alle der bor i Saxogade 28B for selv at komme i besiddelse af lejemålet. Jeg har svært ved at tro andet end at Christensen blev myrdet fordi han så noget han ikke skulle have sét, og hvad Rosenbaum angik – ja, så må han have sét hvad der skete med Christensen, så de for en sikkerheds skyld har udryddet ham med. –

– De læser mange kriminalromaner, gør De ikke? spurgte Ehlers.

– Hvordan skulle det ellers være gået til? spurgte jeg.

Han sagde at én idiot kunne spørge om mere end ti vise mænd kunne svare på. Jeg sagde at det var jo nok mere de vise mænds begrænsning end ligefrem idiotens fejl.

Han så surt på mig.

– Sådan noget som én der sér et mord og så selv bliver myrdet for det, det er noget der sjældent sker i virkeligheden. Det lyder usandsynligt. –

– For Fanden, sagde jeg: – Det hele lyder usandsynligt. Der var ikke en sjæl der ville tro det, hvis det var en kriminalroman. Er det måske sandsynligt, at en enlig ældre folkepensionist bliver skudt? Er det sandsynligt at hans bøssede overbo bliver pløkket dagen efter med en pistol? –

– Hvorfra véd De det er en pistol? spurgte Ehlers. Hans stemme var ikke spor rar.

– Fordi De sagde han blev skudt, svarede jeg træt. – Jeg regnede med det ikke var et maskingevær eller en armbrøst. På den anden side *var* han jo antikvitetshandler. –

Ehlers smilede.

– Men er dét sandsynligt? fortsatte jeg. – Og er det så sandsynligt, at der til og med skal ligge en narkorede ovenover igen? –

– Her i kvarteret, sagde Ehlers mens han skiftede sin åbenbart tyngende vægt fra den ene fod til den anden, – her i kvarteret er intet mere sandsynligt end én narkorede pr. hus. –

En af hans folk kom ind og sagde de havde gennemrodet og sorteret lejligheden. Papirer og breve lå fremme, og om han ville komme og sé på tingene?

Ehlers nikkede.

Manden gik.

Ehlers vendte sig mod mig med et træt blik og sagde: – Jeg kommer nok heller ikke hjem i nat. –

Han havde sandsynligvis ikke været hjemme siden det første mord.

Pludselig sagde jeg:

– Hvad med at spise til middag sammen?

Han så på mig med åbenbar forbløffelse.

– Hvorfor dét? spurgte han.

– Hvis De slet ingenting spiser holder De Dem ikke oprejst i aften, sagde jeg. – Det kan vel altid være en slags afveksling. –

Han accepterede. Vi aftalte at mødes hos Ho Ling Fung klokken otte. Jeg gik ned ad trappen, som en fri mand, uden trang til at gå ind på værtshuset i stuen eller i det hele taget sé mig tilbage.

Hvis jeg havde kunnet lade være med at sé fremad havde jeg såmænd også gjort det.

12

Jeg var godt klar over, det ville være klogest at betragte min sene eftermiddags-aftale med Hanne som suspenderet. Hvis politiet overvågede ejendommen var det ikke netop tid til en intim hyggesludder om nattens begivenheder. Sådan er livet: Mens man knalder med en beboer på tredje sal bliver beboeren på anden sal skudt.

Så gik det op for mig, *jeg* måske var eller kunne blive Hannes alibi.

Under dén synsvinkel kunne nattens hændelser forklares på mange måder. Ingen af dem virkede særlig sympatiske.

Hvis bare jeg havde været lidt mere ædru i nat ville jeg måske vide noget mere.

Visse mennesker lærer aldrig af deres erfaringer. Det beviste jeg få minutter efter igen ved at gå ind på Stjernecaféen.

Der var halvfuldt, og både tjeneren Willy og flere af stamgæsterne af begge køn blinkede til mig på en måde der viste, at jeg nok havde fået mit i går. De var ikke ondskabsfulde, de markerede bare med øjne og øjenbryn at de enten havde hørt eller selv sét det, og så var dén ellers ikke længere. I morgen kunne det lige så godt være en af dem, og det havde det givetvis været flere gange før. Men Dagens Konge-Brandert *er* Dagens så længe den varer.

Så kom mit første lykketræf i flere dage: Netop som jeg havde anbragt mig med en meget kold øl, en gravøl for Rosenbaum, kom Kurt forbi.

Jeg stoppede ham.

– Ordentlig jernstang i ørerne i går, hva'? sagde han.

Jeg nikkede.

– Undrer mig ikke, mand, sagde han. – Du skyllede whisky i dig som om du havde fået at vide det var din sidste aften. Jeg har aldrig sét dig sådan før. Du kunne ikke engang høre efter en god historie – og *du* er journalist, mand! Jeg har sét dig drukken før, men du plejer da altid at kunne holde tråden i en historie – ligesom Willy stadig kan servere efter han selv er blevet plakat. –

– Vil du have én med? spurgte jeg belevent.

Det fik han. Han satte sig ned.

– Men jeg må indrømme, fortsatte han, at du havde lidt hjerne tilbage, lidt. Du bad mig om at fortælle dig historien igen næste gang vi sås og spurgte hvor du kunne finde mig. –

Javel, ja. Jeg havde bedt både Kurt og Hanne huske Kurts historie. Den måtte have betydet noget.

Jeg spurgte Kurt hvad det handlede om.

– Det er det hus dèrovre i Saxogade, hvor ham folkepensionisten blev myrdet forleden, sagde Kurt.

Jeg gav et hop i sædet. Jeg skulle lige til at fortælle Kurt om mordet på Rosenbaum da det slog mig, at Ehlers næppe ville sætte pris på jeg agerede politiradio i kvarteret. Jeg lukkede gabet igen og stak en cigaret ind i det for at holde det på plads. Jeg så afventende på Kurt.

– Jeg blev ved at fortælle dig det i går, sagde han, men ikke mine ord igen. Jeg har kun hørt det som et rygte, og jeg har ikke noget bevis. Men en tjeneste er en tjeneste værd. Du har givet mig en hånd nu og da, og jeg giver dig én. *Men du har den ikke fra mig!* –

De sidste ord sagde han med en sådan gravrøst at jeg vejrede Sandheden om den Anden Verdenskrig bag hans ord. Det var heller ikke langt fra.

Kurt vendte sig om, så efter om nogen kunne høre os, lænede sig ind over bordet som om han ville tage askebægeret fra mig og hviskede:

– De siger, huset tilhører Den Tynde! –

Så kaldte han lattermildt ligegyldigt på Willy, bad om et par raflebægre og vandt en omgang i tænkebox på to minutter fordi jeg stadig ikke var kommet mig over dette sidste chok på denne åbenbart årlige Chok-Festival-Dag.

13

»Den Tynde!«

Ordene sad stadig væk og virrede i mine membraner som når man hører en skingrende ambulances sirenehyl længe efter den *er* drejet om hjørnet.

»Den Tynde!«

Naturligvis kendte jeg, som alle andre, Den Tynde. Og naturligvis kendte jeg lige så lidt som alle andre noget virkeligt til Den Tynde.

Hvad jeg vidste var noget i retning af dette:

Den Tynde var her fra kvarteret, født i en af baggårdene i en to-værelses uden lokum. Han havde mange år senere købt huset, installeret toilet og bad i lejligheden og så foræret den til sin gamle Mor, der stadig boede der. Det var lige om hjørnet. Det var en af de pæneste ting, Den Tynde nogen sinde havde gjort. Måske den eneste.

Den Tynde var Kvarterets Konge. Han ejede fem-seks værtshuse, et par bordeller, nogle illegale spilleklubber, et par smuglerskibe der sejlede sprit og cigaretter og narkotika – og en direkte eller indirekte stab på i hvert fald et halvt hundrede eller måske hundrede mennesker der passede hans brogede forretninger.

Selv boede han i en villa i omegnen med kone og børn, i en stor borgerlig herskabsvilla ned til en sø, havde jeg hørt. Ingen i Istedgade havde nogen sinde sét hans kone og hans børn. Hvis han havde en telefon stod nummeret i hvert fald ikke i telefonbogen.

Enhver vidste man kunne træffe Den Tynde ved at aftale det med Sorte Manuel i bordellet på hjørnet af Gasværksvej. Sorte Manuel var Den Tynde's kontaktmand nr. 1. De havde arbejdet sammen siden de gik i skole, og de havde fortsat samarbejdet i livets skole, der for dem havde været en lang række af indbrud, smuglerier, overfald, narkotika-handeler, pengeafpresninger og – hvis rygtet talte sandt – i hvert fald et tocifret antal mord.

Den Tynde lignede en præst. Når han gik ned igennem gaden, høj og mager, i sort, tæt tilknappet frakke og altid ledsaget af et par adjudanter, gik der et sus igennem folk: »Den Tynde!« Det hviskedes i vinden, man mere *anede* end så det, ganske som folk i *happy old days* må have reageret når højsalig Kong Frederik den Sjette viste sig og promenerede med familien søndag eftermiddag i Frederiksberg Have, eller som når en kendt Dansktopsangerinde pludselig står og holder i en strop i linie 16. Man *hilste* ikke decideret på Den Tynde, man mere anerkendte hans nærvær ved en hovedbøjning der antydede éns imødekommenhed. Det var *meget* klogt at være imødekommende over for Den Tynde. Visse folk der havde vænnet sig af med det havde haft adskillige vanskeligheder og pludselige sygdomme kort tid efter.

Uden for Distriktet ville ingen lægge mærke til Den Tynde. Hvis folk overhovedet så ham på Østerbro, ville de tro han var sognepræsten eller måske skolelæreren. Hans stemme var en del af grunden til hans navn: Den var tynd og pibende, lidt hul samtidig, som havde han en defekt på stemmebåndet.

Alle kendte hans liv, eller dele af det. Der er ikke mange københavnere der ikke har hørt eller læst om Den Tynde som baggårdsdrengen med den enorme kriminalistiske skoling, den gennemtæskede baggårds-dreng med den fordrukne far der stak af til Sverige da politiet forhørte sig om en række indbrud i omegnen. Man så eller hørte ikke mere til ham. Den Tynde var ti år dengang. Den Tynde havde efter sigende intet sagt.

Fra en så beskeden start havde han over fyrre års arbejde svunget sig op til at blive Boss'en. Han havde ført en målbevidst og nådesløs krig fra værtshus til værtshus, meter for meter, indtil han til sidst havde den absolutte magt over flertallet af alle Distriktets varer: Spil, sex, sprit, stoffer. Den Tynde var måske tilfreds, måske ikke. Han smilede aldrig og sagde meget lidt.

I den øvrige by var han en myte, men i disse gader var han Kongen: Alt afhang af ham, alle var i én eller anden instans afhængige af ham. Når en kontorchef i et forsikringsselskab efter firmafrokosten var blevet kåd og skulle have dameselskab, så var det Den Tynde der havde 300-kroners ludderne i så tyk en snor at de afleverede den ene hund til ham eller en af hans stråmænd. Når et ungt par der boede hjemme hos hver sine forældre lejede et beskidt hotelværelse for at få en chance for et knald, så var det Den Tynde der leverede lagenerne. Når en narkoman lagde sig til at dø med armene prikket fulde af nålestik var det Den Tynde eller en af hans drenge der havde leveret døds-dosen mod passende pris.

Det var blot *nogle* af de ting man forbandt Den Tynde med, selv om ingen kunne have kontrol med – eller bare viden om – omfanget af hans forretninger. Samtidig var han, og havde altid været, »forretningsmand«: Han opkøbte systematisk ejendomme og lejligheder i kvarteret til sine mangfoldige foretagender og folk. Man mente, og Bladet havde flere gange hævdet, han efterhånden disponerede over en tredjedel af Distriktet, men sikker kunne ingen være, for så vidt som han oftest købte gennem stråmænd eller gennem anpartsselskaber skabt til lejligheden – »Boligselskabet af 17. januar 1975 ApS«. Hans transaktioner var aldeles uigennemskuelige.

Et par gange havde politiet da også ladet sig ophidse af dagspressens »bagmands«-historier til at undersøge hans affærer, men aldrig med noget større resultat. Et par småbøder for mangelfuld regnskabsføring hist og her, en enkelt gang et par ugers fængsel for rufferi. Den Tynde tog det med iskold ro. Ingen kunne for alvor røre ham. Hans advokater var så udsøgte som han kunne betale dem, og der var dem der mente han ligeledes havde et antal prominente strissere på lønningslisten.

Sidste gang politiet prøvede havde de, huskede jeg fra en for længst fordøjet morgenmad hos Ronnie, to vidner der ville fortælle om Den Tynde's tilknytning til en bordel-virksomhed på Halmtorvet. Et par dage før retsmødet kom begge vidner, med få timers mellemrum, ud for en påkørsel – hver sit sted i byen, men begge af en sort Chevrolet hvis nummer de ikke så. Fra Kommunehospitalet meddelte de politiet, at de trak deres vidneudsagn tilbage. De havde være fulde og fulde af løgn da de afgav dem, sagde de. *De* mente ikke, nogen kunne sige Den Tynde noget på.

De havde også familie og ville gerne leve et par år til og sé Solen stå op og drikke kaffe om morgenen eller bare kunne tage en øl på en café i byen uden ustandselig at skulle sé sig om bag skulderen.

Sådan var Den Tynde, og det vidste enhver. Intet under, jeg i min brandert i nat var blevet rystet over Kurts oplysning, så rystet at jeg havde glemt den.

Jeg gik. Jeg skulle spise til middag med Ehlers. Jeg tænkte, at nu havde jeg da for én gangs skyld noget at fortælle ham.

14

Det blev en usædvanlig aften.

Jeg var der til tiden, men det var jeg ene om. Jeg satte mig til rette i Ho's bar efter at have udvekslet et par betragtninger med ham om hans otte børn og deres udvikling, problemerne med momsregnskaberne (som ikke fandtes i Hong Kong) og tidens øvrige udfordringer, og jeg fik en whisky og ventede. Efter et stykke tid fik jeg endnu én og ventede lidt mere. Der var allerede gået en halv time.

Det er oprørende, så hurtigt tiden går nu om dage. Bare for en tredive års tid siden, da jeg var barn, var en time en hel Verden, en kapital, en uendelighed af et bundløst ocean. Nu om dage kan man næppe nå at tænde en cigaret før der er gået en time og Bornholmeren slår igen.

Jeg går ud fra, tiden simpelt hen er fulgt med den øvrige devaluering, ganske ligesom de chokoladestænger fra min barndom der endnu findes og som er blevet tre gange så dyre, men som til gengæld samtidig enten er mindre eller smallere end de var dengang. Sandsynligvis har de i al hemmelighed på samme måde klippet et par minutter af i timen for hvert eneste år siden. Det kunne ligne dem.

Efter tre whisky'er kom Ehlers. Han var bleg og træt. Vi satte os ned, jeg bestilte suppe Tai Wan og ristede kæmperejer med ris og grøntsager. Mens vi tyggede – foran de røde forhæng og Ho Ling Fung's vinyl-buddhaer, mellem billederne af Ka'wán-bjergene med de spredte småhytter med de langskæggede gamle Ho Chi Minh'er og fugle med spidse næb – fortalte jeg ham om Kurts besked – dog uden at nævne navne.

– Jeg tænkte det nok, sagde Ehlers lakonisk. – Men det er næppe til at bevise. Det er heller ikke sikkert det betyder noget – Hajen har så mange huse. Men jeg checker det i morgen. –

Sådan fandt jeg ud af at Den Tynde hos politiet hed Hajen. Hver sit kælenavn.

Efter en lille times spisning så Ehlers op på mig med et mindre træt blik.

Over kaffen begyndte han at blive snaksom – en virkning manglende søvn ofte har på ellers tavse mennesker. Han begyndte at fortælle om sit job.

– Der er liv i dét job, man sér meget, men der er også en særlig slags død ... Folk bliver bange for én. Man bliver lidt *udstødt* i dét job, selv éns bedste venner tør ikke rigtig fortælle én de smuglede en ekstra flaske gin med fra Mallorca-turen eller snød skattevæsenet for et honorar for måneskinsarbejde ... Somme tider tror jeg, selv mine børn er bange for mig! –

– Jeg kan huske, fortsatte han, – hvordan jeg selv opfattede en strisser som dreng ... Som en stor skræmmende trussel, og forbandet *konkret* på grund af uniformen, meget værre end et spøgelse eller en vampyr, fordi han var så nem at finde, så nem at ramme. Læreren var en slags strisser, parkopsynet ved legepladsen var en slags strisser – der var altid strissere til at forhindre én i at have det sjovt, og man råbte efter dem og sagde vittigheder om dem ... Nu er jeg selv strisser. Men tro ikke jeg ikke véd hvad drengene på legepladsen hvisker om mig – eller hvad *De* tænker. –

Jeg spurgte hvad han havde lavet før. Han fortalte han havde være cykelbud i sin skoletid, var kommet til søs derefter – der var ikke kasse til meget uddannelse i hans familie – og et par år efter havde truffet sin kone, fået et barn med hende og var gået i land.

Han havde været i en købmandsforretning et par år, men var blevet syg af at slæbe vaskepulver hen over disken. Så var han kommet ind på politiskolen og efter et år i provinsen endt i Distriktet hvor han efter ti år havde nået sin nuværende position. Det var det hele.

Et liv på femogfyrre år kortet ned til et kvarter.

Ehlers kendte Distriktet som sin egen lønningscheck og havde også selv boet her, men ikke længere. Han var flyttet et stykke udad, hen imod Frederiksberg-kanten.

– Jeg vil ikke have, mine børn skal vokse op her! sagde han.

Dèr var et punkt hvor han lignede Den Tynde. Det ville *han* åbenbart heller ikke.

Vi var ved at blive helt gode venner.

Så pludselig rejste han sig.

– Jeg må tilbage. Tak for i aften. Jeg håber ved Gud jeg snart kommer i seng. –

Da jeg kaldte på Ho for at betale regningen kikkede Ehlers sig lige tilbage over skulderen – med sin frakke halvvejs påmonteret – og sagde, som en slags afskedsreplik:

– Det er en forbandet Verden derude... To mord... To lig... Og om en uge er der to unge par der har fået deres første lejlighed. Min kone og jeg startede på samme måde. –

Han nikkede og var væk.

Halvdelen af regningen lå under hans kaffeservice. Det viste sig først, da Ho ryddede op mens han hentede mine byttepenge.

En forfriskende ukorrupt strisser.

15

Da jeg betalte Ho stod jeg og svajede sådan, at jeg var klar over at enhver gæst i lokalet bemærkede det. Det var lige dét tidspunkt, hvor en fornuftig mand ville trække sig stilfærdigt tilbage.

Så det gjorde jeg ikke.

Jeg gik ned ad Vesterbrogade. Selv om jeg kendte hver eneste flise ved fornavn var det min opfattelse, at de i nattens løb havde sét deres snit til at skifte pladser. De lå ikke som de plejede. Det var ikke sundt for mine sko.

Jeg gik en halv times tid. Ikke fordi jeg var på vej nogen steder hen. Jeg tænkte.

Det er ikke noget jeg tit gør. Det er heller ikke noget jeg er særlig god til. Det er for dén sags skyld heller ikke noget, jeg har nogen speciel glæde af. Men det var ligesom om det var oppe i tiden. De ting der fandt sted rundt omkring mig krævede det.

Jeg gjorde mit bedste – omtrent som en midaldrende mand, hvis kone altid har ordnet husholdningen, men som nu er alene i en week-end, for første gang, på grund af hendes lillesøsters bryllup eller hendes mors begravelse, og pludselig skal finde ud af hvor opvaskebørsten ligger. På samme måde prøvede jeg at finde ud af at bruge min hjerne.

Jeg tænkte og tænkte, mens jeg gik. Der var meget at tænke over. Der var »Den Tynde« og hans håndlangere. Der var redaktør Otzen og *hans* håndlangere, og i morgen når han så nyheden om Rosenbaums død ville Otzen være mere end rasende på mig. Der var det ene og det andet.

Jeg tænkte og tænkte. Til sidst fik jeg hovedpine af det og gik ind for at få en whisky.

Grunden til at jeg gik ind netop dèr – i et kvarter der har et værtshus for hver tyve meter – var, at i det øjeblik jeg gik forbi sang Billie Holiday *My Old Flame* ud ad vinduet. Dét kunne jeg ikke stå for. Jeg indrømmer det som den ærlige mand jeg er.

Jeg satte mig i et mørkt lokale. En tyk bartender kom hen til mig og spurgte hvad jeg ville have. Jeg bad om skotsk whisky. Jeg fik hvad jeg bad om. Måske er det derfor jeg elsker bar'er sådan.

To ældre herrer ved navn Christensen og Rosenbaum var myrdet inden for to dage i samme hus. Det var fakta. Det lød sandsynligt, når man sådan sagde det til sig selv. Det lød omtrent lige så sandsynligt som historien om den amerikanske soldat der sov sig igennem Pearl Harbour eller som historien om englænderen der i tredive år havde levet udelukkende af ostekiks.

På den anden side lød det nu også usandsynligt, at en cigarsorterer skulle være blevet Danmarks mest elskede statsminister i Det Tyvende Århundrede – men sket var det. Og det virkede også umiddelbart usandsynligt, at en fransk artist ved navn Joseph Pujol skulle have levet som topnavn af at kunne *fise* så musikalsk, at han kunne spille Marseillaisen – og andet – med skiftende vinde fra bagdelen til konstant økonomisk fordel. Men sket var det. Jeg havde selv læst en bog om det.

De sidste dage havde jeg været ude for så mange usandsynligheder, at selve begrebet havde skiftet farve. Det der var mest usandsynligt nu var at der ét eller andet sted skulle findes pæne, almindelige mennesker med familie og skattepligtig indkomst og sognekirke og carport, dén slags mennesker man altid læser om i aviserne og sér i fjernsynets serier.

Måske, tænkte jeg, måske bór de blot et andet sted. Ja, det måtte være sådan det hang sammen: De boede et andet sted.

Det gjorde *jeg* stadig væk ikke. På vejen havde jeg passeret den sædvanlige fortovs-revy af sprittere, svindlere, spillere, småtiggere, luddere og trækkerdrenge.

Det var lige ved at give mig ondt midtvejs oven over maven, men så sagde jeg til mig selv, at det var dén slags andre folk gik i biografen og betalte entré for at sé, og her havde jeg det helt gratis, *live*, på gaden hver dag.

Noget *må* man finde på ind imellem. Man kan ikke forvente, at andre kommer løbende med éns opmuntringer. De har sjældent tid til dén slags.

Ikke desto mindre var der mindst én person her på stedet der prøvede at opmuntre mig. Efter at Billie Holiday havde sunget *My Old Flame* – og måske et par numre til, jeg ikke havde hørt – kom hun igen med *Out of Nowhere*:

– you came like a dream
just out of Nowhere –

sang hun og svævede så skridende i stemmen så man kom i tvivl om hvorvidt personen fandtes eller ikke, ganske som virkelig kærlighed – jeg har engang læst en bog om dette emne – efterlader én i samme tvivl.

Jeg vidste ikke, jeg sad og bankede rytmen i takt med fingrene i bordpladen, for der kom en fyr hen til mig og antydede jeg larmede lidt rigeligt. Jeg var lige ved at blive arrig, men så så jeg op på ham. Han var typen, ingen kunne blive arrig på. Han var meget rund, rund i mave og hoved, som en glad kok. Han havde en fransk caféværts-moustache, og han smilede over hele bærret. Han sagde, at jeg kunne nok lide musikken.

Jeg sagde ja. Han sagde, at det kunne han også. Nu ville han spille Sidney Bechet på grammofonen, sagde han. Skulle jeg ikke have noget at spise?

Først nu gik det op for mig at han var iført hvidt kokkekluns – inklusive hue – over sin mave. Jeg sagde nej tak, men bad om mere whisky. Han gav mig det, og han holdt sit løfte og spillede Bechet. Sidney's lille drillende patetiske melankolske klovnehorns-tone bredte sig ud over vinduerne og hele det skidne kvarter og forgyldte det med sin blå gyngende klang.

Jeg var i Paradis. Jeg var lykkelig, som altid når rigtig musik griber mig om nakkekrøllerne. Det var gamle Sidney Bechet der bare *spillede*. Jeg nynnede indvendigt med på hver strofe. Det var alt sammen én gammel beskidt historie, men han fortalte den så smukt.

Jeg lænede mig længere tilbage i stolen og blandede en doven tjald.

Fire sekunder efter jeg havde tændt min merskumspibe stod Kokken ved siden af mig og spurgte om jeg ikke gav et hvæs og om jeg ikke kom med ud ved siden af, for dette her var ikke stedet til at fyre.

Jeg fulgte ham ud i køkkenet. Vi røg piben, mens han med elegante glidende hånd- og armbevægelser, som en pianist, stegte to steaks med løg og hvidløgssmør og smæld med tungen. Han så på uret.

– Køkkenet lukker snart, sagde han. – Jeg må gøre mig færdig. Jeg giver en drink, hvis du venter lidt. –

Jeg ventede.

Der gik en tid. Så kom Kokken ud fra køkkenet, og den store brede hvidklædte fyr satte sig pludselig ved et klaver der åbenbart hele tiden havde stået dèr, til venstre for baren, og begyndte at spille – med et stort grin til mig. Hans kraftige, buttede fingre famlede prøvende hen over tangenterne, – først kunne jeg ikke sé andet end disse fingre, de var som et nærbillede af dén slags der dækker et helt cinemascope-lærred – og så fandt de endelig deres melodi. Først kunne jeg ikke genkende den. Så lød det inde i mit hoved:

– you came like a dream
just out of Nowhere –

– og jeg sang lykkeligt med.

Vi så et øjeblik på hinanden, den tykke klaverbokser og jeg. Så slog han an til *Smoke Gets In Your Eyes* og jeg råbte på bartenderen og vi så på hinanden og var hjertevenner.

Bartenderen kom som en drøm lige ud fra intet. Onde tunger ville have sagt: fra herretoilettet.

Jeg bestilte drinks til mig og Kokken og Klaverbokseren. Bartenderen tog det alvorligt og afleverede en drink til hver af Kokken og Klaverbokseren. Han kom ned til mig igen og fortalte mig man kaldte ham Ole Kok.

Jeg spurgte ham om han kendte *It's Only A Paper Moon.* Han svarede ikke. Han gik hen til klaveret og spillede den. Han ikke bare spillede den, han spillede den som en mand der ikke har tænkt på og trænet i andet end at spille netop dén siden han blev konfirmeret.

Jeg havde den dybeste sympati for ham.

Senere på natten fik jeg at vide, det var et par måneder siden han var kommet ud fra Sjette Afdeling. Han havde været indlagt som kronisk schizofren.

Da han sagde ordet »schizofren« sprang han op og spillede *I Get A Kick Out Of You.*

Så de havde altså dømt *ham* til at være schizofren. Det undrede mig ikke. Mange af mine bedste venner er på det ene eller det andet tidspunkt blevet stemplet på dén måde.

»Schizofren« er sådan et dejligt ord, et rigtigt fikst moderne mumbo-jumbo ord der ingenting betyder. »Schizofren« betyder at psykiateren ikke kan få regningen til at gå op. Patientens rorschach-prøve sér fin nok ud, og alligevel tæsker patienten sin kone og går regelmæssigt amok på kontoret. Altså må patienten være »schizofren«.

Det må være et herligt job at være psykiater. God løn, pæne kontorer, sekretær – og alt hvad man skal kunne er en fem-seks intetsigende fremmedord ligesom »schizofreni«. Jeg giver ikke en skid for en psykiater der ikke på en halv time kan erklære hvem som helst for schizofren. Tag f.eks. gamle fru Sørensen på anden sal der altid låser sin hoveddør *to* gange før hun går ud for at købe ind, og som altid, refleksmæssigt, vender tilbage igen når hun er nået ned til stuen, for lige at gå op ad trapperne igen og tage i døren én gang til for at være hélt sikker på at den er forsvarligt låset. *Lidt* schizofrent, hva' fru Sørensen? Måske taler hun også med sin lille forpjuskede hvide skødehund hele dagen og siger »vi« til den. Skal vi ned og købe ind, lille Smutti? *Ret* schizofrent, ikke?

Når psykiateren er på skideren hedder det »schizofreni«, og så går den lidt igen. Når redaktøren er tom for idéer hedder det »brainstorm«, en lige så god formel, og det betyder at man tænker over lortet. Når den almindelige læge, kød-snedkeren, ikke hélt kan dechifrere bylderne hedder de »kræft«. Det lyder af noget, men det gør ingen klogere.

Ole Kok fortalte om, hvordan de havde buret ham inde fordi han havde fået et depressivt anfald efter at have været ansat på Carlsberg-bryggerierne i seks måneder. Han kunne ikke klare det. Han havde boet på Sankt Hans i et år.

Det havde været et godt år, sagde han. Beboerne var godt nok lidt sære, men der var klaver i samlingsstuen, og han havde fået øvet sig en del og hørt en masse musik i radioen. Og skulle vi ikke fyre et horn?

Vi fyrede et horn. Ole Kok sagde, han var helt oppe og at det var Klar Tjald. Han fortalte han aldrig havde haft det så godt som nu, hvor han arbejdede på Capital.

Selv om han sad ved klaveret igen brød ordet *Capital* den gode stemning. Jeg havde ikke været klar over, hvor jeg var henne. Dette var altså Hotel Capital, hvor jeg så sent som i nat havde overnattet sammen med Hanne, og jeg sad nu i Capital's bar som sikkert havde været lukket i nat. Undertiden overrasker tilværelsen én.

Ole Kok fortalte om hverdagen i Hotel Capital. Ind imellem diskuterede vi musik. Hán mente også, at Charlie Parker var den største saxofonist i saxofonens historie, og alene det knyttede et tæt bånd imellem os. »Spillede som en fugl . . . og *var* en fugl – fløj væk igen alt for tidligt« sagde Ole med en bred håndbevægelse.

Vi blev længe ved.

Folk var gået, caféen var lukket. Klokken var – ja, hvad mon? Bartenderen var gået efter at have nikket og blinket til Ole og låset alt af på nær den flaske Ballantine vi sad med. Og vi snakkede fanden et øre eller syv af. Vi talte om musik. Vi talte om livet.

Det var fint nok.

Den eneste fejl var, at i et øjebliks ledighed kom vi til at snakke privat. Det har ofte ødelagt langt finere og mere officielle selskaber med op til tyve gæster og talløse årgangsvine. Det ødelagde også vores beskedne party omkring en firkantet flaske whisky.

Det kom sig af, at han spurgte hvad *jeg* lavede, efter han nu havde fortalt om både sit kokkeri, sin schizofreni og sin musik, og spørgsmålet var ikke urimeligt, så jeg fortalte ham det. Så kom jeg – à propos – til at fortælle ham hvor jeg boede – og så sagde han, ganske som ingenting:

– Ja, vi bor lige her.

– Hva'? snøvlede jeg. Jeg var ved at blande en ny pibe, eller som Ole ville sige, »fyre et nyt horn«.

– Lige her bagved, sagde Ole Kok. – Min pige hedder Hanne,

vi bor lige her bagved. Jeg skal bare over i nabogaden. For resten, klokken er mange. Måske skulle jeg ringe til hende og bede hende komme ned til os. –

Mit spyt var ved at blive tørt i munden, men min finger prikkede stadig tjenstvilligt tobak og tjald ned i piben. Min finger kan man stole på. Det er godt for en krop at have blot én stabil medarbejder.

Nabogaden var selvfølgelig Saxogade. Hvor boede Ole Kok dèr?

Jeg behøvede ikke spørge.

– Ikke fordi huset er *for* hyggeligt, tilføjede Ole. – Vores underbo blev myrdet forleden dag, en gammel gut – og nu render politiet op og ned ad trapperne hele dagen. Jeg prøver lige at ringe til Hanne. –

Jeg rankede mig ved at tage om whiskyflasken.

– Bor du i 28B? spurgte jeg.

– Ja, sagde Ole. Oppe på tredje. Der var en pensionist forleden der blev myrdet dèr, hårdt nok, men det kunne jo lige så godt have været i 24 eller 26, ikke – men jeg ringer lige efter Hanne. Du skal sgu hilse på hende, hun elsker også musik! Du skulle høre hende synge – sådan én som *I Can't Give You Anything But Love*, det er lige hendes nummer! –

Han forsvandt ud i telefonboxen. I mellemtiden sundede jeg mig. Den rare Ole Kok boede altså på tredjesalen i Mordhuset sammen med Hanne. Det var – og nu da jeg vidste det, kunne jeg godt høre det – *hans* stemme jeg havde hørt inde fra stuen da jeg ringede på i eftermiddags. Det var ham der boede oven over begge ligene, og han vidste ikke engang at de var to nu, at Rosenbaum havde sluttet sig til Christensens brigade.

Og hans kone, eller veninde, eller medsammensvorne, var hende som jeg havde tilbragt natten sammen med på det hotel hvor han selv var kok og pianist!

Mens han ringede spekulerede jeg en smule på, om 1): Det hele var aftalt spil, én stor paranoid sammensværgelse – eller om 2): Det hele var en hallucination.

Det sidste var det ikke, eftersom jeg brændte mig på min lighter.

Ole kom tilbage fra boxen og virkede bekymret. – Hun svarer ikke, du – sagde han. – Går du ikke med op og venter på hende? Vi tar en flaske med! –

16

Hans forslag lød ikke som den helt rigtige idé. Ikke lige da og dèr.

Jeg sagde jeg havde en hård dag i morgen. Jeg måtte hellere gå hjem i seng.

Vi tømte flasken og skiltes. Jeg ville *gå* hjem. Direkte.

Det har jeg så tit villet. Det er sjældent det bliver til noget.

Det gjorde det heller ikke i nat. Lyset var blevet stærkt skærende, klokken virkede som om den var en 7-8 stykker – og pludselig, lige efter jeg havde sagt godnat til Ole Kok og var drejet ned ad Saxogade mod Istedgade, blev jeg klar over at der var sket noget. *Det var blevet sommer!*

Det var ikke fuldemands-hallucinationer, det var rigtigt. Jeg svedte. Det var varmt. Varmen krøb ind under éns tøj. Det *måtte* være sommeren.

Da jeg drejede om hjørnet til Istedgade så jeg det. Ludderne stod ikke, som de plejede, og skuttede sig i opgangene med læderfrakker på – de stod og småsnakkede med frakken over armen som om de nød det. Rundt omkring på trappetrin og i døråbninger stod små grupper af mennesker, som sædvanlig mest mænd, der sikkert havde været på vej hjem fra caféer og bordeller og som så, ligesom jeg, havde opdaget at sommeren i mellemtiden var kommet til byen og havde sneget sig ind på dem bagfra.

Jeg drejede rundt om »Golden Sex«, en af Distriktets sexklubber. Jeg havde aldrig været derinde, men jeg havde engang været på druk med ejeren, Barney, og Barney havde fortalt mig om stedet der kørte som en slags forbillede for de fleste af den slags.

»Golden Sex« var hvad de marxistiske studenter nu om dage kalder »pluralistisk«. Om mandagen, onsdagen og fredagen var det kontaktsted for mænd og kvinder indbyrdes, helt banalt. Om tirsdagen og torsdagen havde de »Bøsseaften« for begge køn, bøsser og bøsserinner, og om lørdagen havde de S/M-Get-Together – sado-masochist-service. Om søndagen var der lukket, formentlig fordi de skulle have vasket lagenerne og smurt frisk olie på læderpiskene. Dejligt sted. Mindede til forveksling om ethvert andet firma i landet.

Så så jeg Magic, tre meter længere henne.

Magic er hypnotisør og tryllekunstner, eller rettere sagt: Han var. Han var et kendt nummer i sin tid – for en tyve års tid siden – men så blev han uvenner med sin kone, og dét endte hans karriere. Magic's kone var en kvabset og svampet alkoholiker, og derfor havde Magic i flere år haft veninder rundt omkring i Distriktet, hvilket ikke lod til at gøre noget særligt, så længe hun fik sin snaps. Men da Magic fik den idé at hans seneste veninde skulle afløse hende, konen, i deres tankelæsningsnummer – som udelukkende, som de fleste numre af dén slags, bestod i en kode de havde været tredive år om at indarbejde til perfektion – gik konen amok og røbede hele koden til et snusket ugeblad for en tudse og to flasker Aalborg.

Magic og hans kone havde dyrket det nummer, hvor den ene – konen – går ned fra scenen og endevender publikums lommer, for så bagefter at vende sylten op mod scenen og spørge den anden, Magic, om hvad den herre havde i lommerne.

Nu er der som regel ikke stor forskel på hvad den herre har i lommerne, det véd enhver strisser der er vant til at visitere folk, og en kode er ikke svær at lave. Den simpleste går ud på at hvis man siger »den herre« er det et ur, hvis man siger »denne person« er det en pung, hvis man siger »Lad os høre . . .« først er det en kam, hvis man siger »Fortæl os . . .« først er det et nøglebundt. Det er ikke så svært, det svære er at gøre det naturligt. Magic's kone gjorde det så naturligt fordi hun altid virkede som i trance fordi hun ustandselig *var* i en trance – en trance af snaps og stesolid.

Deres nummer havde i årevis gjort lykke på provinsmarkeder, ved fodboldklubs-fester og børnefødselsdage, men efter fruens afsløring lykkedes det aldrig Magic at finde benene igen. Han var lagt på is. Ikke flere jobs.

Hvad han levede af i dag var en gåde.

Men sådan er Vesterbro fyldt af gamle artister og gøglere af forskellig slags, gamle tyroler-danserinder, harmonika-virtuoser, stærke mænd og trapez-Tarzan'er, som sidder der mange år efter, stadig i live, i små lejligheder i små mørke fugtige rum og tænker på dengang de var Bill & Bart, komisk cowboy-duo med banjoer i Melbourne i 20'rne, eller da de var Billie & Belinda Drags i Berlin ti år senere, dengang Hitler brød igennem. De sidder alle sammen dèr med alle deres gamle programmer fra et udlevet liv i showbusiness, og deres gamle plakater fylder væggene, og de kender alle sammen hinanden og kan mindst én god historie om hvordan hver enkelt af dem bøffede show'et en særlig aften i London hvor hertugen af Edinburgh var blandt publikum.

Distriktet er fuld af gamle showfolk. Man sér dem ikke på gaden, ikke som man sér ludderne eller strisserne, men de er der, og der er tusinder af dem. De fleste af dem har lige fra deres 12. år brugt al deres energi, hele deres liv, på ét bestemt trick: én drejning af hånden i et nummer i reck'en, én to minutters kombineret slalom og salto med musik, en evne til at bilde en fuld mand ind at man kan hypnotisere konen til på tyve meters afstand at »sé« et ur i hans lomme for sig. Pludselig er det forbi, den går ikke mere, de er for gamle og TV holder folk hjemme og i baggrunden hører de Herrens og Managerens stemme synge

Lille Gigolo
Dumme Gigolo
Nu er det for sent at græde –

og selv om de kunne have sagt sig selv det på forhånd, og selv om deres forældre sikkert sagde dem det på forhånd, kommer det alligevel bag på dem.

Jeg havde ikke vildt lyst til at snakke med Magic. Jeg stak ind på Café Rosenknoppen og bestilte en kold øl til varmen udenfor og al Ole Koks whisky.

Der spilles billard på Rosenknoppen. Lige nu var to hajer i gang med at score kassen fra to provinsielt udséende forretningsmænd, sandsynligvis et par kontorchefer fra Ringkøbing eller Viborg der var i byen til vigtige forhandlinger i deres vigtige firmaer.

Jeg beundrede hajernes spil. De var kommet lige til det punkt, hvor de havde ladet småfiskene vinde et par gange og så nu lod lykken vende sig til deres egen fordel ved at lade ikke som om de kunne spille, men som om de bare var utroligt heldige. Det gjorde de med stor fingerfærdighed. Også de var artister.

Ved bordet ved siden af mig sad en trekant og skændtes meget højt. Det tog ikke lang tid før jeg var inde i plot'et. To damer og én mand – en mand som ingen ville kunne sé noget særligt i, iført en beskidt overall og med olieplettede og snavsede hænder om et hurtigt skiftende fyldt og tømt ølglas samt en småfedtet Cecil permanent osende ved sin side. Hans fjæs så ud som om han havde været bokser og aldrig vundet en kamp. Han så aldeles ligeglad ud mens de to damer overfusede hinanden.

Ude på væggen på pissoiret stod der skrevet:

Fuglene flyver
Fiskene svømmer
Menskene lyver
Menskene drømmer

Ikke helt løgn, kunne man sige.

Da jeg kom ud igen blev jeg klar over hvor sent – eller rettere hvor tidligt – det var blevet.

Som om dét betød noget. Men det havde engang betydet noget,

dengang der var nogen at komme hjem til, og sådan én »engang« er nok til at det stadig sidder et sted i kroppen på én, hænger som en nerve i kødet.

Jeg forlod Café Rosenknoppen igen. Magic var væk fra gaden, hvad han så end havde lavet dèr. Jeg gik lige hjem mod min beskedne bolig. Klokken var 9:00 morgen. Et passende tidspunkt at stå op på.

Jeg havde den modsatte plan: At gå i seng. En gang imellem trænger man bare til at *sove* et par år. Det er naturligvis umuligt, men som de fleste umuligheder er det en smuk tanke.

Jeg har kendt mennesker, især kvinder, der virkelig *sov* på dén måde, som børn eller dyr, og som vågnede med rosenrøde kinder og store fred- og fryd-fyldte øjne efter tolv timer og sang mens de gnéd børster mod deres tænder.

Jeg har truffet mange mennesker der har været ude for meget forskelligt. Man kan ikke forvente at opleve det hele *selv*.

Undervejs kom jeg forbi en telefonbox, og straks tænkte jeg på at ringe til Helle. Jeg var lige netop fuld nok til det.

Jeg ringer altid og kun til Helle når jeg er fuld, med en særlig forkærlighed for de lejligheder hvor jeg ikke kan tale rent dansk og stort sét kan sammenlignes med en baby der skal have tørt på. Ofte spiller hun så hovedrollen i *The Life & Times of Florence Nightingale*. Undertiden vælger hun i stedet for at spille Mata Hari og lokke alt ud af mig om mit »enlige liv«, ikke for at sælge mine hemmeligheder til Warszawa-pagten, men for at »forstå« mig. Ind imellem er hun af og til en klar Dronning i »Alice i Eventyrland« og vil bare hugge hovedet af mig. Heldigvis har hun langt fra snak til handling, så den værste aggression er som regel et telefonrør der lægges brat og bestemt på og afbryder forbindelsen til den bar i omegnen, hvorfra jeg har tilbudt at være hos hende med en taxi om halvanden times tid.

Jeg véd jeg holder meget af hende. Jeg véd også hun altid vil være skuffet over mig.

Altså nytter det intet.

Alligevel opsøger jeg hende en gang om ugen, oftest omkring

midnat. Det er måske kun en vane, hvem véd. Men når alt kommer til alt og man tæller efter på de tilbageværende knapper i frakken, så er det dog en begrænset og fåtallig kreds af medmennesker man har været gift med.

Netop som jeg stod foran telefonboxen så jeg skraldevognen komme kørende om hjørnet og vore to lokale skraldemænd – Petersen og Clausen – dreje ind mod baggården tre opgange før min for at samle ugens junk ind. Synet gjorde mig næsten ædru, og jeg bestemte mig til for denne ene gangs skyld at skåne Helle.

Det var alt for varmt og alt alt for skærende blåt i lyset. København kan blive så infam *blå* ud på morgenen, som et hav.

Jeg ville aldrig have troet det lykkedes, men jeg nåede hjem.

17

Til et inferno.

Jeg måtte være blevet Manden i Centrum, det selskabelige midtpunkt alle savnede.

På entré-gulvet lå der hele tre telegrammer, og som jeg samlede dem op for at gå ind hørte jeg telefonen kime.

Den gik mig på nerverne. Jeg lod den vente til jeg havde læst telegrammerne. Der er noget forbandet ved telegrammer.

Det første var fra Ehlers. Det lød: – RING OMGÅENDE ANGÅENDE FORRIGE NAT. –

Det andet var fra Otzen. Der stod: – RING STRAKS – SAGDE STRAKS. –

Det tredje var fra Helle. Hun fortalte mig, at både Bladet og politiet havde opsøgt hende for at lede efter mig. Hun tilbød ikke, jeg kunne skjule mig hos hende.

Telefonen ringede igen.

Jeg er en kujon. Jeg tog den.

Otzen sagde han havde ringet et halvt døgn. Han sagde jeg var en forbandet idiot. Han sagde jeg skulle komme ind på Bladet, *nu*. Han ville tale med mig. Straks!

– Jeg har det ikke godt, sagde jeg. – Jeg kan komme senere på dagen. –

Otzen forklarede mig omhyggeligt hvor megen relevans han tillagde mit befindende. Så forklarede han mig med samme grundighed at jeg var en komplet idiot. Ikke alene havde jeg stoppet Jens i at skrive om Saxogade-mordet, jeg havde selv påtaget mig jobbet, og nu var det andet mord sket, og vi havde ikke haft andet på om sagen end Ritzau-telegrammer. Ærlig talt, hvad fanden var meningen?

Jeg sagde man skrev alt for meget om drab og vold og mord i aviserne.

Otzen gik apoplektisk amok, men han måtte også have ringet længe. Han spruttede at enten kom jeg omgående ind på Bladet eller også blev jeg fyret.

Jeg var netop i det sorteste morgen-druk-humør som jeg så lyset kravle ind ad mine vinduer og vise mig al det støv og lort jeg levede i med uønsket tydelighed. Jeg *kunne* ikke svare andet end at jeg så betragtede mig som fyret.

Derefter smed jeg røret på.

Telefonen ringede tre gange før han opgav igen.

Jeg var ikke brødebetynget, selv om jeg havde været både en dum dreng og en dårlig journalist. Jeg var ikke spor ked af det. Jeg var simpelt hen lettet. Jeg havde tabt tyve kilo på ti sekunder. Jeg var en ballon.

Men det er måske ikke så let at forstå for én der ikke har været journalist.

Det er bare et liv der altid går fra dag til dag, eller rettere: fra deadline til deadline, for hver dag retter sig ind efter deadline'n, alt er *før* eller *efter* deadline.

Først historien: *Noget* er sket. Så lidt check på den, snak med folk, hvad var det dog der skete? Så lidt perspektiv: Hvad betyder det, for dem eller det – for fru Larsen på Nørrebro, for Ø.K.'s konkurrence-dygtighed i Østen, for ishockey-holdet i Brøndby Strand?

Og så: Hvordan udvikler det sig? Hvad kan der videre ske?

Og så er deadline der. Du har ofte været vidne til et helt livs eksplosion, en fallit, en arrestation, et mord, et bryllup, en Danmarksmesters éngangs-hellivs-triumf. Og hver gang kun for så hurtigt som muligt og så malende præcist som tænkeligt at vride samtlige billeder med vold ud af dine øjne og din hjerne for at jage dem igennem et skrivemaskine-tastatur af grinende hvide kraniestumper inden deadline.

Faktisk et hårdt job. »Man sér en masse forskellige mennesker«, som folk så banalt og helt rigtigt siger – men man forlader dem altid en time senere igen. Måske sés man på ny, måske ikke. Måske er man til dén tid uvenner på grund af noget man ikke vidste eller ikke tænkte på i farten eller fordi konen til manden man interviewede engang ragede uklar med en af éns kolleger.

De færreste journalister kan holde til det i længden. De er i hverdagen hvad spionerne er i politik, og som for spionerne bliver det også for journalisterne en dag for meget. Mange af dem bliver alkoholikere der forsøger at holde modet oppe eller spøgelser der vandrer rutinemæssigt mellem telefoner og telex'er med kaffekopper fast siddende i hånden. De værste er de der efterhånden tilbringer hele døgnet på redaktionen, især i kantinen over øldåserne. Langsomt men sikkert holder de op med at snuse historier op og skrive dem, de genfortæller i stedet de gamle til et stadig mindre publikum under stedse beskednere bifald. En blid dansk død.

Det var ikke mit problem. Ikke mere. Det var nok. Vis mig et menneskes inderste eller dybeste sorg eller glæde, og jeg skal straks taksere hans smerter som én-, to- eller trespaltede, som egnede til forsiden, debatsiden eller frokost-sladderen. Det er hvad jobbet gør ved én.

O.K., andre slipper ikke billigere. Alle jobs afsætter sår, sår der kommer af at træde i alt for intens kontakt med virkeligheden på ét enkelt sårbart punkt.

Men *jeg* var fri nu. Jeg var fyret. Jeg havde i hvert fald nogle tusind til gode og stadig nogle tusind hjemme. Jeg kunne sagtens klare mig en måneds tid. Giv tid, giv tid, jeg nynnede glad.

Jeg var så lettet, at jeg bestemte mig til at blive oppe et par timer og så gå op og få udryddet den lille misforståelse med Ehlers vedrørende forrige nat. For at få helt rent bord.

18

Jeg satte mig og kikkede ud ad vinduerne. Ikke nogen særlig produktiv beskæftigelse, men jeg havde ikke nogen bedre. Der er tidspunkter i ethvert menneskes liv hvor timerne bliver til sekunder, men der er også de modsatte hvor hver tiendedel sekund bliver til et ocean af tid.

Det var sådan det var nu. Der skete absolut intet hverken i mig eller med mig. Udenfor gik folk på arbejde, butikkerne solgte varer, cykler blev flået ud af cykelskure, biler dyttede, blinklys skiftede – og jeg gloede bare.

Alt imens steg varmen op som et brus fra et underjordisk varmtvandsanlæg eller en hed islandsk kilde. Det blev varmere og varmere. Det var Hedesommeren, Hedesommeren der begyndte nu. Om fjorten dage ville alle tale om den, og meteorologerne ville kalde den »den varmeste sommer i tyve år«, selv om visse ældre mennesker bestred det og henviste til en anden sommer i 50'erne.

I hvert fald var det den sommer, da varmen krøb ind overalt, den sommer da varmen lagde sig over alt og alle, den Ene og Eneste Tropiske Sommer i Danmark, og i løbet af én dag blev alle københavnere sydlændinge og daskede rundt som på charter-ferie.

Alt dette vidste jeg ikke den morgen, men jeg kunne mærke det, jeg mærkede det store dyr varmen gøre mig døsig – i skarp konkurrence med søvnmangelen og whiskyen og tjalden. Mine øjne var blevet til rullegardiner af bly, og jeg sad og nikkede for mig selv mens jeg så ud ad vinduet på den gade jeg havde kendt hele mit liv og boet i flere år – og som jeg åbenbart alligevel knap nok kunne genkende.

Jeg var træt. *Meget* træt.

Så ringede telefonen. Det var Helle.

– Hvad er det du har rodet dig ind i? spurgte hun. – Hvor har du været henne? Hvad vil politiet? De har spurgt efter dig. –

Mange spørgsmål på én gang. Jeg forklarede meget kort hvad det handlede om.

– Du har ikke sovet? sagde hun efter en sætning. Fraskilte koner kender éns stemme og dens stemninger for godt.

– Jeg er på vej til politiet, sagde jeg.

– Kommer du ikke herover bagefter? spurgte hun med netop den blanding af sympati, forståelse og kærlighed i stemmen som hun så hårrejsende ofte har.

– Har jeg ikke slidt nok på dig? spurgte jeg.

– Du har det ikke godt, det kan jeg høre.

– Det er min egen skyld.

– Det tror jeg gerne, men det gør det ikke bedre.

– Nej. Jeg er også blevet fyret.

– Hvorfor?

– Jeg er træt af det.

– Ligesom du blev træt af mig?

– Nej. Meget mere træt. Desuden var det dig der blev træt af *mig*.

– Skidt med det nu. Kommer du?

– Jeg véd det ikke. Jeg ringer til dig.

– O.K.

Hun lagde røret på. Klog pige.

Et sekund eller to efter ringede det på døren. Jeg gik ikke ud.

Det ringede igen, og denne gang langt. Så lød der en skraben – væggene er papirstynde – og et smæk i brevklappen og fødder der forsvandt ned. Det kunne ikke være posten så tidligt. Jeg gik ud i entréen. Det var et telegram. Det var fra Bladet.

Der stod: SIDSTE CHANCE: RING STRAKS ELLERS FORBI. OTZEN.

Jeg smed det i papirkurven. Det *var* forbi.

Klokken var henimod 10. Jeg kunne lige så godt, som for to døgn siden, gå ned til Ronnie og få min kaffe før jeg gik op til politiet og meldte mig.

Jeg véd ikke om det kvikkede mig op, jeg havde det indtryk at hele min krop var af gummi. Kaffen prikkede i benet.

Jeg så aviserne. Bladet havde igen kun et telegram men havde så sat en ledende kommentar på, hvori man krævede en tilbundsgående undersøgelse af mordene i Saxogade:

»To ældre mennesker i den samme ejendom er inden for få dages tidsrum blevet berøvet livet, og politiet kan kun oplyse det står uden spor. Det må være på tide at borgerne kræver større effektivitet i arbejdet. Under disse omstændigheder kan ingen københavner føle sig tryg.«

Helt rigtigt, men hvem havde nogen sinde kunnet dét – i København eller noget andet sted?

Rosenbaum havde i samtlige aviser fået tre gange så stor plads som Christensen havde forleden. En enkelt af aviserne, naturligvis Dagens Dokument, havde fundet en af Rosenbaums ungdomsvenner – han havde sikkert selv meldt sig – der fortalte at afdøde havde haft et vanskeligt liv med hårdt arbejde og en ensom tilværelse. »Han var lidt af en original«, sagde vennen.

Om et par dage ville det være ugebladenes tur, og så ville de have fået gravet tilstrækkeligt meget op om både Christensen og Rosenbaum til at have tiltusket sig gulnede billeder af deres barnedåb med en stolt far og en mor med en tåre på kinden.

Og om endnu en uge ville der være et knivstikkerdrama blandt fremmedarbejdere i Albertslund og hele affæren ville være glemt.

Andre historier ville fylde aviserne, og inde på Bladets kantine ville man fortælle historier om mig, jeg som var kommet på en sag, intet havde gjort og så havde fyret mig selv.

Jeg kunne lige så godt ringe til Bladets kasse og få mit tilgodehavende.

Jeg lånte Ronnie's telefon, ringede til sekretariatet, opgav mit navn, sagde jeg var blevet fyret, lod som om jeg ikke opfattede nysgerrigheden i kontorchefens uskyldige spørgsmål, og bad dem kort og klart sende mig mit tilgodehavende til endelig afklaring af regnskabet. Det var dét. Sikken en masse jeg kunne få ordnet.

Ganske som forleden gik jeg hen til politistationen. Denne gang blev jeg modtaget med noget større opmærksomhed. Sygekassesekretæren fra sidst rejste sig straks og bød mig end ikke på træbænkens tryllerier, men fór direkte ind til Ehlers. Ét sekund senere kom Ehlers. Vi gik ind på hans kontor.

Hans øjne var små og røde, lige så små og røde som mine. Han havde heller ikke fået megen søvn. Men han havde fået mindre whisky.

– Så De tilbragte natten på Hotel Capital med beboersken på tredje sal? sagde han uden indledning.

– Ja, sagde jeg. Et meget præcist svar. Klart og dækkende.

– Hvornår fandt De ud af hvem hun var?

I aftes var vi blevet dus, huskede jeg, men hvad der kommer let går let. Det lød heller ikke nær så officielt.

– Lige før vi mødtes i går eftermiddags.

– Hvor har De været hele aftenen?

– Sammen med hendes fyr.

– Hendes fyr?

– Han er kok og klaverbokser på Hotel Capital. Flink fyr. Har et godt synk. –

– Et godt synk? Alkoholiker?

– Glad dreng. Musikalsk.

– Så I har siddet og hørt musik hele natten?

– Stort sét.

– Er De klar over, jeg kunne sætte Dem fast?

– For hvad?

– Tilbageholdelse af vigtige oplysninger.

– Er dét en vigtig oplysning?

– Det kunne være det.

– Hvis De mener mit kønsliv er afgørende for mordene på to ældre herrer . . .

– Fortæl mig om den aften.

– Der er ikke meget at fortælle. Jeg gik på café. Jeg blev fuld. En af Deres egne folk så mig. Jeg mødte den pige. Vi tog på hotel sammen. Jeg faldt i søvn bagefter. Det er det hele. –

– Det er det hele?

– Ja.

– De sér ikke sund ud.

– For Fanden, jeg er ikke ansat på Vegetarforbundets blad.

– De kan svine Dem til som De vil.

– Tak.

– De er ikke særlig hjælpsom.

– Jeg har ikke megen hjælp at tilbyde. Jeg indrømmer gerne det er idiotisk, men jeg er ikke det første menneske som har haft en affære i drukken tilstand, og jeg bliver ikke den sidste. Jeg kan godt græde over det hvis De vil sætte pris på det, men det er forbandet varmt og det ville ikke ændre noget. –

– De er kynisk.

– Tværtimod. Jeg har lige fyret mig selv.

– Hvorfor?

– Jeg véd det ikke.

– De er træt?

– Meget.

– Jeg kunne godt holde Dem tilbage, men jeg tror ikke der er nogen mening i det. –

– Hvorfra vidste De hvor jeg havde tilbragt natten?

– Vi har rutinemæssigt været rundt på samtlige hoteller for at undersøge om de skulle have hørt eller sét noget mistænkeligt eller have haft uventede gæster på mordnatten. Vi har fået udskrifter af gæstelisterne. Portieren genkendte Dem her fra kvarteret. Og desuden fortalte pigen os det. –

– Pigen?

– Ja, hun er her. Hun kom i går aftes og bad om beskyttelse. Hun turde ikke gå hjem. Hun var overbevist om at det var hendes tur næste gang. Det havde påvirket hende, at folk i hendes opgang døde meget hurtigt for tiden. Hun har været i detentionen hele dagen. Hun *er* narkoman, og hun var meget høj da hun kom. Nu ligger hun og jamrer sig og vil gerne hjem – sikkert til et stik. Hun har bedt os hente sin fyr. Vi har også prøvet, men han er væk. –

– Væk?

– Stukket af, eller på druk. Hvem véd?

– Har De mistanke til *ham*?

– Ikke specielt. Men han er væk.

Så kom jeg i tanker om hvad vi havde talt om ved middagen i går.

– Undersøgte De det med Den Tynde – undskyld Hajen? spurgte jeg.

– Huset indehaves af Hotel Capital, svarede Ehlers lakonisk.

– Hva'?

– Capital ejer huset.

– Hvem ejer så Capital?

– På papiret Manuel Thomsen, kaldet Sorte Manuel – indehaver af en »intim filmklub« på Gasværksvej.

– Den Tyndes højre hånd!

– Rigtigt.

– Ja men så ...

– Ja men så *hvad*?

– Så må Den Tynde være indblandet.

– Hvis det bare var så nemt! sukkede Ehlers. – Véd De, at inden for det sidste år har vi haft atten mord her i Distriktet? De tolv er opklaret, de seks ikke. Af de tolv opklarede foregik syv i ejendomme der direkte eller indirekte tilhørte Den Tynde. Man kan ikke bebrejde husværten at lejerne skyder hinanden eller at fremmede kommer og skyder lejerne. –

– Der må være en sammenhæng.

– Jeg ville gerne sé den sort på hvidt. Jeg kan ikke styrte ud og beskylde folk for mord fordi de udlejer til folk der bliver slået ihjel. –

– Er der intet nyt? spurgte jeg høfligt.

– Der er intet spor. Gid De kunne finde den stemme der ringede til Dem den nat!

– Bare jeg aldrig havde sagt et ord om den.

– De er udkørt.

– Sludder, jeg laver ikke dagens gerning. Jeg er bare træt og fuld og dårlig.

– Hvorfor går De ikke hjem og sover den ud?

– Jeg troede jeg skulle arresteres.

– Det skal De ikke. Det ville være for dyrt for samfundet.

– Hva'? sagde jeg igen.

– For dyrt. Ikke alene skulle De fødes og klædes i fængslet, men mindst to bartendere ville miste deres arbejde, og vi har arbejdsløshed nok i dette land. –

Jeg rejste mig langsomt.

– De er fri, sagde Ehlers, – hvis De kender det ord. De må ikke rejse fra byen uden først at have meddelt os det. Det er det hele. Hvis De genkender Deres mystiske stemme så ring til mig. Hvis De tilfældigvis finder på noget eller hører noget, så ring. Ellers – ja, rent privat ville jeg råde Dem til at gå lidt forsigtigere til flaskerne. –

– Jeg har ikke så mange andre fornøjelser.

– Nej, det har jeg bemærket.

Hans tone var kold. Jeg rejste mig for at gå ud i varmen igen, ud i den københavnske sauna.

– Deres kone er en storartet kvinde, tilføjede han næsten som tilfældigt konverserende.

– Jeg er ikke gift.

– Deres fraskilte. Vi talte med hende. Hun er meget bekymret for Dem.

– Hun har et stort hjerte.

– Dèr konkurrerer De vel næppe?

– Jeg gør hende intet godt.

– De har sikkert ret. Farvel.

Hans små røde øjne kastede sig atter over et bundt officielt udséende papirer.

Jeg gik langsomt hjemad, på én gang tung som en donkraft og let som en ballon. Jeg var deltager i et mareridt, men jeg var fuldstændig fysisk frigjort. Jeg var ikke arresteret. Jeg kunne spise frokost. Jeg kunne spille billard. Jeg kunne gå i biografen. Jeg kunne tage i skoven.

Jeg kunne også gå hjem i seng.

Jeg begyndte på det: Jeg gik hjem. Der lå et telegram på entrégulvet. Telegrafbudet måtte efterhånden bande mig og min fjerdesal uden elevator ind i Helvede. Teksten var gribende enkel: IDIOT STOP OTZEN.

Jeg lagde mig ned på min madras. To gamle mennesker var døde. En flink fyr var stukket af. Hans pige var bange og lukket inde hos politiet. Jeg var fyret. Jeg var helt alene i verden.

Varmen steg og steg udenfor og indenfor. Jeg klædte mig helt af og lagde mig uden en dyne – lige så nøgen som jeg følte mig.

Ude i byen var folk sikkert på vej til pludrende skovture med frokostkurve og små børn på armen.

Dem om det. Jeg gik i gang med det hårde job at sove den ud. Jeg opgav at tage hen til Helle. Hun havde nok. Jeg var en fri mand, det havde politi-inspektøren selv sagt. Jeg havde min frihed.

Og frihed er – som en ret god sang, *Me & My Bobby McGee*, for et par år siden sagde – bare et andet ord for ikke at have noget at tabe.

ANDEN DEL

19

Jeg sov ikke godt, men jeg sov dog et par timer. Det var aften igen da jeg vågnede. Jeg var svag. Jeg var ør og smertende i alle lemmer og i mit hoved lød det som om en halv snes kinesere var blevet uenige om ét eller andet og skændtes i munden på hinanden i ét væk.

Jeg hældte koldt vand på panden, hvilket i hvert fald udryddede tre-fire stykker af dem, og satte mere over til kaffe.

Jeg så mig i spejlet efter at have skyllet ansigtet endnu en gang. Jeg så endnu nogenlunde præsentabel ud, især i diskret belysning.

Min bolig så ikke præsentabel ud, ligemeget hvordan man så end belyste den.

Jeg åbnede vinduet. Verden virkede som om den havde lukket sig sammen og ikke havde aktuelle planer om at udvide sig igen. Alt virkede, til trods for den varme der stadig hang over gaden – som en rest af parfume der stadig hænger i luften efter en balaften – som om det var stået stille.

Der var ikke nogen grund til at sidde og tænke, det hjalp ingenting. Ingenting hjalp nogen ting. Jeg gik ud.

Byen var stille. Politiet kørte rundt i gaderne. Ikke blot de sorthvide vogne med den blå blinklygte, men også mange af de civile. Politifolk er så specialiserede nu om stunder. Der er økonomiske strissere, mord-strissere, prostitutions-strissere, uro-strissere.

Og Vesterbro er et sted hvor de virkelig kommer på arbejde.

Om hjørnet til Oehlenschlägersgade så jeg Bent E. Bent E står samtidig for Bente, for det er det navn han oftest præsenterer sig under for sine kunder.

Bent E begyndte som transvestit for sin fornøjelses skyld. Men da han blot nogle få gange var gået ud i kvindeklæder havde han oplevet det samme som mange piger har i byens natteliv: At tyrene har pikken stikkende lige ud af lynlåsen og er uafbrudt klar til at hoppe skrigende frem mod skørterne.

Bent E havde gjort det til sin levevej. Han var fuldendt som dame, og hans trick var at få én eller anden til at gå »med hjem«. Når de så *kom* med hjem – »hjem« var selvfølgelig et hotel hvor de kendte Bent E – så hév han køkkenkniven frem og beklagede deres koners beklagelse over hvordan deres udseende ville virke når de kom hjem – hvis altså ikke de frivilligt valgte at låne ham et beløb.

Det valgte de altid. Og de klagede aldrig senere.

Bent E skulle lige til at smutte i hofterne da han så det var mig.

– Hej, sagde han.

– Hej, sagde jeg, – *Er* du kommet?

En simpel vittighed, det indrømmer jeg, men han stod lige under det lysende neonskilt, der natten igennem sagde »Kom til Jesus«. Derinde lå Golgatha-missionen, hvis medlemmer – små tynde ældre damer og herrer med bønnebøger i inderlommen – nat efter nat løb rundt i gaderne og af bedste evne søgte at frelse alle og enhver fra hvad som helst og måske mest hinanden. Deres vanlige slogan, som de affyrede halvt med kæk martyrstolthed, halvt med angst – som om de for en sikkerheds skyld dækkede for ansigtet hvis nu man ville slå dem – var »Jesus forstår dig«. Svarene varierede stærkt.

Bent E ignorerede min vittighed.

– Jeg var på vej over til dig, sagde han. – Jeg har en besked.

Langsomt viklede han en lille snusket papirlap op af sin persianer-pels fra loppetorvet, hans arbejdstøj. Det var sådan én man bruger på bar'er, en lille lap fra en reklameblok for Jägermeister.

Der stod, med blokbogstaver: Kom. Capital. Værelse 102. Ole.

Og nedenunder én gang til, med store bogstaver: KOM!

– Hvornår fik du den? spurgte jeg.

– Fem minutter siden. Jeg var lige inde på baren i Capital for at sé om der var rov og så stak tjeneren mig den og sagde den var fra Ole og at han gemte sig lidt for strisserne og at jeg skulle give den til dig så hurtigt som muligt, men jeg måtte ikke smide den ind ad din brevkasse hvis du ikke var hjemme, du skulle selv have den – og jeg skulle bede dig smide den væk. –

Jeg følte mig som en person i en af min barndoms drengebøger da jeg tændte en cigaret, brændte den lille lap omhyggeligt til hvid aske med lighteren, og trampede asken ud på fortovet.

Jeg sagde god nat til Bent E, ønskede ham god jagt og gik mere koncentreret end egentlig opstemt over mod Hotel Capital.

20

Hotel Capital så anderledes ud end det plejede.

Det var ikke bare den tropiske varme, det var mest af alt de forrige døgn. Det var den nat med Hanne på værelse nr. 107. Det var den nat med Ole i går. Det var Ehlers' oplysning om at Sorte Manuel var ejeren.

Her har man i årevis gået ind på et ganske almindeligt hotel i en lyssky sidegade, talt og drukket lidt med andre af Guds skabninger med samme ligegyldige og enfoldige ret som lammene side om side står og nipper af engens blade (det har jeg selv sét i TV) – og pludselig er stedet kriminelt, betændt selv for én selv, og der lugter ejendommeligt.

Jeg bankede på døren til nr. 102, modtog et »Kom ind!« og kom ind.

Ole halvt sad, halvt lå på sengen, med ét ben over dynen og ét daskende uden for sengen. Askebægeret på det lille natbord var fyldt af cigaretstumper, men værelset var ikke røgtæt, for vinduet var åbent og lod den vesterbroske aften flyde ind med al sin milde varme. Det ville blive en smuk nat at blive forelsket i, en smuk nat at blive fortabt i.

Ole Kok så mest fortabt ud. Den glade, runde klaverbokser var væk. Han kunne næppe have tabt mange kilo på en dag, men alligevel var der sket noget der gjorde ham tyndere, mere hærget, bleg. Han var grå i ansigtet.

Jeg nikkede og sagde jeg havde fået hans besked og sagde tak for sidst. Han tog en flaske whisky fra natbordet, skænkede mig et glas og gik så i gang uden videre ... Først langsomt og tøvende, derefter med stigende kontrol over ordene.

Hvad han gerne ville vide – og nu kendte vi efter i nat hinanden godt nok til at han syntes han kunne tillade sig at spørge, ikke – hvad han gerne ville vide var, hvad det var der var sket?

Hans øjne stod langt ud af øjenhulerne som kyllinger der var ved at lægge ægget bag sig.

Det viste sig at han mente hvad der var sket, siden vi skiltes i morges.

Han havde ikke vidst at Rosenbaum var myrdet. Han var gået direkte hjem, havde låst op og ikke fundet Hanne, var gået ned og havde været lige ved at møde en strisser i trappelyset på Rosenbaums etage. Han var lige sluppet forbi. Han var forsvundet ud og var taget over på Capital igen. Receptionisten havde fortalt ham om mordet, receptionisten *så alt.* (Pludselig lå der en dirrende underbetydning i hans stemme) ... Han og receptionisten var venner. Han havde været på 102 siden. Hvad fanden foregik der? Vidste jeg noget?

Jeg spekulerede på hvor meget jeg turde fortælle ham. Jeg løftede glasset imens.

– Årh for resten, sagde han så, – det dèr med Hanne forleden, tænk ikke på det, hvis du gør det – sådan er hun, vi er vant til hinanden. Det er O.K. når hun har lyst til en fyr. Vi lever fra dag til dag. –

Jeg tømte glasset og var meget lettet. Jeg burde have vidst jeg kunne have talt rent ud af posen til Ole Kok, min ven Ole Kok.

Jeg fortalte Ole at jo, Rosenbaum var altså *også* skudt, politiet havde skældt mig ud i morges, men intet gjort, og Hanne var i politiets varetægt efter selv at have meldt sig, og Ehlers ledte efter *ham.*

Ole brummede.

– Jeg tænkte det jo nok, mumlede han godmodigt.

– For Fanden, sagde jeg: – Meld dig. Check op! Det er ikke dig der fiser rundt om natten og skyder gamle mænd i småstykker, du foretrækker en tjald og et klaver. Meld dig til dem, Ehlers er ikke dum, og få det overstået, hva'? –

– For dyrt, sagde han.

Jeg var ikke helt med, indrømmede jeg.

– Men det var jeg, sagde Ole. – Jeg var med. Jeg var med i Ringen, forstår du. Når jeg siger det stoler jeg på dig. Altså, jeg var med i Ringen. –

Jeg var stadig ikke med, men efterhånden fik Ole fremstillet sagen nogenlunde klart.

Da han var kommet ud fra Sjette Afdeling som schizofren havde dørene ikke ligefrem stået åbne til nye jobs og tilbudene havde været små og få. Han var kommet ind i dope-handel, bare den sædvanlige småplat med lidt hash, komme på de rigtige værtshuse og stille sig ved døren til toilettet og sige: »Skal du ha' lidt tjald, mand? Det er fed galar« – og håbe på at score en femmer pr. gram.

På denne måde havde han mødt en fyr ved navn Erik der arbejdede for en anden fyr og som havde spurgt ham ud om hvad han solgte for hvor meget. Erik havde tilsyneladende sét ham an et par gange før. Erik foreslog ham at gå med hen en af dagene og træffe en af Eriks venner, som måske ville kunne skaffe ham et mere indbringende job.

Et par dage efter var han kommet hen til Eriks ven, tilfældigvis på Hotel Capital, og havde fået sit nuværende job som kok, klaverbokser – og videreforhandler, eller rettere sagt transportarbejder. Kurér.

»Eriks ven« – Ole nævnte stadig ikke navnet – modtog regelmæssigt »varer« (Ole specificerede ikke), og da Eriks ven var under opsyn blev varerne så indladt fra Capital til Oles lejlighed på den diskreteste måde af verden når han gik frem og tilbage med affald og plastic-poser og private sager.

Der kan være megen heroin i en Irma-pose med moderne kunst udenpå.

Jeg forstod. Jeg har truffet adskillige der har været indlagt og er blevet udskrevet og som end ikke har kunnet få *sådan* et job.

Jeg fortalte ham, at Ehlers nok havde stemplet deres tredje som »en narkorede«, men hvis han troede de bare var narkomaner og ikke pushere – og dét havde han ikke sagt et ord om – så var der ikke nogen grund til ikke at hejse flaget og tale med politiet. Hanne havde jo næppe sagt noget om dét.

– Nej, sagde han. – Hun véd praktisk talt intet om det, hun var kun glad for vi altid havde stof. Nej, det ville hun ikke sige noget om, højst at jeg skaffede det, og det kunne jeg sagtens sige jeg scorede på barerne rundt omkring. Nej, det er ikke dét. Det er mordene der gør mig bange. –

Han tilføjede langsomt og med tryk på hvert ord:

– Forstår du – og nu da han er død kan jeg vel sige det, men du må ikke sige det til strisserne – forstår du, ham jeg kaldte »Eriks ven«, det var – *Rosenbaum*!

Og så fortalte han om hvordan det var Rosenbaum der modtog »varerne«. Det var så enkelt. Over gården og hjem, og så på vejen ind til Rosenbaum. Han havde aldrig været indenfor i Rosenbaums lejlighed, han afleverede i døren. Kvitteringer kom ikke på tale. Ingen havde klaget.

Men hvad Ole havde tænkt på af og til i de tre måneder han havde haft det job og scoret stof til sig selv og Hanne samtidig med han passede klaver og kokkeri uden overvældende schizofreni – det var selvfølgelig, hvilken forbindelse Rosenbaum havde med Capital. Der var ikke noget der forbandt dén gamle svans med et førende ludderhotel.

Men han vidste hvem der underskrev hans lønningscheck. Det gjorde Manuel Thomsen. Manuel var både hans og Rosenbaums chef, uansét hvem der ansatte hvem. Så da han først havde fået at vide at Rosenbaum var død, havde han spurgt sig selv: Var det Manuel der havde fjernet Rosenbaum?

Og *hvis* det var hvem kunne så være den næste?

Han?

Vi sad i Manuels hotel. Jeg spurgte Ole om han ikke ville væk, vi kunne gå hjem til mig?

– Nej, der er strissere i hele området, sagde han. – Og receptionisten skal nok skjule mig. Han sender mad op. Vi er venner –

Der gik et lille lys op for mig: – Det er Erik, ikke? spurgte jeg.

Ole nåede ikke at svare.

I samme øjeblik gik døren op.

21

– Hva f... sagde jeg.

Jeg ville nok have sagt »Hva fa'en«, men jeg nåede det aldrig.

En blændende lyskegle flød ind ad den åbne dør og ind igennem værelset, ind over natbordet med flasken og glassene, ind over den halvt liggende Ole Kok og mig i den eneste stol.

Lyset blindede øjnene.

Jeg rejste mig uvilkårligt op, halvt blindet, og som om nogen havde ventet det modtog jeg i samme øjeblik et slag i nakken. Jeg mærkede i hvert fald det pludselig gjorde ondt i nakken, der var en sær rungende lyd – og alt forsvandt for mig da benene klappede sammen og nægtede at slæbe min krop længere.

Da jeg vågnede varede det længe før jeg kunne åbne øjnene. Værelset var mørkt, men gadelyset blinkede nok til at jeg kunne orientere mig. I et skummelt mangefarvet lys af neonreklamer igennem en beskidt rude så jeg mig om.

Ole Kok lå hen over sengen. Min første tanke var at han havde fået af samme medicin som jeg og blot ikke var vågnet endnu.

Så heldigt var det ikke.

Han var død. Jeg har ikke gået på samariter-kursus, men jeg var overbevist om han var død som han lå dèr tværs hen over sengen, ubevægelig, uden åndedræt.

Han var ikke særlig smuk. Ikke zærlig zmuk, vrængede det inde i mit forslåede hoved. Jeg havde ekkorum på.

Jeg var heller ikke særlig smuk. Men jeg var dog levende. Jeg beviste det ved omgående at brække mig ved siden af liget.

Bræk er mig bekendt uspórligt og kan ikke – som f.eks. fingeraftryk – fælde nogen med juridisk gyldighed. Eller kan det måske? Det var det jeg stod og tænkte på, indtil det gik op for mig jeg svajede sådan at jeg hellere måtte sætte mig ned.

Det varede det meste af en pinefuld halv time før alt stod helt klart for mig. De havde myrdet Ole Kok – hvem »de« så end var. En rar dreng, en glad dreng, en dreng der spillede klaver og fyrede lidt vel rigeligt op under kedlerne, men som aldrig havde gjort nogen noget og aldrig ville gøre det. Ham havde de skudt, og nu lå han dèr og ville aldrig mere spille sine yndlingsmelodier.

Måske havde det ikke været så dumt af Hanne at gå til politiet og være i forvaring dèr. Måske burde jeg også gå derhen og sætte mig i en celle. Måske ville vi alle sammen være tryggest hvis den ene halvdel af befolkningen fyldte fængslerne for at kunne høre musik i fred mens den anden skød løs udenfor. Måske ...

Hvad nu?

Skulle jeg ringe til politiet for Gud véd hvilken gang? Jeg, politiets gode gamle ven, bedste fremskaffer af friske lig og mystiske telefonopringninger i byen?

Og skulle jeg ringe fra Capital? Hvis der gik flere personer rundt med pistoler på gangene var det næppe det rigtige sted.

Jeg følte mig grå og rystende som et gammelt tyndt træ i efterårsstormen. Første sal død, anden sal død, tredje sal død ... Det lignede en grusom børneremse-leg efterhånden. Nu var der kun tilbage i det halve hus i Saxogade den tomme fjerdesal og den luskede café i stuen.

Og nu var forbindelsen mellem huset og Capital død på Capital.

De havde ikke slået *mig* ihjel. Jeg var sikkert for uskadelig. For dem som for Ehlers, der ikke ville ofre en mand på at skygge mig.

Men hvis Ole blev skudt, fordi han vidste for meget – og hvorfor ellers? – så var det nu mig der var ham der vidste for meget.

Jeg blev siddende en tid i stolen uden at røre mig. Så rejste jeg mig.

Jeg gik langsomt og stille ud igennem den tomme gang efter at have lukket døren omhyggeligt. Jeg gik igennem receptionen, og receptionisten var væk. Lokalet var tomt for mennesker. Jeg gik ud på gaden og fik aftenluftens kølighed lige ind på huden. Magen til kærtegn har jeg aldrig fået.

Klokken var 22:00.

Jeg gik direkte over til politistationen.

Gaderne flød som altid med mennesker, som hver aften puffedes og skubbedes små klynger på vej ind og ud af hotellerne, caféerne eller biograferne, som altid hang de gamle sjovere, vagabonderne og løsarbejderne på trappetrinene og så sig omkring. Det er en scene der normalt glæder én, en farverig menneskelig scene, men nu forekom den fyldt af dirrende fortættet fare, som om hver eneste figur der passerede i halvmørket kunne være den der havde skudt Ole Kok for et par timer siden, som om enhver kunne være den der om et par timer – eller *nu* – ville skyde mig.

Jeg måtte hellere passe på.

Jeg ville nemlig gerne leve. Meget gerne, var jeg klar over.

Man bliver meget klar over den slags, når man lige har overværet en hurtig og brutal død. Man gør det sikkert hver gang man overværer en død. Min erfaring på området var begrænset, men havde tydeligvis tiltagende tendens.

22

På mit efterhånden andet hjem, politistationen på Halmtorvet, havde man skiftet vært. Det var ikke Brille der tog imod ud på aftenen, det var en ung mand med et lettere tåbeligt udséende. Han så ud som om han spillede tennis og drak Jolly Cola i Hellerup Havn i sin fritid.

Jeg sagde, jeg gerne ville anmelde et mord.

Han så stift på mig og spurgte høfligt om hvem jeg havde myrdet.

Jeg fortalte ham, at jeg ikke havde myrdet nogen, men at jeg havde overværet et mord, og at jeg havde gode grunde til at tro det stod i forbindelse med de to drab i Saxogade 28B.

Han turde ikke efterlade mig alene i forkontoret efter han havde hørt dét. Han slæbte mig ned ad den samme gang som Ehlers' og førte mig ind til en vis overbetjent Marcussen.

Marcussen var ældre, mager og udgået i toppen. Han lignede en slimet død fisk i øjnene. Han var ganske ubevægelig i enhver henseende.

Jeg fortalte ham min historie i få ord, og han betragtede indgående min bule, som om han anså den for et primært bevis. Da jeg var færdig lænede han sig grublende tilbage et øjeblik. Så ringede han på lokaltelefonen og bestilte et par mand til omgående tiltrædelse – »Nej, *ikke* Bendtsen!« sagde han i telefonen i et afgjort tonefald. Han brød sig åbenbart ikke om Bendtsen.

Næste telefon-opringning gjaldt en vogn der skulle være parat straks. Den tredje var til Ehlers, privat, og det varede nogle minutter før forbindelsen gik igennem.

Jeg kunne forestille mig Ehlers bande i røret.

– Sådan er jobbet, sagde Marcussen da han lagde røret på. – Han har sovet en time.

– Til gengæld sov han frivilligt, sagde jeg idet jeg forsigtigt berørte mit baghoved.

Marcussen havde bedt Ehlers komme omgående. Han rejste sig og tog en frakke på og gik ud for at møde folkene.

– Frandsen! skreg han tværs igennem gangen.

Frandsen kom.

Frandsen var tyk og svær og lignede en karikatur på et postkort af den gammeldags politimand med cykelstyrs-overskæg og ølmave.

Frandsen fik besked om at vente hos mig indtil Ehlers kom. Marcussen tog over til Hotel Capital med et bekymret udtryk i øjnene.

Jeg tændte en cigaret og ventede. Jeg var godt klar over, det ikke blev let.

Det gjorde det heller ikke.

Ehlers lignede en tordensky da han ankom. Hans skæg strittede, han var gnaven. Han sendte Frandsen ud og spurgte mig hvad meningen var.

Jeg genfortalte hele historien. Jeg sagde jeg havde fået en besked om at sé op på værelse 102 på Capital, og af hensyn til Bent E sagde jeg at det var en besked der var smidt ind ad min brevsprække.

Ehlers gryntede og bad mig komme til sagen.

Jeg fortalte ham hvad Ole havde fortalt mig – og hvad der så var sket.

Da jeg var lige ved at være færdig ringede telefonen på hans bord. Jeg kunne høre Marcussens stemme hvæse gennem ledningen. Jeg kunne ikke skelne de enkelte ord.

Pludselig hørte jeg ikke mere.

Da jeg vågnede igen stod Ehlers personlig og sjaskede vand ud over mig. Jeg greb frem for mig som i søvne, fik fat i hans skrivebord, klarede op og tændte en cigaret. Han så på én gang bekymret og aggressivt på mig.

– Det er et hårdt slag, det dèr – sagde han og pegede på mit hoved.

Jeg nikkede.

– Vi bliver nødt til at tage en formel rapport denne gang, sagde Ehlers, – og den bliver skrap. De er eneste vidne. De kan betragte Dem som under mistanke. –

Ikke nok med det. Han gik straks videre.

– Hele Deres historie er komplet usandsynlig, sagde han træt. – Der er ingen der kan bekræfte den. Og De var den sidste der så ham i live. –

Jeg pegede op på mit baghoved.

– Man har før hørt om folk der slog sig selv ned, sagde Ehlers.

Jeg var træt og syg. Jeg svarede igen. Jeg gjorde opmærksom på, at man før havde hørt om strissere der var så stupide at de burde indlægges.

Ehlers svarede ikke. I stedet rejste han sig, ringede et par gange og satte forskellige eksperter i gang, rekvirerede en medicinsk specialist, en fingeraftryks-ekspert og en dommerkendelse til nøjere undersøgelse af Hotel Capital. Mod min vilje blev jeg fascineret af den Mægtige Maskine han kunne betjene med fingrene pr. lokal-telefon.

Da han rejste sig for selv at tage af sted kaldte han på Marcussens yndlings-aversion Bendtsen og bad ham foretage en nøje formel afhøring af mig. Han måtte ikke lade mig gå før han hørte nærmere. Ehlers satte ham med få ord ind i sagen og gav ham nogle notater. Ehlers gik. Bendtsen satte sig bag hans skrivebord og så nærsynet på mig. Bendtsen lignede en vildfaren kapellan, men hans spørgsmål var gode nok. Jeg måtte forklare hele historien igen.

Og igen, og igen. Træt og mekanisk svarede jeg løs, indtil det gik op for mig at han gentog og gentog de samme fem-seks spørgsmål, formentlig fordi han mente jeg ville forandre svarene hvis han stillede dem længe nok.

Udenfor var det ved at blive lysere. Jeg var lige ved at falde sammen i min grimme strårygs-stol.

Bendtsen fortsatte ufortrødent, med en blyant i hånden og en blå notesblok på bordet.

– Så De kendte ikke Ole Schwartz intimt?

– Nej, jeg vidste end ikke han hed Schwartz. Jeg kendte ham kun som Ole Kok.

– Hvorfor tror De han henvendte sig netop til Dem, som De forklarer?

– Det er svært at sige hvis man ikke forstår det. Vi var blevet venner.

– Men De siger De ikke kendte ham godt?

– Hvem kender hinanden godt? Jeg har ikke spurgt ham ud. Vi kunne lide hinanden. –

– Tog De stoffer sammen?

– Vi fik en drink og røg en pibe tjald.

– Ingen hårde stoffer?

– Nej.

– Vil De have vi skal tro på det?

– De kan jo tage en blodprøve på mig.

Bendtsen rejste sig med et sæt så håret fløj omkring hans selvretfærdige fjæs. Han gik ud og låste døren efter sig.

Og et øjeblik efter *kom* der en dame i hvid kittel og tog en blodprøve af min arm, mens Bendtsen stod bag hende og så velvilligt opmuntrende til, som om han ville påpege at dèr fik han sgu krammet på mig.

Den næste time gik meget langsomt. Lyset udenfor voksede og voksede, og der begyndte at være en smule larm på gaden, larmen af folk der var begyndt at stå op og rumstere og lave kaffe og forberede sig til at gå på arbejde, langsomt. Netop så langsomt som min hjerne fungerede.

Bendtsen gik videre med de samme spørgsmål eller varianter af dem.

– De kendte ikke Rosenbaum?

– Jeg havde besøgt ham én gang i få minutter.

– For at købe stof?

– Jeg har forklaret Dem hvorfor: For at høre hans stemme.

– Dén telefon-opringning kunne De selv have opfundet.

– Hvorfor? For at blande mig i et mord og blive mistænkt af politiet? Tror De, det er min hobby at blande mig i mord? –

– De kendte ikke Christensen?

– Nej.

– Er De narkoman?

– Nej.

– Hvorfor har De sagt Deres stilling op?

De havde altså allerede talt med Bladet. Jeg var under observation. Mærkeligt, de ikke havde sét mig gå hen til Capital.

– Jeg var træt af journalistik. De ville alligevel ikke forstå hvorfor, hvis De ikke selv bliver træt af Deres job ind imellem. –

– Lad os holde mit job udenfor. Dette er en afhøring. –

Jeg sukkede og så ud ad vinduet. Ovre på den anden side af Halmtorvet var transportarbejderne i gang med at læsse og losse de store lastvogne med frossent kød der skulle ind til opskæring og sendes videre. For en gangs skyld ønskede jeg det var mig der stod med en grøn Cecil i min morgenhostende kæft og lastede bøffer og skinker. Om lidt ville de gå ind og få sig en morgenbajer når der blev en pause.

Jeg havde hverken fået vådt eller tørt.

Bendtsen blev ved til lyset var brudt helt frem. Så – jeg må have døset et par minutter – var Ehlers pludselig tilbage og talte stilfærdigt med ham, og han forsvandt ud. Ehlers så dødtræt ud, han kan ikke have haft det bedre end jeg havde. Han så knap på mig:

– De er stadig under mistanke. Jeg véd ikke om vi ikke burde tage Dem i forvaring.

– Nej, hør nu! protesterede jeg. – Jeg har sagt Dem alt hvad jeg véd.

– Hvis ikke De véd mere ... sagde Ehlers skurrende.

– For Fanden, sagde jeg: – Hvis det er tredjegradsforhør, så kom med pinebænken og vandtorturen og lad os få hele repertoiret overstået. Nu har jeg siddet her hele natten og besvaret de samme ti spørgsmål hver ti gange. Hvad mere kan jeg gøre? Hvorfor i Helvede plager I *mig*? Hvorfor finder I ikke ud af hvad det er der sker på Capital? Hvorfor finder I ikke bagmanden? Hvorfor fanden er alt hvad I kan gøre at plage livet af en stakkels værkbruden journalist? –

– Der er to grunde, sagde Ehlers langsomt og metodisk, som om han højtlæste et lov-regulativ – til at beholde Dem i varetægt. Den ene er at De mistænkes for forbrydelsen. Den anden – som ikke udelukker den første – er at det kan være farligt for Dem selv at være på fri fod. –

Jeg gad ikke lade som om jeg ikke vidste hvad han mente.

– Hvis de ville have myrdet mig, sagde jeg kvikt, – havde de alle tiders chance da de skød Ole.

– Det er dét der gør mig mistænksom, sagde Ehlers lige ud.

Der kom en lang anspændt pause. Jeg forsøgte at rejse mig op fra stolen. Mine ben rystede af træthed og kramper. Jeg gik et par skridt frem og tilbage over politiets personlige gulv.

Ehlers så grundende ud.

Busserne var nu begyndt at køre udenfor. Jeg havde siddet over for det samme skrivebord i timer.

Intet var sket. Herinde var verden gået i stille. Støvet cirkulerede over ringbind og chartèques på hylderne bag skrivebordet efterhånden som lyset krøb ind ad vinduerne. Ellers var alt uophørlig gentagelse.

– Må jeg gå hjem? spurgte jeg.

– Vi skal have en rapport, sagde Ehlers med metodisk nådesløshed.

Han var sikkert en god embedsmand. Skatteborgerne burde elske ham. Han hersede endnu en gang samtlige spørgsmål igennem og lagde så sin blyant fra sig med et suk.

Telefonen ringede. Det var Bendtsens kvækkende stemme.

Ehlers påhørte et par minutters solo, lagde røret på uden afsked og blinkede til mig. Hans blinken var så umærkelig at jeg ikke var helt sikker på om det var en hallucination forårsaget af udmattelse, men den samme blinken var i stemmen da han sagde:

– Bendtsen mente De var doped. Det var De ikke.

– Det er ikke nyt for mig.

Og jeg tilføjede:

– Det var snarere mit indtryk, at Bendtsen var påvirket. For eksempel af sovepiller eller andre sløvende midler. De véd nok, det er kendt som karakteristisk for pillemisbrugere at de gentager og gentager sig selv i ét væk. –

Ehlers smilede melankolsk til mig. Han rakte ud efter sin telefon. Han bad nogen komme. En ung dame, høj, slank og sorthåret, der så ud som om hun hele natten havde ligget i sin varme og trygge seng ét eller andet sted i forstæderne, tog imod hans notesblok og gik igen, og få sekunder efter begyndte skrivemaskinen at klapre i kontoret ved siden af, der var adskilt af en skillevæg så tynd at det lød som monotont regnvejr mod en af den slags huler man byggede af pap og krydsfinér–kasser som dreng.

Ny telefon. Ehlers sagde intet denne gang ud over »hm« og »ja« og »forstået«, mens én eller anden stilfærdig stemme fortalte ham noget der interesseredе ham. Da han lagde røret på så han på mig.

– Lægerapporten bekræfter Deres forklaring, i hvert fald foreløbig.

Jeg spurgte ham hvordan lægerapporten kunne det.

– Han er skudt på to meters afstand med ét skud direkte i hjernen. Da De sad i én meters afstand i stolen hvorfra De faldt forover kan De kun have skudt hvis De var gået et skridt tilbage og derefter – efter at have skudt – havde slået Dem selv ud. De *kunne* have gjort det, og da De sandsynligvis blev slået ned med den samme revolver som Schwartz blev skudt med, *kunne* De have smidt revolveren væk på vej herhen for at melde mordet.

– Det troede Bendtsen, svarede jeg.

– Det er også muligt, sagde Ehlers – og Bendtsen var i sin gode ret. Kom lige herover! –

Ét sekund svimlede jeg. Skulle jeg have tæsk? *Var* strisserne sådan, som man af og til hørte? Jeg havde hidtil kendt så få strissere.

– Bøj Dem forover! sagde Ehlers roligt.

Jeg gjorde det og fik ingen knippel i nakken. Jeg mærkede kun et par fingre rode i mit hår, blidt og indtrængende undersøgende som jeg ikke havde mærket det siden jeg endnu levede sammen med Helle.

– Tak, sagde Ehlers.

Jeg satte mig igen i den stråryggede stol der snart var ved at være en gammel ven.

– Jo, De *kunne* have gjort det . . . sagde han så. – De kunne have gjort det, under forudsætning af at De var en fremragende yogi eller atlet, en virkelig kropsbehersker der kunne få et job i ethvert cirkus, en virtuos der kunne slå sig selv i så lav og skæv en vinkel bagfra og beregne virkningen så nøjagtigt – men oprigtig talt, så godt tror jeg ikke om Deres form. –

– Men der er en anden mulighed, fortsatte han. – De kunne have en medskyldig.

– Ja, sagde jeg. Jeg var dødeligt træt. – Ja, jeg kunne have en snes, jeg kunne have et korps, tusinder af undergivne spredt ud over alverdens storbyer, og de venter blot på det mindste tegn fra mig ... Undskyld, men læser De ikke for mange kriminalromaner i politiet? –

Ehlers svarede, med næsten lukkede øjne: – Er det mere usandsynligt end Hajen? – »Den Tynde«, som De kalder ham? –

Mærkeligt med det dobbeltnavn. Ehlers var udenfor, han var en iagttager af Distriktet, en Straffer af Distriktet, og derfor kaldte han Den Tynde for Hajen.

Der var ikke så meget at sige.

Den sorthårede dame kom igen med tre-fire ark maskinskrevet papir og lagde dem foran Ehlers. Hun så – på en yderst diskret og høflig måde – ud som om jeg ikke var til stede. Ikke siden min skoletid har jeg i dén grad følt mig som en flueplet på tapetet.

Ehlers kikkede ned over arkene og rakte dem til mig og bad mig underskrive. Det var afhøringen. Det så O.K. ud. Jeg var ikke i humør til at læse romaner eller rette kommafejl, jeg skrev under med pæn letlæselig skrift. Ehlers rynkede brynene og ønskede mig god morgen.

– Gå hjem og sov! sagde han. – Og vær forsigtig! Jeg véd ikke hvad der vil ske, men alting sér hedt ud lige nu, ikke mindst for Dem. De skulle ikke tage for mange chancer de næste par dage. De véd hvad jeg mener. –

Det gjorde jeg. Jeg rejste mig, så meget jeg nu kunne, og tog afsked med min stol.

Ehlers og jeg gik ud i gangen. Da jeg sagde farvel til ham kunne jeg ikke lade være at spørge: – Og hvornår kommer *De* så hjem og sove? –

– Himlen må vide det! sagde han.

Og så tilføjede han, som efter en kort overvejelse: – Men det næste kvarter bliver det værste.

– Hvorfor? spurgte jeg, allerede halvt ude ad døren, lykkelig ved anelsen af berøringen af den friske varme luft udenfor, friheden der vinkede efter et langt, langt mareridt.

– Jeg skal ned og fortælle veninden om hans død, sagde Ehlers lakonisk.

Kun et svin eller en helgen kunne have svaret på dét.

Jeg var ingen af delene. Jeg nikkede og gik ud på Halmtorvet.

23

Det var igen en varm morgen.

Mine øjne værkede, min hjerne værkede, mine ben kunne næppe bære mig og jeg så gribbe overalt. Jeg kunne åbenbart ikke holde til det. Vi mennesker er skrøbelige skabninger. En makrel ville ikke i mindste måde have ladet sig påvirke.

Alligevel trak jeg vejret med lettelse. Jeg havde aldrig troet, jeg ville slippe ud igen fra den politistation.

Men nu var jeg her, midt i gadebilledet. Slagteriarbejderne holdt ølpause, ludderne var ikke kommet i gang endnu på nær en enkelt hist og her der stod og ventede på en tidlig chance i opgangene.

Det var ikke mig der var dén chance.

Det var rent mekanisk mine ben førte mig hjem. Jeg lod dem. Jeg låsede mig ind og fandt nogle breve og et par aviser i entréen. Jeg stak det i lommen og gik ned til Ronnie's uden at gå ind i lejligheden. Jeg følte mig som en sand søn af Frankenstein.

Selv udmattet uduelighed vil gerne leve, sådan er jungleloven. Igen førte mine ben mig automatisk af sted – flinke fyre, de ben. Jeg ville drikke kaffe. Jeg er så opfindsom.

Ingen ville i hvert fald skyde mig nede hos Ronnie.

Da jeg sad ved kaffen fik jeg kuldegysninger. Jeg sad netop og fortalte mig selv, at efter sådan en nat fortjente man virkelig sin morgenkaffe, da det gik op for mig med pinagtigt lysende klarhed at jeg lige præcis fortjente ingenting, ikke en skid. Hvad godt havde jeg nogen sinde gjort, der berettigede mig til med en sådan selvfølgelighed at drikke fornemme bønner fra Sydamerika i hvide kopper ganske uden videre? Hvad godt havde jeg nogen sinde gjort *nogen*?

Venlige kolleger kunne tænkes at påstå ved given lejlighed, især i forbindelse med overvældende sentimentalitet, at jeg havde skrevet et bundt gode artikler. Tak, tak, men jeg vidste selv bedre. Og dén slags er hurtigt glemt. Kirkegårdene er brolagt med lig af journalister der var særdeles efterspurgte og populære for få år siden.

Et menneskeliv, hva'be'har. Fødsel. Opvækst. Skolegang. Fjumren rundt. Turnerende musiker. Tidligt ægteskab der krakkede. Mere fjumren. Rejseleder, som så mange andre hvis skæbner var knækkede et sted. Journalist, som så mange andre rastløse mennesker. Gift igen, med Helle, krakket. Nu forhåndenværende freelance vidne til mord i Distriktet.

35 år spildt, sé det bare i øjnene. På den anden side, det er ingenting. Tænk på alle dem der har spildt 70, skulle *du* klage?

Nej, nul og nix, nul og nix det var hvad jeg havde fortjent. Plus måske en beskeden pap-mindemedalje fra taknemlige musikere hvis koncerter og plader jeg havde betalt penge for, langt flere penge end de fleste.

Ronnie så underligt på mig. Pludselig blev jeg klar over jeg talte højt.

– Går det skidt? spurgte han, diskret bøjet over mig med den uundgåelige filtercigaret i munden.

– Tja . . . sagde jeg. – Det er som man tager det.

Jeg tænkte jeg hellere måtte holde min kæft med Ole.

– Du sér ud som om du trænger til ferie, sagde Ronnie.

– For dyrt, svarede jeg.

Ronnie forfulgte ikke emnet yderligere, og jeg slog op i mine aviser. Der var intet nyt. Ole ville først nå frem næste dag. Men alle journalisterne ville være ude nu, dem fra Bladet, dem fra vore socialdemokratiske, konservative, kommunistiske og kristelige konkurrenter, de ville alle sammen være ude med notesblokkene og blitzene ville lyne.

Jeg så igen Ole for mig på hotelsengen.

Jeg nåede ud på toilettet før jeg brækkede mig.

Aldrig før havde min post virket så idiotisk. En gammel skolekammerat syntes det ville være morsomt om hele klassen kunne mødes igen. Et forsikringsselskab bad mig – i min egen interesse – undersøge om mine forsikringer nu også var ført à jour og tog hensyn til mine aktuelle behov. Skattevæsenet havde ved gennemgang af sine bøger opdaget jeg skyldte dem et beløb. Bladet meddelte i en opgørelse at 4.800 kr. »til afslutning af vort regnskab« ville blive overført til min konto. Jens bad mig på et postkort om venligst at ringe snarest muligt.

Det var det. Det var mit liv. Dagens Nyheder. Den private individuelle TV-Avis.

Jeg samlede min post sammen. Både Ronnie og visse af hans ubarberede morgenkunder så på mig med en vis respekt. Jeg var trods alt en mand med mindst fem breve, en betydningsfuld mand.

Da jeg kom hjem gik jeg amok.

Først tog jeg mine breve og rev dem ét for ét i halve, kvarte, ottendedele, sekstendedele, småstykker, og så smed jeg alle småstykkerne op i et fad fra køkkenet og satte ild til lortet.

Spørg mig ikke hvorfor.

Det var ikke nok. Jeg lod aviserne gå samme vej og raserede så mit køkken. Dèr stod en stabel tallerkner! Hvad satan skulle jeg med en stabel tallerkner! Hvornår havde jeg sidst brugt en stabel tallerkner, jeg som altid spiste ude og højst havde gæster til en whisky? Var det ikke de tallerkner Helle havde købt på vores bekendtskabs-rejse til Paris? Op i røven med de tallerkner! Jeg så mig om efter et egnet redskab, et stykke kasteskyts der lå godt i hånden. Det slog mig, kopperne fra samme stel var velegnede.

Jeg smadrede alle kopperne mod alle tallerknerne. Jeg må have lignet en sindssyg som jeg stod dèr, med blodskudte øjne, og smadrede kopper mod tallerkner mens jeg støttede mig til den hvidkalkede køkkenvæg.

Jeg kunne ikke gøre noget ved knivene og gaflerne, de var af stål, men jeg smadrede alle glassene og alt hvad jeg kunne finde af skåle og fade. Som dyngen af skår var ved at udvide sig til at dække halvdelen af køkkengulvet og jeg var ved at tage fat på selve køkkenskabet ringede telefonen. Jeg flåede den ud af væggen og kylede den over i det andet bras. Dét lukkede munden på den.

Jeg så mig om efter nye emner. Jeg var sanseløst rasende. Jeg gik amok, og jeg var hamrende ligeglad.

Jeg smadrede to stole op ad væggen, væltede et bord og skulle lige til at smadre vinduesruden med et askebæger, da det gik op for mig jeg trængte til en smøg.

Jeg fandt én – og så satte jeg mig ned, glemte alt og begyndte at *græde.*

Jeg er ikke vant til at græde, jeg græder ikke, jeg har altid betragtet det som noget jeg bare *ikke gjorde*, ligesom andre ikke ryger eller ikke spiser kød. End ikke ved mine skilsmisser græd jeg.

Men *nu* græd jeg. Som en flod strømmede tårerne ud af mine øjne og ned over bukserne. Alt flød omkring mig. Al lyd udefra var ophørt, bilerne var væk, råbene over gaden var væk, der var kun min egen gråd og inde i mit hoved blev den forstærket syvotte gange og sendt ud igen.

Jeg måtte ud i badeværelset og finde et håndklæde for at kunne sé ud af øjnene.

Selv om jeg ikke havde ventet at sé en operette-charmør blev jeg chokeret over mit spejlbillede.

Jeg så ud som om jeg havde tabt ti kilo på én nat og som om alle kæberne strammede indefter, som om huden var blevet for stor. Øjnene var ophovnet røde og lyste af vanvid.

Jeg sjaskede vand i ansigtet, vaskede mig, fortsatte med en barbering, skiftede tøj og så mere normal ud.

Så gik jeg lejligheden rundt og beundrede mit hærværk, gik ud i køkkenet og hentede støvsuger, fejekost og fejespån og gik langsomt og omhyggeligt i gang med at samle glasskår, porcelænsstumper, træstykker og aske sammen og kyle det ned i diverse papir- og plastic-poser.

Jeg arbejdede længe, tavst og sammenbidt, og det var mens jeg gjorde det jeg fik idéen.

Fik er måske så meget sagt. Den havde nok ligget derinde og murret og muntret sig hele tiden som en sæl der boltrer sig i bassinet. Men nu stak den hovedet helt frem og præsenterede sig med visitkort.

Jeg ville finde Oles morder!

Jeg havde intet at tage mig til og al den tid der var i Verden. Jeg havde holdt meget og kort af Ole. Han havde sikkert sine fejl, men hvis man skal skydes for det bliver vi ikke mange tilbage.

Jeg skubbede idéen fra mig et par gange under rengøringsarbejdet. Den vendte trofast tilbage.

Jeg spurgte mig selv hvorfor jeg ville lege detektiv. Var det for spændingen? Var det fordi jeg intet andet havde at tage mig til? *Var* det for Ole Koks skyld? Eller var det måske snarere en fornemmelse af at tilbagebetale én eller anden slags æresgæld, ligesom efter et natligt pokerspil hvor man skylder og kommer næste morgen før Fanden får sko på for at vise at *man* ikke har tænkt sig at stikke af?

Jeg besvarede mine egne spørgsmål i rette rækkefølge. Nej, det var ikke spændingen, for mig er spænding musik og sex, ikke mord. Nej, jeg havde masser at tage mig til. Jeg kunne skrive artikler igen, om ikke på Bladet så i andre blade, der var muligheder nok på markedet.

O.K., den sidste forklaring var rigtig. Det *var* Ole, og ét eller andet sted havde det ramt noget i mig.

Jeg har hørt, når jeg nu og da har talt med de folk der var frihedskæmpere under Krigen og Besættelsen her i Distriktet, hvordan de fleste af dem havde været længe om at beslutte sig for modstanden, om hvordan de havde været skræmt for de mulige konsekvenser, også for familiens skyld, om hvordan der var håb om andre og fredeligere løsninger, om hvordan ... Men næsten alle fortalte de så den samme historie: Der var sket ét eller andet, ét eller andet ganske bestemt og definitivt, som havde overbevist dem. Én kunne have mistet sin bror, en anden kunne have hørt hans gamle mester var under mistanke for sabotage – og pludselig var hver enkelts grænse nået, og vedkommende stod op. Om grænsen så hed Dybbøl, Fædreland, Bror Åge eller Gamle Mester, det var sin sag. Den grænse havde været der, og den var gået tværs igennem dem i krop og kød.

Jeg tror jeg oplevede lidt af det samme da og dèr. Jeg følte mig ikke indblandet i Christensen og Rosenbaum – der sker talløse mord i en storby hvert år, jeg kunne ikke hulke over dem alle i min sparsomme fritid.

Men Ole som havde været min ven og kunnet lide musik, schizo-Ole som var schizo fordi han holdt mere af musik end samlebånds-arbejde – Ole var *min* grænse.

Jeg var meget rolig da jeg havde taget min beslutning. Jeg fejede mit affald sammen og gik ned med det i baggården – der var rigeligt til tre ture op og ned fra fjerde sal til baggården, og i dén varme, og så var jeg endda nødt til at flytte køleskabet for at komme ud – men jeg var helt kold alligevel.

Da lejligheden var tom – men ren – tog jeg jakken på og gik ud på Istedgade i skærende dagslys, klar til at forfølge mit nye, i mange år eneste klare mål.

24

Jeg gik mekanisk hen imod Saxogade 28B.

Der var ikke politi nogen steder. De havde åbenbart gjort hvad de skulle. I et hus med lutter døde beboere er der vel intet særligt at holde vagt for.

Værtshuset i stuen var lukket. De havde dog ikke sort sørgeflor på døren.

Christensen og Rosenbaums navneskilte hang pænt på deres plads, og begge døre var låsede. Da jeg tog i dem, kom der mod forventning *ikke* nogen strissere frem. Ingen havde ligget og ventet på at morderen skulle genopsøge gerningsstedet. Jeg gik op til tredje sal, Berg. Hvis Ole hed Schwartz, som Ehlers havde sagt, hvem var så Berg? Hanne, måske? Eller en af de andre der »altid hang der«?

Jeg bankede på og ingen svarede. Jeg tog i døren, og den gik bare op.

Der var ikke en sjæl.

Sjældent har jeg sét så nøgne rum. Pudset hang ned fra væggene som eneste udsmykning, stolene stod rundt omkring med kæmpemæssige gabende huller i polstringen, gardinerne var lasede, tæpperne var så slidte som på et arbejdsanvisnings-kontor.

Der var ingen seng men en samling spredte madrasser, de fleste samlet omkring et stort lavt bord der så ud som husets centrum. Bordet flød med tomme flasker og fyldte askebægre, breve og tegneserier, plastic-poser og papirlapper. For enden stod grammofonen med en højttaler til hver side.

Lejligheden var langt mindre end Rosenbaums. Bag stuen var kun et lille rum, tilsyneladende en slags sove- og påklædningsværelse. Herre- og dametøj flød sammen i ét ud over seng, kommode og skab, det meste af klunset lettere flosset i kanterne. Jeg ville næppe få noget ud af at rode det igennem.

I køkkenet var der et køleskab med dåsemad, et par øl, nogle æg og lidt mælk. Køkkenet røbede intet – ud over at de folk måske ikke spiste så tit hjemme.

Ikke meget at komme efter.

På vej ud så jeg en stabel LP'er lænet op ad væggen.

Selvfølgelig kunne jeg ikke lade være med at sé på dem.

Men i samme øjeblik jeg bøjede mig ned efter dem frøs jeg fast i gulvet som jeg så til venstre.

For dèr, bag gardinerne, ud mod gaden, så jeg et par sko.

I samme øjeblik forsvandt enhver tidsfornemmelse. Jeg blev bare stående. Jeg trak end ikke vejret.

Det var den gamle fælde, jeg havde sét den på film. Jeg prøvede at huske, hvordan Humphrey Bogart ville have tacklet den. Et par spidse sorte italienske herresko. Hvem stod i dem? Var det en gangster, Oles morder måske? Var det politiet på post – nej, så havde de reageret.

Skulle jeg springe frem og håbe på et voldsomt angreb, eller skulle jeg lade modstanderen angribe? Skulle der overhovedet angribes, eller kunne jeg måske bare forsøge at slippe ud igen – observeret, og til hvilket formål?

Mens jeg stod med tilbageholdt åndedræt på rovdyrpoter blev sagen afgjort uden min medvirken. Der kom en ubekæmpelig instant trang over mig: Den simple menneskelige trang til at hoste. Det lyder måske af så lidt, men De kender ikke min hoste. Det er en kvalitets-hoste. Den er solidt og omhyggeligt bygget op af 30 cigaretter om dagen i 20 år plus talløse søvnløse nætter, vognladninger af sort kaffe, dryppende morgener, regelmæssig nødvendighed af at råbe, halsslidende droger og ikke så få whiskyer. Den lyder af noget, dén hoste. Det var den der væltede Jerichos mure *efter* trompeterne havde givet op, men Verden har aldrig hørt sandheden om dén historie.

Den lød. Visse ting kan ikke undertrykkes.

Han rørte sig ikke. Gardinet end ikke bølgede en smule.

Pludselig spekulerede jeg på, om det var muligt at *stå op* og være død. Der var allerede så mange lig. Hvorfor skulle Sort-Spids-Snude-Sko ikke være det fjerde?

Jeg gik frem og rev gardinet til side.

Det *var* et par sko.

Helt alene.

25

Tilmed et par nydelige og velpudsede sko.

Jeg tog mig sammen og kikkede lidt mere rundt uden at finde noget, og da jeg gik ud sørgede jeg for ikke at smække døren. Den havde stået åben, den skulle vedblive at stå åben.

Jeg gik op på fjerde sal, hvor intet var ændret. Lyset virkede stadig ikke, døren var uforandret låst, som sidst lå der lutter reklamer inden for brevsprækken.

Der var noget ved dette hus der irriterede mig. Der var noget galt. Ikke med døds-frekvensen alene, men med bygningen. Det var et halvt hus, men det var ikke bare dét. Det var noget andet. Det var det med gangene, adgangene. Ole havde sagt noget om det. Hvad var det han havde sagt? Noget om lige at stikke over eller stikke igennem fra Capital og hjem? »Over gården«, »igennem gården«, eller sådan noget?

Jeg tænkte på det hele vejen ned ad trappen. Der var stadig intet at sé eller høre da jeg kikkede ind ad Rosenbaums og Christensens brevklapper.

Det var der i stuen. Beværtningen var åbnet mens jeg havde været oppe, og der lød en skramlen og ramlen med flasker og glas og borde og bænke, som om de enten serverede for et helt kompagni soldater eller muligvis havde et enormt slagsmål i gang. Jeg rankede mig og gik ind. Min ven bartenderen der havde sét det som sit livsmål at passe *sit* og ikke snadre i andres andemad stod bag disken og pakkede ting og sager ned i kasser.

– Er der lukket? spurgte jeg.

Han så strengt på mig, som om han overvejede om han skulle kvæle mig eller bare slå mig ned, og så sagde han høfligt:

– Hvad vil De have?

Jeg bestilte en whisky. Den Skaldede Bartender på Café Café var en overraskelsernes mand.

Han skænkede den, bad om 12.50, stak de aftalte penge i lommen og fortsatte med at samle ting sammen.

– Undskyld min nysgerrighed, sagde jeg, – men er De ved at lukke?

– Ja, sagde han, kort og godt. – Ja. Jeg tror, vi holder lukket et stykke tid.

Jeg havde ikke lyst til at spørge *hvorfor*. Jeg drak ud og sagde tak, og bartenderen sagde farvel.

Jeg gik direkte ud til den nærmeste telefonbox, lige over for ved Kirkens Korshær, og forsøgte at ringe til politiet. Ledningen var skåret over. Ledningerne er som oftest skåret over, eller rørene revet af, i de københavnske telefonboxe. Ofte har jeg været ude for at først den femte telefonbox jeg kom forbi virkede.

I dag virkede dog den anden, den i cafeteriet på det modsatte hjørne af Istedgade, skråt over for Saxogade. Jeg ringede til politiet på Halmtorvet og bad om Ehlers. Jeg præsenterede mig og sagde blot at Café Café i stuen i mordhuset var ved at pakke sammen. Ehlers sagde kort tak. Mere skete der ikke. Jeg lagde røret på og ventede.

Jeg drev lidt om i solen. Varmen prikkede mig under øjenlågene og boblede i huden på mig. Jeg havde på fornemmelsen der ville ske noget, der var noget i luften.

Jeg satte mig ind på cafeteriet igen, drak kaffe af et plastic-krus og kikkede ud på gaden igennem ruderne.

Ludderne var fremme nu og stod eftertænksomt og betragtede deres strømpebånd på gadehjørnerne (de er de eneste der bruger strømpebånd nu til dags, så vidt min erfaring strækker sig) og husmødrene var ude at købe ind, engros, med mindre børn under skolepligtig alder i hælene eller hænderne. Hist og her drev en håndværker rundt med en værktøjskasse eller et bud kom kørende på sin Long John med et par kasser varer. En fredelig normal formiddag, fredelig og normal for mange, sikkert også for servitricen der skænkede kaffen op i cafeteriet mens hun småfjantede med en kåd ung svensker med et *meget* træt glimt inderst i øjnene – hende, altså, ikke svenskeren.

Et kvarters tid efter kom Ehlers sammen med en mig ubekendt – men meget bredskuldret – kollega forbi og gik direkte op til Saxogade 28 og ind i gården.

Jeg drak mere kaffe.

Et kvarter efter kom de ud igen. Jeg var lige ved at fare ud og spørge løs, men noget holdt mig tilbage. Jeg var ikke journalist mere. Og jeg var nok heller ikke politiets bedste ven.

Mens jeg sad og slog plat eller krone om jeg skulle ringe til Ehlers og spørge eller ikke kom dén lille glatfjæsede rotte til Kurt ind på cafeteriet.

Som sædvanlig havde han en hemmelighedsfuld mine på, da han så sig omkring.

– *Har* du hørt det? spurgte han.

– Hørt *hvad*? spurgte jeg med spildt sarkasme.

– Der er én der er blevet skudt på Capital i nat, sagde han.

Jeg kunne have suppleret denne redegørelse meget. Jeg nøjedes med at sige jeg havde hørt rygter i den retning.

Og så fik jeg lyst til at drille Kurt, altid alvidende Kurt.

– Ja, sagde jeg. – Og Café – i 28B – det rimer endda – lukker nu.

Kurt sagde, mens han famlede efter en cigaret: – Hva', smuglerreden? –

26

– Smuglerreden? spurgte jeg.

Han klappede straks i og lignede til forveksling en stiftsprovstinde der var kommet til at slippe en vind ved en velgørenheds-bazar.

Jeg lod ham ikke slippe. Jeg spurgte ham hvad de smuglede.

– Årh, cigaretter, spiritus, det sædvanlige ... sagde han. – Det er bare noget jeg har hørt.

Alt hvad Kurt vidste i denne tilværelse var »bare noget han havde hørt«. Han hørte utroligt meget.

– Det er bare det sted de læsser ... sagde han. – Nå, jeg må sé at komme videre. Vi sés! –

Og af sted var han, videre mod Guderne måtte vide hvilket mål. Det har altid været mig en gåde hvad typer som Kurt lever af, men det ejendommelige er at de formår på én gang hverken at betale skat eller hæve social-understøttelse.

Jeg fangede ham lige i døren og spurgte ham om de solgte stoffer på Café Café.

– Nej, for satan. Det er gammel forretning, du, min onkel læssede engang for dem. Nej, det er *kun* sprit og cigaretter. –

Han fik det til at lyde helt respektabelt, som om det nærmest var en slags sidestykke til Jyske Korn og Foderstof-Kompagni og De Danske Sukkerfabrikker. Tryghed, troværdighed og støt stabilitet. Pensions-ordning.

Jeg lod ham løbe. Jeg stod i døråbningen og var lige ved at falde sammen. Klokken var op ad formiddagen, og det havde været småt med søvn.

Men der begyndte at ske noget. Tiden var ikke til at sove.

Jeg tog en chance jeg ikke havde taget i årevis: At købe en dosis speed for at holde mig vågen.

Jeg tog en vogn ind til et sted jeg kendte som centrum for speed-handel, Café Paradis i Griffenfeldtsgade (kloge gamle hunde køber nødigt stoffer i det kvarter hvor de bor). Omkring caféen myldrede pusherne som sædvanlig i de snævre sidegader hvor hver eneste af dem kendte hver eneste grå gyde og uansélige udgang gennem bagtrapperne. Hver af dem havde en hund, og hundene gøede og snappede, mens deres ejere sprang ud fra trappeopgangene for at falbyde deres grønne marok, røde libanon og sorte pakistan.

Pusherne var sjældent over 30, adskillige var under 20. Mange af dem havde ikke skiftet tøj en måned. Adskillige af dem havde end ikke haft det af. Mange af dem havde deres stof indsyet i frakken eller deponeret i skoene. Paranoide pushere – og paranoide bliver alle pushere før eller senere, det hører til jobbet – gemmer deres stof de særeste steder. Jeg kendte engang en pusher der altid gemte sit stof nedgravet på Assistens Kirkegård tre grave fra H.C. Andersens.

Men paranoiaen var forståelig. En razzia kunne når som helst komme, de blå politivogns-glimt kunne lyne igennem, råbet »Uroerne« – for Uropatruljen – lyde igennem gaderne, og flokken måtte så spredes til alle sider med det uundgåelige resultat at i hvert fald et par tynde forfrosne fattige fyre måtte med på stationen og miste »dynen« – kassen – såvel som stoffet.

Mens bagmændene sandsynligvis sad godt og sikkert i villaer i omegnen, vel beskyttet mellem rosenbuskene af velklædte og veltalende advokater.

Jeg var ikke interesseret i *hash*-handelen lige nu. Jeg åbnede døren til Café Paradis, idet jeg beslutsomt befriede mig for tre hunde og to pushere. Lugten var som sædvanlig varm og ram, røgen af hash trak så stærkt igennem lokalet at en vejrtrækning var nok til at blive skæv. Junkier af enhver slags holdt til her og sad med fyldte pilsnere – deres alibi – foran sig, og drak dem med en fart af én i timen. Hveranden af dem der sad ved bordene skjulte små hvide papirsbreve eller plasticrør eller pilleæsker rundt omkring på sig, og ind imellem dem for i ét broget virvar deres underskubbere og venner og agenter og kunder frem og tilbage i deres egen komplicerede ballet.

Jeg begyndte ovre fra bar'en med at få et overblik over de tilstedeværende. Der var næsten altid nogen til stede man havde kendt engang, hvis man havde boet længe nok i byen til at kende nogen. Der var næsten altid nogen af dem man nu ville være så langt fra som én man ikke havde sét i ti år.

Jeg fandt hurtigt en forbindelse. Jeg fyrede pengene af og modtog et rør preludin. Jeg gik med det samme.

På vejen hjem vandrede jeg ind i et stålblinkende stormagasinscafeteria, hvor der kun sad travle husmødre og små sladrende teenage-piger med indkøbsposer og drak kaffe og spiste lagkager. Her fik også jeg en kop kaffe, og med den vaskede jeg fire preludiner ned. Jeg ventede et kvarters tid i cafeteriet, og så gik jeg ned på gaden, med en ny og anderledes elasticitet og energi i leddene.

Jeg gik ned på Halmtorvet og bad om at tale med politiinspektør Ehlers.

Han sad der endnu.

Jeg fortalte ham kort, at jeg havde hørt at Caféen i stueetagen havde været en smuglerrede, og jeg ville blot fortælle det for det tilfældes skyld han ikke vidste det.

Ehlers brummede, ikke uden en vis træt sympati, som den man viser stædige (men søde) børn:

– Jeg tror De har ret.

Der var et sekunds pause.

– Men, fortsatte han så, idet han rakte ud efter sine uundværlige officielle papirer, – det forklarer ikke mordene.

– Nej, sagde jeg. – Men ...

– De lukker nu, sagde Ehlers. – De lukker for en tid, indtil dether er drevet over. Hvis de flytter går der måske to-tre uger før vi for alvor véd hvor de er flyttet hen ... Vi har vidst det længe, men det er ikke værten eller håndlangerne vi vil have, det er manden bag. I journalister hævder altid vi kun kan klaske de små, men ofte må vi beskytte de små i håb om at fange den store. Det gør vi her. –

– Jeg tror, det hele er gemt ét eller andet sted på Hotel Capital, sagde jeg.

– De kan ikke rammes, sagde Ehlers.

– Ja men for Fanden, sagde jeg. – Vi har det hus, Capital, hvor ét mord sker, og på den anden side af baggården dét hus, 28B, hvor to mord sker. Og der er stoffer på Capital, og der er spritsmugling overfor. Hvad Fanden skyldes det ...

– Ja, afbrød Ehlers: – Hvad Fanden skyldes det, der ikke er ét eneste bordel?

For én gangs skyld havde han taget ordet fra mig.

– Hveranden opgang her i Distriktet sér sådan ud, sagde han langsomt og velovervejet, som om han som en skolelærer svirpede med en usynlig pegepind i hånden. – Vi arresterer en lang række mennesker regelmæssigt for medvirken til det ene og det andet, men vi kan aldrig finde deres bagmænd, og det er dét vi prøver på. Det kræver *beviser*, ikke andet, bare *beviser*. Og fordi vi er strissere må vi nærme os de beviser på fuldt ud lovgyldig måde. Ellers kommer I journalister efter os. –

Ehlers trak på skuldrene og sagde så afsluttende:

– Men tak for besøget. Hvis De hører nyt, vil De nok komme igen.

Jeg var på vej ud ad døren da jeg tænkte tilbage til sidste gang og spurgte:

– Hvordan tog Hanne det?

– Hun var ikke overrasket, sagde Ehlers barsk, – men hun var meget ked af det. Hun har det ikke godt. Hun bliver flyttet på hospital. Hun skal nedtrappes. –

Jeg nikkede og sagde farvel.

Det var ved at blive aften, og jeg drev rundt i gaderne, frem og tilbage i de samme gader. Det var i disse gader mordene var sket, det var her ofrene såvel som morderen eller morderne havde bevæget sig, det var her det hele var opstået og det var her løsningen måtte findes. Jeg drev frem og tilbage. Jeg hilste på Magic, på Bent E og på mange andre af Distriktets beboere.

Og mens jeg drev frem og tilbage blev jeg klar over hvordan jeg kunne komme videre. Der var noget skævt ved Hotel Capital. O.K.: Jeg ville tilbringe natten på Capital.

Men jeg var for godt kendt til bare at bestille et eneværelse. Hvis jeg gjorde det ville nogen lugte noget.

Så jeg blev nødt til at gøre, som jeg gjorde sidst med Hanne: Finde en kvinde at tilbringe natten med, så ingen ville ane uråd, og ingen ville tænke på andet end en lille simpel side-affære. Undskyldeligt og forklarligt. Alle tiders alibi for en selvudnævnt snushane.

27

Nemt nok. Man fanger en kvinde og lejer et hotelværelse, og så sniger man sig omkring og opdager ting. Nemt nok i teorien.

Praksis er noget andet. Hvor rekvirerer man en kvinde?

Går man ud i byen og finder én til dette specielle formål? Ringer man efter sin fraskilte og beder om lidt loyal hjælp? Lejer man en call-girl til at sé naturlig ud?

Jeg var ikke lige i stemning til dén slags.

Så kom jeg i tanker om Barbara, min kloge og kvikke kollega, den sorthårede enlige Barbara, Bladets beundrede brevkasse-redaktør, der forekom alle en gåde men som altid havde forekommet mig snarere at være svaret på én. Barbara ville sikkert gøre mig den tjeneste hvis hun kunne. Vi havde været de to eneste virkelige venner på Bladet, havde jeg ofte ment.

Jeg ringede. Hun *var* hjemme og havde natten fri. Jeg aftalte at møde hende på Hovedbanegården.

Da jeg så Barbara blev jeg helt rolig. Hun var høj, sort, slank, dresset op i rødt med sort frakke, perfekt. Hun ville have givet enhver tillid, uansét hvor idiotisk foretagendet så end var.

Før jeg var nået i gang med at sige noget var hun begyndt:

– Bladet summer som en bikube. Hvad Fanden har du sagt til Otzen? Er det rigtigt du er indblandet i et mord? *Har* du sagt helt op? Hvorfor har du ikke sagt noget til mig? –

Nej, hvorfor havde jeg ikke sagt noget til hende? Hun var min bedste ven.

– Det hele er gået så forbandet hurtigt, sagde jeg. – Men hør nu her, du ... Lad os sætte os ind et sted ...

Og »inde et sted« – med tilværelsens forbandede ironi tværs over gaden inde i et sommerstoppet Tivoli – fortalte jeg hende det hele eller noget nær, sluttende i min mistanke til Hotel Capital og mit ønske om i nattens løb at sé det lidt igennem i sømmene.

Hun lo og foreslog mig at tale med politiet.

Jeg gennemgik nøje og præcist for hende hvor mange samtaler jeg havde med politiet hver dag.

Hun rystede på hovedet og sagde: – O.K. ... Jeg har fri, og det er måske sjovere end at sé fjernsyn. Du er rablende gal, forresten. Og sikke dog en udspekuleret måde at forsøge at forføre mig på! –

Det sidste var dril. Vi var bror og søster. Den slags forhold opstår somme tider ganske af sig selv.

Vi spiste og fik et par drinks for at ruste os til natten, og mens abonninerne vimsede rundt om os og forbipasserende udlændinge førte flagrende stumper af engelsk tysk fransk og japansk konversation med sig igennem aftenluften, sad vi dèr og så de kulørte lygter tændes og fyrværkeriet blev klargjort mens vi ventede på at tilbringe en nat på Hotel Capital.

Et kort øjeblik på vejen slog det mig, at jeg burde have haft en revolver med – som om jeg overhovedet ville kunne bruge den.

I receptionen så jeg mig grundigt om. Ham jeg mente var Oles »ven« var der ikke. Det var et nyt ansigt, en ældre herre med seler og en cerutstump i munden. Han så ud som om han var trådt ud af et familiealbum med billeder fra farfars uartige visit i Paris. Han tog cerutstumpen ud af munden og tog velvilligt mod min bestilling mens han kikkede langt efter rødsorte Kina-Barbara og blinkede til mig for at anerkende at jeg havde sandelig sans for det.

Imens studerede jeg nøglebrættet og posthylden bag hans skulder. Der var fra nr. 101 til 109, det var første sal, det var den jeg kendte. Så fra 201 til 209, og så fra 301 til 309. Tredje sal med. Fjerde var åbenbart tom, ligesom i Saxogade-huset. Utroligt så mange tomme fjerdesale der måtte være rundt omkring.

De fleste værelser så optagne ud, for så vidt som der ingen nøgler hang.

Jeg fik 107, dèr hvor jeg havde været med Hanne. Dog ikke 102.

Vi gik op.

Klokken var lige over midnat, og Barbara satte sig på sengen og læste en samling engelske kvinde-digte (netop den slags ting som man kunne vente sig fra hende) mens hun så misbilligende på værelsets mangel på komfort og sukkede højlydt. Det var nu ikke så galt, jeg havde i hvert fald sét – og boet på – dem der var langt værre. Hun lænede sig tilbage og læste.

Jeg gik ud på gangen, gik korridoren igennem på stilfærdigste måde uden at høre noget som helst, drejede op ad løbertrappen og gik anden sal igennem med samme resultat, hvorefter jeg gentog processen med tredje. Hver af dem var konstrueret ens: Ni værelser af vekslende størrelse spredt med fire à fem på hver side med to ekstra badeværelser til dem uden, et rengøringsrum på hver etage, en »personale«-dør på hver og det samme grumsede grågrønne tapet og de samme røde løbere over det hele.

Det var da jeg gik ud igen fra korridoren på tredje sal – der var lige så påfaldende stilfærdig som de to andre, tilsyneladende menneskeforladt bortsét fra en ophidset stønnen og sengeknagen i 306 – at jeg hørte nogle høje bump over hovedet. Bang, bum, sagde det, som når man flytter tunge ting, ens store tunge ting der giver samme regelmæssige lyd hvert halve minut, som når man stabler kasser – ja netop sådan. Kasser.

Jeg gik op mod fjerde sal. Der var kun én dør. Der trængte lys ud igennem den. En stemme bandede lavmælt, men ellers sagde ingen noget. Jeg kunne ikke ane hvor mange de var eller hvem de var.

Jeg lænede mig mod væggen halvvejs mellem tredje og fjerde sal, så jeg kunne forsvinde usét ind på tredje.

Jeg ventede længe, og jeg hørte flere skrabende lyde, men de blev svagere og svagere, som om de arbejdende nu var i den stik modsatte ende af et stort rum. Lyset under døren forsvandt. Enten var de nu i et andet rum eller de sad i mørke. Det sidste var næppe sandsynligt.

Jeg tog forsigtigt i dørhåndtaget. Der var låst.

Jeg blev stående endnu et kvarter og lod som om jeg boede på tredje sal og røg en cigaret på trappen fordi jeg ikke kunne falde i søvn.

Der skete intet.

Ikke en lyd. Intet lys. Og ingen kom ud.

Jeg gik ned på 107 igen. Barbara havde helt nøgternt gjort sig klar til natten og sad i en nydelig pyjamas med gule blomster og lignede et modelfoto i et ugeblad. Hun læste stadig videre.

Heller intet var sket her.

Og der var kun den samme trappe op eller ned, så meget havde jeg konstateret. Hvem som helst der skulle op på fjerde sal ville være tvunget til at benytte den samme trappe som jeg havde bevogtet. Og køkkentrappen førte kun fra stuen ud til den lille baggård der samlede hotellets skrald og tomme flasker.

Jeg satte mig ned. Hvad var det nu, det dèr fra forleden der havde sat sig fast, det med Ole der gik »Over gården« med sit stof. »Over gården?«. Når der ingen køkkentrappe var? Ja men så – ja selvfølgelig! Idiot, idiot, mand, så satans indlysende.

Selvfølgelig, som altid i disse halvgamle ejendomme var lofterne bygget sammen. Selvfølgelig var der loftsgennemgang fra Capital til Det Halve Hus, det forklarede alt. Fra en tom fjerdesal det ene sted til en tom fjerdesal det andet sted, og begge steder ejer man selv de tre nederste etager og véd hvem der bor der. Selvfølgelig. Sindsoprivende enkelt. Det var den eneste måde det kunne hænge sammen på, og så måtte det hænge sådan sammen.

Det var alt sammen selvindlysende. »Over gården« – det forandrede det hele.

Der var stadig ingen kommet ned. Der var gået to timer siden vi kom.

Jeg puffede blidt til Barbara og vækkede hende af en halvdøs.

– Lad os bare komme af sted nu, sagde jeg. – Der er ingen grund til at blive hængende her. Du får en vogn hjem. –

– Skal jeg virkelig undvære min nat med dig? gabede hun. – Det har været sindsoprivende spændende at være dit alibi. –

– Det er i en god sags tjeneste, sagde jeg.

– Du har nok skiftet vaner, svarede hun.

Sådan gantedes vi fredeligt mens hun igen blev rød og sort, og vi pakkede sammen og gik ned og lagde hotelnøglen på disken. Receptionen var tom og alt så tomt ud, til trods for at der netop nu ved 2-3-tiden ville være mange værelser at udleje til et hurtigt lille nat-knald.

Meget mærkeligt hotel.

Temmelig tom gade udenfor. Som om folk var gået hjem tidligere end man skulle tro.

Lidt larm fra natværtshusene. Og nedenunder et gult dørlys om hjørnet til Istedgade en skikkelse der stod op ad en postkasse og lænede sig fortroligt mod den:

Vores begges gode og forstående kollega Jens.

28

Jeg trak Barbara hårdt i armen og halede hende ind i natkiosken lige før gadehjørnet, hvor jeg førte hende tværs igennem lokalet, væk fra disken, helt ned i det bageste hjørne med tegneserier og pornografiske blade, før jeg hviskede:

– Jens står på hjørnet og venter.

– Jens?! spurgte hun. – Dén Jens? *Vores* Jens?

– Yep, sagde jeg. – Og dels er han ikke værd at møde og dels er det ikke smart hvis han sér *os* her omkring midnat, han vil lave historier om det i fem år, og desuden vil jeg nødig tale med ham. –

– Heller ikke jeg, sagde Barbara.

– Vi køber en pakke cigaretter og går ind i Café 18. Det er kun to-tre blokke tilbage, foreslog jeg. – Fra 18 kan vi gå den anden vej rundt til Istedgade eller ned ad Vesterbrogade i stedet for.

– Han fanger *dig* når du går hjem.

– Så sér jeg bare fuld ud og bér ham ringe i overmorgen, ikke for tidligt. Jeg er ikke ansat på Bladet mere. Jeg har ikke pligt til at være høflig over for små blæksmørere. –

– Ha, fyret eller ej, du er og bliver journalist selv. Hele tiden. Du har altid været journalist . . . sagde Barbara gådefuldt.

Der var ikke tid til at tænke over den slags. Vi gled ud af kiosken igen, forsvandt planmæssigt med ryggen til Jens op ad gaden og gled ind på Café 18. Café 18 var et førende luddersted. Når taxichauffører helt ude fra Lufthavnen fik udenlandske kunder med der spurgte chaufføren om hvor de »kunne finde en pige« kørte ni ud af ti chauffører dem til Café 18 med de falmede fløjlsportièrer, plyssæder og natpianister. Café 18 havde tidligere heddet Café Orientale, Café Mystique, Café Blue Heaven og Café Casablanca. Gud véd hvordan den kom ned på jorden igen og kom til at hedde »18«.

Man så lidt nysgerrigt efter os da vi kom ind. Café 18 er et sted hvor folk går ind alene og kommer ud parvis.

Vi fandt en lille bås og bestilte whisky'er mens natpianisten tævede i sit klaver. Han mindede mig, med al sin entusiasme, selv om han var en ganske anden type, slank og selvglad, om Ole som han smækkede fingrene ned over tastaturet med en gribs præcision og begyndte på *I Cover The Water Front.*

Jeg så på Barbara og rettede ryggen og drak ud og signalerede til tjeneren. Sådan er livet. Pianisten griber i tangenterne og slår kløerne i for alvor, og så begynder vi alle sammen forfra: Bestiller en drink til, tæller pengene, checker nattens og øjeblikkets prioriteter og sender dagen i morgen en venlig tanke.

Pianisten fik et par ældre herrer ud på dansegulvet sammen med et par af de lokale damer der havde drukket »champagne« den sidste time. De ville nok ønske at Bessefar var lidt hurtigere til at få krumsablen til at rejse sig så de kunne komme i gang med jobbet, men sådan var vilkårene nu så forskellige. Ude på gaden stod et knald i en tohund, men så var det også i gang på stedet og ikke over en halv time, alt incl. Herinde var det en tudse, men til gengæld gik der tre timer med at lade som om man tilfældigvis traf hinanden og spontant nød en flaske champagne (30:00 min.) sammen i plyssædet for senere at tage en dans og blive betaget (45:00 min.) inden man gik ledsaget af bartenderens velvilligt trætte smil og hans ekstra nik til pigen, som han i morgen ville spørge om »hvordan det gik«.

– Jeg forstår ikke, du kan leve i det kvarter her . . . sagde Barbara.

Barbara boede i Ordrup med en stor hund og fuglesang om ørerne og grønne skove med små overklasse-restauranter med andeleverpaté-mousse.

– Somme tider forstår jeg det heller ikke selv, sagde jeg beskedent.

Det var klar løgn. Jeg har altid vidst hvorfor: Det er fordi jeg hører hjemme i et kvarter som dette, i et Distrikt der er fuldkommen beskidt. Det er rart at føle, man ikke stikker helt af fra alting.

Men det ville være for lang en forklaring.

– Skal vi smutte? spurgte jeg.

Vi gik udenfor i den stadig varme natteluft.

Vi gik et par skridt ned til vi var ud for Hotel Capital. Dèrfra så vi stadig Jens i samme stilling.

– Hvad Fanden laver han dèr? hviskede jeg irriteret.

– Han må have fået et tip, og et godt tip – sagde Barbara. – Kom med denne vej.

Som om *hun* havde været guide i fem år overtog hun føringen og tog mig med et fast greb i armen op igen den modsatte vej, op imod Vesterbrogade.

Jeg regnede med hun ville op mod Vesterbros Torv for at få en taxi, men i stedet drejede hun mig direkte over Gl. Kongevej hen til Sheraton-hotellet.

– Hvad vil du? spurgte jeg fredeligt.

– Kom nu! svarede hun med en klang af uimodsigelig autoritet i stemmen.

Jeg kom. Vi gik ind på Sheraton. Vi gik ind i bar'en. Hun bestilte dobbelte whisky'er til uhyrlige beløb – den samme whisky som for en dobbelt koster 20 kr. på Stjernecaféen og 30 på Café 18 koster 50 på Sheraton, men isklumperne er pænere formet og bartenderens vest er renere – og sagde hun kom igen om et øjeblik.

Imens drak jeg whiskyen og spekulerede på hvorfor jeg altid endte de særeste steder ud på natten, og om jeg skulle investere mine sidste penge i at kontakte en astrolog og få et nøjagtigt horoskop der forklarede mig *hvorfor*. Det ville trods alt være en slags trøst at vide, at det udelukkende var fordi Skorpionen stod i en vis spænding til Vædderen i det 10. Hus.

Barbara kom igen, i nøjagtig samme farver som bar'en på Sheraton. Jeg var lige ved at tro hun var et relief på væggen.

– Vi bor på 507, sagde hun og dinglede med en stor nøgle om fingeren. – Nu *vil* jeg sove. Jeg gider ikke tage hjem. Jeg skal på Bladet og skrive brevkasse tidligt i morgen. Og her er i hvert fald en ren seng og et ordentligt badeværelse, og det er sundt for dig at prøve noget nyt! –

Jeg var alt for træt til at protestere.

Vi tog elevatoren op og gik i seng.

Hun tilhørte ikke mig, jeg ikke hende. Vi elskede ikke hinanden. Men ét eller andet sted forstod vi hinanden.

Vi lå som dyr. Dyr der ligger i natten, dyr der ligger *nu* og ikke kender i morgen. Drukne menneskelige dyr, der dog havde kultur og civilisation nok til at leje et værelse på et luksushotel med pænt badeværelse fremfor at falde om i græsset.

Vi kneppede ikke, vi *sov sammen* på det mest dyriske. Selv om jeg sov dybt var jeg hele tiden klar over hendes åndedræt, og det var beroligende. Det var som et klart forside-dementi af alle de mord og alt det lort der herskede ude omkring.

Jeg véd ikke hvor lang tid der gik, men da jeg vågnede var jeg stadig det dyr der var faldet i søvn, og det dyr gjorde hvad dyr gør i en sådan situation: Det lænede sig ind over hende, krøb op over hende og ind i hende. Og hun sov stadig og reagerede på sin side ganske som et dyr: Gjorde plads. Gang på gang.

Fem år havde vi kendt hinanden. Fem gange kastede jeg mig ind over hende og mærkede hendes krops smidighed, dens blødhed, dens panteragtige styrke.

Bagefter faldt jeg i søvn igen.

Hun vækkede mig og sagde klokken var ti, hun skulle til Bladet.

Kvinder har dén evne til altid at vågne.

Det var uden et ord vi betragtede hinanden i formiddags-lyset. Uden et ord, men med stor ømhed. Vi holdt hinanden i hånden som vi gik igennem gaderne, vi gik ind på et blegt morgen-værtshus og drak en kold øl i en så stillestående lummer luft som den der om natten var trængt ind på vores hotelværelse.

Vi skiltes på Vesterbros Torv, sagde farvel hånd-i-hånd, følte samtidig vi burde kysse og gjorde det. Vi holdt om hinanden og følte vist begge vi aldrig mere ville sés på dén måde.

Så, netop som jeg havde drejet om efter det sidste vink og var på vej væk hørte jeg hende komme løbende efter mig. Jeg vidste det med ryggen til hende.

– Der var bare én ting jeg ville fortælle dig, sagde hun. – Jeg tror nok Jens er ude efter dig med dén historie dèr. Men for at du ikke skal misforstå noget, så bliver jeg nødt til at fortælle dig at Jens og jeg er kommet sammen – som man siger – den sidste tid.

Jeg var så forbløffet at jeg næsten frøs på stedet. Tanken var indlysende idiotisk.

– *Du* – og Jens? udbrød jeg.

– Ja, sagde Barbara med sin karakteristiske kølige klarhed. – Det er ikke altid morsomt at være ene og stærk. Jens pressede hårdt på. Jeg véd ikke, det var vel nærmest et eksperiment. Det blev kun til én gang, jeg kunne faktisk ikke holde ham ud, han gav mig kuldegysninger, hans krop var kold som en tudse. Men vi spiste et par frokoster sammen, og jeg prøvede at få en rimelig afslutning – du véd, for ikke at få for meget vrøvl på Bladet. –

Jeg vidste hvad hun mente. Intern jalousi ødelægger ethvert blad som ethvert band og ethvert teater.

– Det er forbi, sagde hun. – I virkeligheden var det forbi før det begyndte. Det var ren kedsomhed. Men jeg syntes du skulle vide det. Jeg er sikker på du hører fra ham. –

Jeg sagde fraværende tak, og hun tog ind til Bladet for at passe sin brevkasse, som bestyrelsen hævder sælger halvdelen af vore eksemplarer hver onsdag og lørdag.

Barbara var en meget ærlig kvinde. Jeg har kendt meget ærlige kvinder før hende.

Og jo flere jeg kender, jo mere foretrækker jeg de let løgnagtige. Det er disse æresbevidste ærlige mennesker der gør tilværelsen så forbandet besværlig og mangetydig for os andre.

29

Da jeg var »Hjemme« følte jeg mig præcis som en ludobrik der efter at have været sendt frem og tilbage på brættet otte gange med talløse globus'er og stjerner endelig kommer ind i center-feltet med sin egen farve og endelig kan kokse og bare være *færdig* – det der også i ludo hedder »Hjem«.

Jeg samlede posten op og gik ud i køkkenet for at lave kaffe, indtil jeg opdagede jeg ikke havde nogen kopper længere.

Men dette er det tyvende århundrede. Jeg nød min plastickrus-Nescafé mens jeg læste avisen.

Bladet havde ikke fået for lidt ud af Ole. Han var på forsiden, og inde i bladet blev han i en længere reportage – af Jens – beskrevet som »en ung mand, hvem livet havde vist sin hårdeste side«. Jens hældte en del snot ud over dén side, men jeg var overhovedet ikke nævnt, der stod kun at »en ven af Ole Schwartz blev samtidig slået ned«. Det var pænt af Ehlers at være så diskret. *Hvis* det ikke var Bladet selv der var det – det var jo trods alt kun få dage siden jeg var medarbejder, og syv af læserne huskede måske stadig mit navn.

Men, nej: Heller ikke i de andre aviser var min deltagelse i festlighederne omtalt, og stadig gav affæren mindre omtale end jeg egentlig ville have ventet. Den handlede ikke om Saxogade 28B overhovedet, den generelle overskrift var »Mystisk Hotelmord«. Hotel Capital var dog nævnt ved rette navn.

Til samtlige aviser havde Ehlers på politietatens vegne udtalt – utvivlsomt med poker-face – at politiet forfulgte adskillige spor, at man ventede en fuldstændig opklaring inden for de nærmeste dage, og at man i mellemtiden med glæde ville høre fra enhver der kunne kaste yderligere lys over Ole Schwartz' ejendommelige død.

Den konservative avis havde tillige en kommentar hvoraf det fremgik hvorledes Ole Schwartz' tragedie kun var endnu et resultat af den nye misforståede liberaliserende tendens til at frigive sindsskadede internerede for tidligt. Meningen var tilsyneladende, at de bare blev myrdet af det.

Jeg måtte hellere rapportere nattens gerninger til Ehlers. Jeg greb min lettere hærgede telefon, satte den ind i væggen, fik et let stød, men mærkede den virkede og drejede politiet. Jeg fik ham straks og uden overflødigt vrøvl sagde jeg:

– Jeg er sikker på der er en gennemgang mellem fjerde sal over Capital og 4. sal der står tom i Saxogade 28B. Det må være smuglervejen. –

Jeg fortalte ham om de mænd der i nat havde flyttet kasser i lys, havde slukket lyset og ikke ladet høre fra sig i to timer.

– Tak, sagde han kort. – Jeg skal undersøge det. –

Morgenposten var meget enkel. Udover husleje-opkrævningen og en opfordring til at støtte Børnehjælpsdagen bestod den af et telegram: RING STRAKS. JENS.

Jeg gemte kun husleje-opkrævningen.

Så ringede Barbara.

– Hallo, Honey, sagde hun. – Tænk dig, jeg blev antastet *to* gange på vej ind til Bladet i formiddags – den ene gang af en svensker, den anden gang af en tysker. Sikken et kvarter! Men du var nu ganske fyrig i morges – det klædte dig! –

– Hej, sagde jeg.

– Jeg ville sige til dig, at jeg har prøvet at checke vores arkiver hvad angår de steder du talte om i går og de mennesker du nævnte. Jeg har bedt om kopier af hvad vi har. Jeg ringer til dig senere hvis der er noget interessant. Hvis du ikke er hjemme så ring til mig inden midnat her på Bladet. Hej så længe. –

Jeg kunne godt sé det: Det var, det måtte være, en hjemmedag i dag, en dag hvor jeg ikke fór rundt og blev slået ud, en dag hvor jeg sad ved telefonen og hørte nyt i min lænestol med en kølig drink. Jeg syntes det var en god plan.

Jeg hørte et par plader med country & western, og efterhånden som Solen kastede sig ind igennem vinduerne ned på stråtæpperne og stålguitarerne begyndte at smelte ud over rummet havde jeg det helt godt.

Så ringede telefonen igen. Det var Helle.

– Jeg er bekymret for dig.

– Det er smukt af dig.

Så kort kunne vi have gjort det, det var hvad det var, men det tog et kvarter at komme så vidt. Jo bedre man kender folk, jo sværere er det at tale klart med dem.

Desuden vidste hun hvordan jeg havde det når jeg spillede country & western.

Barbara ringede igen fem minutter efter, midt i *Sweet Dreams*. Hun nynnede med et øjeblik, så sagde hun:

– Ikke noget nyt, er jeg bange for. Jeg har fået slået husene op. Capital ejes af Capital ApS, direktør Manuel Thomsen, og Saxogade 28B af Capital Invest ApS, direktør Manuel Thomsen.

– Ja, »Sorte Manuel«, sagde jeg. – Det siger Ehlers også. Han siger også det intet beviser. –

– Vent et øjeblik, Honey – sagde Barbara. – Der er mere. Et anpartsselskab skal have mindst tre bestyrelsesmedlemmer. Og det har de begge. –

– Hvem? spurgte jeg, allerede med blokken fremme på knæet.

– Direktør Manuel Thomsen, Gasværksvej 15, 1656 København V. –

– Hans intim-klub, brummede jeg.

– Nej, sagde Barbara, – er det en intimklub? Det er forbavsende hvad du følger med i! Jeg håber du vil tage mig med en dag?

– Hvem er de andre? spurgte jeg.

– Fru Emilie Thomsen, sammesteds – forklarede Barbara. – Og revisor Thorkild Bomholtz.

– Tak, sagde jeg.

– Selv tak. Ring senere. Ellers ringer jeg. Hej! – sagde Barbara effektivt. Hun var sikkert midt i sin brevkasse-dobbeltside.

Der gik to minutter, så ringede telefonen igen. Denne gang standsede jeg pladespilleren.

Det var Ehlers.

– Jeg håber, sagde han, De har sét vi har holdt Dem udenfor hvad angår Hotel Capital. –

– Det er jeg taknemlig for, indskød jeg.

Det var ikke løgn.

– Men alligevel, fortsatte Ehlers uforstyrret, – alligevel er vi hele dagen blevet kimet ned af et bestemt blad, Deres eget, og en bestemt journalist – en hr. Jens Lund. Og denne Jens Lund lader til at vide en hel del om hvad der er sket. –

Naturligvis. Jens drev rundt i kvarteret. Han ringede til politiet. Han så sig omkring. Han opsamlede sladder. Han »samlede stof«.

Jeg spurgte Ehlers om der havde været en passage mellem Capital og 28B.

– Der havde, og der er – svarede han lakonisk. – Jeg har tilsagt indehaveren af Hotel Capital, Manuel Thomsen, til en afhøring. Han var der ikke, men skal straks melde sig. Der er et stort loft over gården mellem husene. Lejlighederne på begge sider er tomme. Støvet viser, der regelmæssigt er flyttet store ting frem og tilbage, men intet andet, og hotellet hævder det har haft lager deroppe men flyttet det til kælderen nu. Der er intet at finde. Hvis der var noget er det sikkert blevet fjernet den nat De var der. –

– Det kan være, tilføjede han, at De bliver tilsagt som vidne mod Manuel Thomsen – for at bekræfte, De hørte mennesker bevæge sig oppe på loftet i går nat. –

– O.K., sagde jeg, og vi skiltes uden gråd.

Jeg lagde røret på og tændte en cigaret.

Jeg havde fået ild, men var knap nok begyndt at suge da det ringede på døren.

Jeg stivnede og undertrykte mit åndedræt. Jeg havde ikke rigtig nogen fidus til dén dør. Jeg plejer ikke at få gæster.

Det ringede igen.

– Luk op! skreg en stemme.

Den var forskruet, forvrænget, fordrejet, men jeg genkendte den trods alt.

Det var Jens'.

30

Der var næsten ikke nogen stemme jeg nødigere ville have genkendt. Jeg bandede dybt og inderligt, sagde alle de sjofle ord jeg kunne tre gange hver, og gik så ud for at åbne døren.

Jens *gik* ikke ind. Han tumlede, han vaklede, han *faldt* forover.

Det var først da jeg greb ham, jeg så hans grå-blå jakke var rød af blod.

– Jeg er blevet skudt på, gispede han – selv såret talte han et rædselsfuldt dansk. – Jeg flygtede herop. Blev ramt på gaden. Ring efter politiet. Ring efter ambulancen. –

Jeg var en sand gentleman. Jeg sagde ikke ét ondt ord til Jens. Jeg lagde ham på min seng, og så effektivt som en advokat-sekretær til 15.000 månedligt ringede jeg til Ehlers og bad ham sørge for lægelig assistance med det samme, idet jeg fremhævede at den forsøgt myrdede redaktør Jens Lund havde søgt asyl i min bolig.

Så snart Jens hørte budskabet var gået igennem så han ud til at tage det lidt roligere. Han jamrede sig stadig, og blodet piblede i en tynd strøm ned over hans jakke. Den var grim nok i forvejen.

– Jeg blev skudt på lige nede på hjørnet – sagde han. – Jeg holdt vagt dernede i nat, nede ved Capital, det må være derfor. Jeg havde en tråd. Jeg tog hjem i nat, men nu da jeg kom tilbage må de have genkendt mig. –

Han hostede.

Jeg benyttede lejligheden til at stille et spørgsmål:

– Fandt du ud af noget?

– Ja, sagde Jens. Han spyttede ud over gulvet.

– Hvad?

– Det er Manuel Thomsen der ejer Hotel Capital.

– Det véd vi alle sammen.

– Véd I så alle sammen også hvem det var ham der døde forleden nat boede sammen med?

– Tal dansk?

– Ole Schwartz, kokken der blev myrdet . . .

– Jeg læste din nekrolog.

– Schwartz havde en veninde, en vis Hanne Berg . . .

Well, well, Hanne *var* Berg.

– Og Hanne Berg er datter af . . .

Jens rallede hult. Jeg vidste udmærket han ikke ville dø, show med ham. Det er folk som Ole Kok der dør, ikke folk som Jens.

Jens'er blir mindst 60 år gamle og får Ridderkorset for loyal behandling af Kongehuset uansét hvad der ellers sker i Verden.

– Datter af? spurgte jeg tålmodigt.

– Datter af »Den Tynde«. »Den Tynde« hedder Victor Valentin, og det er det navn han har sine nuværende børn under, men hun er datter af en affære fra før hans første ægteskab som er opløst for over tyve år siden. Hun blev bortadopteret til Vejle, der var en masse sladder om det . . .

Min stemme lød i et special effect-ekkorum da jeg spurgte ham hvor han vidste dét fra.

– Genkendte hende . . . Har kendt hende engang for længe siden. Jeg er selv fra Vejle, vi gik i skole sammen . . .

Hans stemme forsvandt mens han sagde det. Jeg hørte kun de sidste stavelser, noget med » . . . bakkeskolen« og III X B.

Han enten besvimede eller faldt i søvn.

Det ringede på min aktive dør. Tre strissere, anført af Ehlers, og to bebrillede unge mænd i strålende hvide kitler.

Jeg viste dem ind. Ehlers så sig kort og nysgerrigt om uden at fortrække en mine. De to andre strissere stillede sig i døråbningen og så afventende statuariske ud med hænderne foldet på ryggen. De to hvidkitlede fór hen til Jens.

Tavsheden var trykkende. Jeg benyttede lejligheden til at indvie Ehlers i hvad Jens havde sagt.

Han gjorde en grim grimasse og bad om at måtte låne min telefon.

I samme øjeblik bad den ene af de hvidkitlede mig hjælpe med at rejse Jens op, så jeg hørte ikke hvad hans samtale gik ud på. Han kom ind igen, netop som Jens var blevet anbragt mellem de spinkle, men saglige skuldre på de to sygehjælpere.

– Nåh? sagde Ehlers.

– Besvimet, sagde den ene af dem, en lille smule højere end den anden. – Besvimet, og blodtab, men vil være klar igen i morgen. Ét revolverskud. Tæt på, men ikke tæt nok. –

– O.K., sagde Ehlers. – Ingen adgang til hans stue! –

De nikkede tavst og bar Jens ud og ned ad trapperne.

Ehlers' to medhjælpere stod stadig stive som støtter.

Ehlers gik hen imod dem. På vejen vendte han sig om mod mig og sagde, vrængende som om han spyttede et tobaksblad ud mellem læberne: – Det skulle vi bare have vidst!

– Vidst hvad?

– At hun var Hajens datter, svarede han. – Hun blev sat på fri fod for en time siden. Hun ønskede ikke længere at være på klinikken, og vi havde ingen ret til at tilbageholde hende.

– Stakkels hende! sagde jeg uvilkårligt.

– Hvad mener De? spurgte Ehlers skarpt.

– At hun er den eneste nulevende beboer i Saxogade 28B. Det bliver en stilfærdig gårdfest til Skt. Hans. –

Ehlers så barsk og tilknappet ud. Han lignede en mand der havde fået hvad han kunne tage – og som alligevel hellere ville tage endnu mere end indrømme det.

– Hvis De hører fra hende, så sig til . . . sagde han. – Farvel.

Han og hans adjudanter gik.

Men min hygge var brudt, og min sjældne fornøjelse ved bare at sidde hjemme og passe mig selv var splintret til atomer. Der var bogstavelig talt blod på madrassen.

Så ringede Barbara.

– Hej, Honey – indledte hun frisk. – Noget nyt?

Jeg fortalte om Jens' skæbne.

– Det må jeg hellere fortælle heroppe, sagde hun.

– Lad være, bad jeg. – Tal i hvert fald med politiinspektør Ehlers først. –

– Otzen *må* vide det, sagde hun. – Jens var på job derude. Han skulle aflevere her i eftermiddag. –

Og med langsom og skurrende betoning sagde hun, stavelse for stavelse, som en af de langsommeligste og mest drævende ti-ord-i-timen provins-TV-Avis-speakere:

– Han skulle skrive en lørdags-feature om »baggrunden for mordene i Istedgade-kvarteret«. De har sat to sider af til ham.

– Han er ikke i stand til at skrive dem.

– De er sat af. Vil *du* skrive dem?

– Så ville jeg hellere være fjernsynsanmelder ved Nærum-Nyt. Sig de må glemme det. Medicinerne mener ikke han bliver sig selv det første døgn.

– Synes du måske det er noget tab?

– Du skulle ikke være så ond mod dine tidligere elskere. Hvis du siger sådan om *ham* i dag, hvad siger du så om *mig* om en uge? –

Hun ringede straks af. Kvik pige, den Barbara. Hun havde været et vidunder om aftenen, om natten – og om morgenen. Et vidunder af en krop og en kvinde og en kammerat. Der var ikke mange kvinder jeg respekterede så meget.

Jo, måske Helle. Måske ville jeg respektere Helle lige så meget. Hvis vi altså ikke havde været gift. Det er dén slags der ødelægger den almindelige menneskelige tillid.

Længere var jeg ikke nået, da hun ringede op igen.

– Hør her, sagde hun – jeg tror det er på tide vi undersøger disse sager om hr. Manuel Thomsen.

– Tag research på ham! sagde jeg.

– Arkivet finder hvad de kan, sagde hun, – men nu skal du høre: Jeg har fået en god idé. I aften inviterer du mig med til live-show'et i hans klub på Gasværksvej, og så sér vi hvad vi kan finde. Vi kan lige så godt sé efter.

– *Vi*? sagde jeg.

– Jeg føler mig personligt involveret, sagde Barbara. – Der er tilsyneladende en forbryderbande i byen der har tænkt sig at udrydde alle mine elskere. –

– Mange kvinder vil misunde dig dét – sagde jeg, ikke helt hen i vejret. – Det giver dig flere nye muligheder end de fleste.

– Jeg er en sentimental natur, svarede Barbara.

Vi aftalte at mødes hjemme hos mig kl. 22:00 og gå til Sorte Manuel's sjælsnedbrydende og fordærvende live-show. Barbara ville så tage med hvad hun og Arkivet i mellemtiden havde fremfundet om Manuel og beslægtede emner.

Af én eller anden grund følte jeg mig derefter forpligtet til at skure Jens' blod væk fra min madras. Det tog mig en stiv halv times arbejde, og det så kun ud til delvis at ville lykkes.

Alligevel prøvede jeg. Jeg spillede Pink Floyd, og det var begyndt at virke, det vil sige byen udenfor var begyndt at flyde, trafiklarmen var begyndt at lyde som Middelhavet om eftermiddagen, min 60 watts pære i loftet var undervejs mod at transformere sig til en sol, og Verden udvidede sig og føltes som et vådt skød. Det var til dels Pink Floyd, det vidste jeg, men Varmen og Barbara havde også deres andele i resultatet.

Så, netop som jeg var på *The Dark Side of The Moon* og hele virkeligheden var ved at opløse sig, så ringede telefonen igen, og da jeg 2.500 lysår væk tog den sagde en mærkelig velkendt stemme:

– Det er Hanne. Du må hjælpe mig. Jeg står på hjørnet nedenfor. Jeg kommer lige op. –

31

Sådan er det. Der kan gå ugevis, hvor ikke en sjæl ønsker at sé én, og pludselig er éns beskedne bopæl blevet in-stedet at drysse forbi for såvel sårede journalister som efterladte enker.

Klokken var omkring 17:30 kunne jeg høre fra gaden, den tunge trafik var ophørt. Middagsmaden var så småt begyndt at dufte ud af de mange trange opgange omkring mig. Frikadeller, kartofler og svinekoteletter kæmpede om at snige sig ud ad vinduerne og ned i den varmt krydrede luft på gaden.

Hanne var der to minutter efter. Jeg lukkede op og studsede et øjeblik. Hun var mindre end jeg huskede hende, hun var en *lille* pige, en lillepige, sorthåret, med trutmund. Hun så fortabt ud, og hun begyndte straks at forklare som om det var vigtigt at sige *alt*, som en maniker:

– Jeg rejser nu. Mit tog går om en time fra Hovedbanegården, jeg *har* købt billet, sé!

– Hvor rejser du hen?

– Jeg er bange. Jeg tager til Vejle. Mine forældre bor i Vejle. De har et hus. Jeg kan bo hos dem. De brød sig ikke om jeg tog til København. De vil være glade for jeg kommer tilbage – og oven i købet ikke er gravid! –

Det sidste tilføjede hun med et glimt af humor.

– Du er bange? sagde jeg mens jeg gav hende en cigaret.

– Ja. Jeg vidste der skete noget, jeg vidste bare ikke hvad. Jeg vidste Ole havde noget i gang med ham Rosenbaum, og da *han* så blev myrdet blev jeg bange. Jeg tabte hovedet. Jeg gik til politiet for at være sikker. Måske var det min skyld Ole blev skudt, det tror jeg. –

– Hvad mener du?

– Fordi jeg tabte hovedet og løb til politiet. *De* har vel troet jeg havde sladret og at jeg vidste alt, og så har de måske skudt Ole af den grund.

Det hang ikke sammen for mig. Men der var noget andet der lå mig på sinde. Jens og Ehlers havde sagt hun var Den Tyndes datter.

Jeg spurgte hende ligeud.

– Jeg har aldrig sét min far, og min mor er død. Jeg har altid boet hos Bergs der adopterede mig i Vejle. De er lærere. De er mine forældre. Jeg er ligeglad med hvem der har kneppet mig sammen, *de* har taget sig af mig. *De* interesserer sig for hvordan jeg har det, det er der aldrig nogen andre der har gjort. –

– Åh jeg hader det herinde! sagde hun med eftertryk. – Her er så *ondt*. Hvordan kan I leve herinde? Hvordan *kan* I, du – og – og Ole – og alle de andre?

– Tja, sagde jeg. – Tja.

Jeg kikkede ud ad vinduet på Istedgade og så folk forsamles i små klynger på gadehjørnerne, så grupperne af nysgerrige turister drive ned ad gaden på udkik efter et passende middagsmåltid (senere ville de have andre ønsker, men aftenen var ung endnu) og så forretnings-indehaverne samle deres udstillingskasser sammen og feje fortovene inden de låste døren og gik hjem til *deres* middagsmad.

Hist og her fór et barn op ad en trappeopgang hidkaldt af moderens stemme. »Kai – vi skal *spise*!« Hist og her rodede en klunser i en container.

– Tja, sagde jeg – jeg bor her jo.

Det var ikke det jeg ville have sagt, det havde ingen særlig mening, men det lød alligevel som om det var det rigtigste der kunne siges.

Hanne genoptog sin tråd.

– Jeg vil af sted! sagde hun. – Ikke mere! Jeg bliver hurtigt stoffri i Vejle. Dether er for hårdt. Stakkels Ole! –

Jeg kunne kun nikke.

– Jeg elskede ham ikke så vildt, sagde hun naivt ærligt, – men han var en god kammerat, han var virkelig O.K. –

Så snøftede hun en gang og så på uret.

– Jeg må sé at komme af sted. Jeg har plads i Intercity.

– Jeg følger dig ned til Hovedbanegården.

– Det behøver du da ikke.

– Jeg vil gerne.

Jeg fik jakken på og vi kom ned på gaden. Jeg holdt hende om skulderen, jeg vidste ikke hvorfor, det forekom mig passende. Varmen smeltede, men der var kommet en let og frisk vind der blæste hen over den og gjorde byen utroligt attraktiv, som at omfavne en kvinde der lige har været ude i elementerne.

Jeg fulgte Hanne ned på perronen, gav hende et kys på kinden og vinkede hende farvel hjem. Det var det sidste jeg så til hende, og sådan er det åbenbart. Vi havde tilbragt en nat sammen, og nu var jeg nærmest tryg ved at sé hende i Intercity-toget på vej mod 7100 Vejle og forældrene. Så var der da én overlevende beboer fra Saxogade 28B!

Da hun var rullet væk drev jeg langsomt tilbage ned ad gaden, med hænderne i lommen, efter at have mistet de sædvanlige småpenge til de sædvanlige plattenslagere der står på Hovedbanegården og overfalder enhver der sér idiot nok ud til at falde for deres smålasede historier om at få »til en kop kaffe« (når enhver kan sé det fanden ikke er kaffe de drikker) eller deres aldrende anekdoter om at have tabt pungen og skulle hjem til Roskilde.

Jeg gik bare og bablede med mig selv. Jeg ville ikke tænke på Hanne. Jeg havde den modbydelige fornemmelse man får når man synes man ingen nytte har været til, den værste i verden. Stakkels pige kommer til den store farlige by, kommer i narkokredse, bor pludselig i gangsterhule, har sine mistanker men ingen viden, finder fyr, fyren dør. Stakkels pige hjem igen til provinsen og de gamle skolekammerater, og måske bliver hun om et års tid gift med sin gamle flamme, bagerens søn der aldrig får at vide hvordan hun en overgang i sin ungdom levede i en narkohule i Saxogade.

Og bl.a. en nat, som en sikkert ubetydelig parentes, i påvirket tilstand gik i seng på et berygtet hotel med en ligeledes stærkt påvirket journalist der senere fulgte hende til Hovedbanegården mens han gik og tænkte på alle mulige andre ting.

Hun havde ikke haft andet med end en håndtaske. Sit tøj i Saxogade havde hun åbenbart ikke haft lyst eller mod til at hente.

Hvis jeg i det mindste havde været kvik nok til at få hendes forældres adresse i Vejle kunne jeg have sendt hendes tøj over – i stedet for bare at have kneppet hende og sét hendes ven blive skudt.

Jeg gik rundt om Saxogade 28B denne fredelige sommeraften. Huset var dødt. Der var ikke en lyd, ikke en anelse af den duft af middagsmad der bredte sig igennem alle de omliggende huse og gader, intet tegn på liv.

Stuen, caféen, mørk og lukket. Første, anden, tredje sal, mørkt og lukket. Fjerde ...

Var det indbildning eller var der et svagt lys på fjerde sal, et lys der mere lignede en lyskegle fra en lygte end et loftslys? Var der nogen?

Jeg var ved at fare derop, men tænkte mig om. Jeg skråede over gaden til den nærmeste café, Café Femmeren. Det var første gang jeg var på den. Værtshusene herude er så talrige at selv en gammel svamp gang på gang finder nye steder.

Jeg åbnede døren og gik ind. Inden for døren stod en stor, bred mand med arme som jernstempler og næver som skovlblade.

– Nå, så det er *dig*! – sagde han.

Jeg kendte ham ikke, men det var svært at sige ham imod. Jeg nikkede.

Et øjeblik efter havde jeg fået en knyttet næve i mellemgulvet så jeg krummede mig sammen og næsten faldt forover. Jeg landede ubekvemt – men heldigt – på en stol lige foran mig.

En kvinde hvinede. Kæmpen lo. To mand plus en bartender med forklæde kom løbende og greb Kæmpen og holdt hans arme på ryggen.

– Rolig, Aage, sagde bartenderen. – Det er en af vores venner.

De to andre, lurvet udséende herrer med meget slidt tøj og tilsvarende teint, luntede ind i sidelokalet med Aage der skulede efter mig.

Mens jeg børstede min jakke sagde bartenderen:

– De må undskylde, hr. ... Aage er ikke altid helt normal. Han har været mesterbokser, forstår De, men det gik galt fordi han drak for meget. Han venter stadig væk på sin finale om Danmarks-Mesterskabet, og somme tider når nogen kommer ind tror han det er nu ... Han bor på Socialhjemmet i Absalonsgade, men han er mest her ... –

– Han slår til, sagde jeg, stadig stønnende.

– Sid ned, hr. ... Undskyld ... Jeg giver en omgang ... på Huset ...

Jeg fandt en telefonbox ude ved toiletterne. Mens jeg smed mønten i hørte jeg to luddere stå og pudre sig bag døren med »Dame«-skiltet og drøfte om de to fyre de havde siddende derinde ikke var gode for både middag og overnatning på pænt hotel. De lod til at blive enige med sig selv om at de var gode nok. »Forretningsfolk!« sagde den ene, og jeg kunne høre anerkendelsen af den kontante kompetence i hendes stemme. Jeg lovede mig selv at kikke på deres galaner når jeg kom ind igen.

Indtil damerne kom ud ringede jeg til telefonavisen og klokken. Jeg havde på fornemmelsen at »Femmeren« ikke var et sted, hvor man skulle annoncere sine opringninger til politet.

Ehlers var ikke hjemme, eller rettere sagt: han var hjemme.

Jeg gik ind til baren igen og fortsatte min øl. Mesterbokseren sad tilsyneladende fredeligt sammen med sine venner, og de to damer fra toilettet sad bag en pille i selskab med to pomadiserede fede herrer i 50-års alderen hvis koner uden tvivl troede de var til en vigtig kongres der ville betyde meget »for firmaet«. Eller hvis koner måske – hvis det var dén type ægteskab – havde herrebesøg i aften.

Da jeg skred rejste Mesterbokseren sig et øjeblik som om han på ny erkendte sin finale-modstander, men han sank hurtigt ned da sidemændene greb hans arm. Hans øjne skinnede sært.

32

Barbara var præcis. Hun kom *sejlende* ind i min beskedne entré så jeg følte jeg i det mindste burde have lejet en rød løber. Hun afførte sig sin frakke med vanlig elegance, så sig omkring med et udtryk af undertrykt væmmelse, tvang sig så til at sé bort fra min usophisticatede husførelse og sagde kvikt konverserende:

– Noget nyt?

Jeg rystede på hovedet. Der var ingen grund til at fortælle hende om Hanne.

Hun havde ikke haft det let. Hun fortjente ikke mer »ondskab«.

Selvfølgelig ville de før eller senere finde hende i Vejle, men til den tid var hun forhåbentlig mere rolig, og der var ikke noget at hænge hende op på når det kom til stykket. Det er ikke en forbrydelse at være datter af en forbryder.

– Det har *jeg*, sagde Barbara resolut. – Byder du aldrig dine gæster på drinks?

Jeg gjorde det. Hun sagde:

– Jeg har flere oplysninger på Manuel Thomsen. Du tror det ikke om en indehaver af et live-show, men Thomsen er oberst! –

– Oberst?

– Forhenværende. Afskediget. Såkaldt »pensioneret oberst«. Ingen vil sige hvorfor, men han har altså haft en karriere i hæren.

– Det er sikkert et udmærket uddannelsessted for en gangster.

– Og han har studeret jura. Han fik første del.

– Men ikke mere?

– Nej. Og han og Victor Valentin – Den Tynde – er skolekammerater.

– Det vidste jeg. Véd *du* hvad politiet kalder Den Tynde?

– Nej.

– På deres sprog hedder han Hajen.

– Hm.

Det var selvfølgelig Barbara der først rejste sig og sagde: – Skal vi komme af sted?

– Skal vi ikke opgive det?

– Er du gal? Eller er du bare ude på at lægge mig ned i dether hul?

– Jeg kan bare ikke sé hvad vi kan få ud af det.

– Vi kan snuse.

– O.K., vi snuser.

Vi snuste. Som to sniffende køtere strøg vi ud af opgangen, hen ad Istedgade og ned mod Gasværksvej hvor Manuels etablissement, *Top Cat*, blinkede med en sort kat med en rød hat i neon. Katten havde en lyserød brystholder på som undertiden gled af. Det var meget vovet.

Vi gik til indgangen der var en meget spinkel trædør omgivet af imiteret marmor der skulle anskueliggøre etablissementets tusindårige traditioner. Døren bød på følgende spiseseddel: »Intercourse / Sado-Maso / Spanking / Bizarre / Children / Lesbian / Animals«.

Entréen blev ligesom i en biograf indkrævet midt i en imponerende væg af lurvet vatagtigt lyserødt fløjl af en kvinde i et glasbur. Entréen var svimlende.

– Det er skamløst, sagde jeg til Barbara som jeg flåede mine sidste sedler op af lommerne og afleverede dem til damen. Hun havde et aldeles udtryksløst ansigt, hun var en af den slags damer man ellers sér passe bordeller eller offentlige toiletter med et ansigt som hugget i granit

Vi gik ind igennem entréen der var gennemført lyserød og ind igennem et violet forhæng hvor der var biograf-belysning og film-forevisning. En halv snes ansigter lod sig ane nede i salen og var nok til at fylde den halvt. En ung udlænding med mørkt pomadiseret hår kom op, stirrede vantro på Barbara og stak mig med et velvilligt håndtryk noget ind i næven. Vi satte os ned på den bageste række.

– Hvad var det han gav dig? spurgte Barbara.

Jeg åbnede hånden og fandt et kort der lovede mig sublim intim-massage på International Massage Clinique for travle gentlemen. Instituttet havde en storbarmet nøgen kvinde på den anden side af visitkortet. Adressen var Gasværksvej 13 – nabo-opgangen.

Barbara mumlede at hun følte sig så sært udenfor i dether miljø.

Filmen handlede om en stewardesse der arbejdede i en lufthavn hvor hun tilsyneladende havde det job at kontrollere transportmærkerne på kufferterne, men jobbet blev aldrig fuldført og ingen véd hvor de kufferter endte, for hver gang hun gik ind i kuffertrummet kom der en ny pilot og tog hende, skiftevis forfra, bagfra og fra siden. Det sidste virkede lidt usandsynligt og flimrede også ekstra meget. Ikke desto mindre lød der små befriede lyde rundt omkring fra tilskuer-pladserne.

Barbara kunne ikke lide det. Hun greb mig i armen og hviskede: – Kom, lad os gå.

– Ikke endnu.

– Hvad vil du?

– Nu vi er her kan vi lige så godt sé os lidt omkring. Vent her et par minutter, så prøver jeg lige at drysse lidt rundt. –

– Jeg venter ikke *her* – mellem *de* aber!

– O.K., så gå ud og lad os mødes et sted om en times tid.

– O.K., jeg venter. Jeg kan altid skrige. Lad det ikke vare for længe!

– Nej. Hej.

Jeg slentrede ubekymret ud. Udenfor, i den lille gang vi var kommet fra, var der en pil i grønt der viste frem ad gangen til et blåt skilt med ordet »Bar«. Det er altid et godt udgangspunkt.

Bar'en var af plastic og på højst to meter, men af sin størrelse overordentlig velasssorteret. Der var to damer for hver herre, hvilket er usædvanligt på bar'er medmindre netop dét er formålet. Lyset var skiddengult, og det fremhævede damernes stærke sminke og grelle røde læber og negle præcis så uflatterende som det *kan* gøres når ingen har tænkt over dét.

Ikke fordi herrerne virkede som noget særligt at gøre indtryk på. De var den type der som oftest hjemsøger den slags halvfisede bordeller. De tror alle sammen, de er finere end de sædvanlige kunder.

Blandt pigerne var der et par ansigter jeg nu og da havde sét på gaden.

Nye pile for enden af den lille bar viste hen imod toiletterne ad endnu en korridor i samme lyserøde fløjl. Jeg gik den vej. Dametoilettet kom først, men det var formentlig også det flittigst trafikerede, så der var intet urimeligt i det. Derefter drejede korridoren. Her lå filmfremviser-rummet, og jeg kikkede ind bagfra og så en halvskaldet fed mand sidde med en snes filmspoler til hver side mens det lille hjul rullede videre.

Jeg kunne intet sé af filmen, men lydbåndet afslørede med sit »årh-årh-århårhuououoårhghwkk!« at nogen var lige ved at komme.

Til den anden side lå herretoilettet, og lige efter det endnu en drejning med igen to døre på hver sin side – en ren labyrint. På den ene dør stod der »privat«.

På den anden dør stod der ingenting.

Jeg trykkede håndtaget ned og forsøgte at åbne den. Den var låst, den var overordentlig og særdeles gennemført låst.

Det var »privat«-døren ikke. Den åbnede sig bag mig.

– Søger De noget? spurgte en stemme.

Det var en af de mest kontante stemmer jeg har hørt, det lå i tonefaldet at den kun følte sig tilpas ved klare kroner og øre eller kilo og gram, så*dan*. Det var ikke en stemme der gerne ville sludre hyggeligt og uformelt om tingene. Det var en stemme der krævede et klart svar på et klart spørgsmål.

Jeg vendte mig om. Stemmen tilhørte en høj, bredskuldret, temmelig sværlemmet herre omkring de 60. Jeg var sikker på, det måtte være Manuel – Sorte Manuel. Han *lignede* en oberst. Han var klædt i sort, og hans hvide moustache måtte have kunnet snyde adskillige til at tro han var både hæderlig og ærværdig.

– Jeg så efter toilettet, sagde jeg.

Herren kikkede et øjeblik skarpt på mig. – De er gået for langt, sagde han så, akkurat, med ikke ét ord for meget. – De skal tilbage ad korridoren.

Jeg takkede og drejede mig rundt.

– Skiltningen er ellers meget tydelig, tilføjede han bebrejdende, som en anden færdselsbetjent.

Han gik ikke ind i værelset mens jeg forsvandt. Da jeg var drejet om hjørnet benyttede jeg mig af korridorens særprægede vinkler til at kaste endnu et blik på ham, og han stod stadig ventende i døråbningen som han med sin store krop fyldte helt ud. Han ville næppe røre sig før jeg var helt væk.

Jeg åbnede med lidt ekstra støj døren til herretoilettet, som om jeg blot var faret vild fordi jeg var lidt fuld (hvilket altid vinder tillid sådanne steder, for jo fuldere du er jo mere kan de rulle dig for), tændte en cigaret, raslede med et par haner, krøllede lidt toiletpapir og gik igennem baren tilbage til biografen.

De var i gang med en film om nogle sygeplejersker, nogle patienter med gipsben og ophængte arme samt et par enkelte yngre læger der tilsyneladende havde et orgie i gang på operationsstuen.

Mit indgangsbillede var en sygeplejerske der anbragt imellem to stive gipsben slikkede en patient mens lægen gav hende en improviseret baghyler.

Barbara sprang en halv meter væk da jeg satte mig.

– Jeg kan ikke lide det her, hviskede hun.

– Heller ikke jeg, sagde jeg. – Gider du lige vente ti minutter til, så jeg kan sé den anden side af etablissementet igennem?

– Så hurtigt du kan, sagde hun.

Jeg sneg mig ud til højre ad en rundbuegang bag biografen. Aldrig havde jeg været i så lille en forlystelsespark med så mange korridorer. På højre side var der åbenbart ting og sager i gang. Der var små lukkede værelser, og der var lyde i dem alle sammen, og der var mennesker i dem alle sammen, og det krævede ikke alverdens fantasi at indsé hvordan og hvorfor de mennesker i de værelser sagde de lyde. Tunge åndedræt gennem lyserøde fløjskorridorer. Klart bordel.

Seks værelser af den slags, spredt over gangen, og så var gangen ellers lukket af en særlig svær dør med hængelås. Bag den var tilsyneladende intet. Jeg mente at høre stemmer, men de kunne lige så godt komme fra de små separate kabinetter hvor erhverslivets spidser boltrede sig.

Jeg gik ind og fik fat i Barbara. Vi kunne lige så godt komme af sted. Nu vidste vi hvordan dét sted var, og det var der intet overraskende i. Det var hvad man kunne forestille sig med en almindelig middelmådig beskidt fantasi.

Vi gik ud på gaden igen. Den ellers ikke overvældende friske benzin- og solforstøvnings-luft virkede på huden som et koldt bad.

– Hvad nu? spurgte Barbara.

Det er kvinders ret og privilegium at stille den slags spørgsmål, og det er – spørg mig ikke hvorfor, det var ikke *mig* der skrev manuskriptet – mænds forbandede pligt at besvare dem. Jeg foreslog vi gik over til Ho Ling Fung og spiste til middag.

Ho Ling Fung så op én gang, og så rettede han sig ind efter mit dame-bekendtskab, bukkede dybt for os begge og var så underdanig over for mig som ville han vise damen hvilken fremtrædende autoritet og personlighed jeg var. Ægte orientalsk judo.

– Har du nogen gode idéer? spurgte Barbara midt i Chow Tai suppen.

Jeg var ærlig. Jeg indrømmede jeg ikke havde det.

Barbara sagde: – Jeg vil lige høre hvordan det går med Jens.

I ét glimt skammede jeg mig over ikke at have tænkt på det. Godt nok var Jens en skabet køter, men Herren elsker hver en skabet køter.

Barbara gik ud og ringede mens Ho allerede lo velsignende over hele sit gule runde ansigt som om han ville ønske mig til lykke med det kommende bryllup og i allerhøjeste grad bifaldt min sikre smag.

Ho glædede sig sikkert allerede – på det mest *gentleman-like* plan – til at sé mine børnebørn som kunder.

Barbara var rolig da hun kom tilbage.

– Han har ikke sagt noget endnu, men han kommer over det, sagde hun.

– Talte du med hospitalet?

– Nej, med Bladet. De har en mand på hospitalet for det tilfældes skyld Jens bliver klar ...

Hun så min grimasse.

– Du kender branchen, din hykler. Selvfølgelig har de en mand på ham, og han er allerede fotograferet i sengen med bandage i bevidstløs tilstand. I morgen er han en helt. Bladets modige medarbejder ...

– Herligt, brummede jeg, herligt ... Ellers noget?

– Bladet tænker på to hovedhistorier ud over Jens i morgen, svarede Barbara – eller det sagde redaktionssekretariatet i hvert fald, du véd hvordan det kan gå ... Den ene er at Hendes Majestæt Dronningen har indviet en ny tilskuerbalkon på væddeløbsbanen i Klampenborg i eftermiddags. Den anden er at en ung pige er blevet myrdet i aften – mens *vi* var til live-show – i Intercity-toget. –

– Hvad *hed* hun?

– De véd det ikke, hun havde ingen identitetspapirer på sig. Hun havde kun en håndtaske med lidt småpenge og en enkeltbillet til Vejle. –

33

Jeg vidste straks det var Hanne. Selvfølgelig *måtte* det være Hanne, »Stakkels Hanne, Stakkels Hanne«, som man sang i en børnesang om en pige der vistnok frøs ihjel dengang mine forældre var børn. Stakkels Hanne var død som i sangen.

Der *kunne* være ti piger der skulle med Intercity-toget til Vejle – udover de ti der skulle til Odense, de fem til Fredericia og de femten til Århus. Og alligevel var jeg ganske urimeligt sikker. Selvfølgelig var det Hanne. De havde myrdet Hanne.

Jobbet var fuldendt nu. Saxogade 28B var ryddet som et hus efter et bombe-attentat i jøde-ghettoen i Warszawa under Anden Verdenskrig – der var intet tilbage. Fire døde, lutter døde, en tom etage øverst og en lukket café uden navn nederst. Færdigt arbejde. Et stort sort kors på døren.

Barbara så skarpt på mig.

– Nå, så det er dagens nyheder, sagde jeg. – Hvad fandt du på til din brevkasse i morgen?

– Det sædvanlige, sagde Barbara med et skuldertræk. – Kvinder der spørger om de ikke skal forlade deres mænd som behandler dem brutalt, og det siger jeg de skal. Rubrik: »Undertrykkelsen i ægteskabet«. Interesserer dét dig? –

Det gjorde det ikke. Dét jeg tænkte på var, at *de* måtte have fulgt Hanne til Hovedbanegården – hvordan skulle de ellers kende hendes tog-forbindelse, medmindre de havde en mand i billethullet – og hvis de havde skygget hende ned til perronen – så havde de også sét mig ledsage hende.

Og hvis der var nogen som helst sammenhæng i deres mord så ville de huske at ham der ledsagede Hanne ned til perron 8 var den samme som havde siddet og snakket med Ole da de skød ham.

Og hvis de tænkte videre i de baner, ville de nok finde ud af at der var en vis gengangeragtig tendens i de fyre deres ofre valgte sig som ledsagere lige før de blev slagtet.

Jeg syntes der var meget varmt hos Ho Ling Fung.

– Gad vide hvornår Jens vågner, sagde Barbara.

Jeg vågnede.

– Gad vide hvornår *nogen* vågner, sagde jeg. Det forekom mig pludselig at alle var døde, alle, Christensen, Rosenbaum, Ole, Hanne, Jens, Ho, Barbara, jeg selv – vi var alle sammen døde, ha ha, det var bare en komedie, det er kun teater, lille barn, om lidt rejser de sig alle sammen igen og har det godt, det er en film, det er en bog, det er bare noget vi leger ...

Men det var ikke bare noget vi legede. Og der var fire af dukkerne der aldrig mere ville rejse sig.

Hvorfor? Det ville tiden vise. Forhåbentlig ville tiden vise en hel masse.

Det ville i hvert fald være forbandet pænt af den at give en hånd med.

– Jeg må hellere komme hjem, sagde Barbara og fumlede med sin taske. Det var en nydelig taske, en rigtig feminin dametaske med borter og broderinger i sort på hvidt. Meget mere elegant end Hannes, Hannes der kun indeholdt hendes billet og resten af hendes småpenge. »Stakkels Hanne, Stakkels Hanne«.

Vi betalte og tog velvilligt imod Ho's blomstrende afskedshilsener og gik ud på gaden der var opvarmet som en ovn. Det var ikke bare os der var tunge, man kunne sé det på folk der passerede forbi: Varmen var gået for vidt. Ikke ét menneske i byen ville være i stand til at bruge sine kønsorganer efter bestemmelsen i aften, og orkestrene, bartenderne, skuespillerne, ja selv ludderne ville rundt omkring på deres forskellige scener gennemføre deres numre med en smule mere slæbende langsommelighed end sædvanligt. Byens tempo var definitivt nedsat.

Vi skiltes ved taxi-holdepladsen på Vesterbros Torv. Jeg vinkede efter hende og gik hjemad.

Jeg gik hjem og lagde mig på min ensomme seng. Jeg lagde mig til rette så jeg omhyggeligt kunne nyde hver eneste af de mareridt mine drømme plejer at bestå af.

34

Morgenen efter var endnu varmere, og jeg vil tro ca. halvdelen af Københavns indbyggere vågnede i et mareridt. Mit personlige handlede om et besøg i et Vokskabinet hvor jeg efter at have sét talløse verdensberømte personligheder fra Napoleon over Joe Louis til The Beatles pludselig kom ind i en lille snæver niche hvor fire figurer var udstillede. Jeg genkendte kun Ole og Hanne, men jeg vidste udmærket hvem de to andre var. I drømmen løb jeg skrigende ud fra nichen. I virkeligheden var det vækkeuret der skreg, men i dén hede måtte selv glas og metal have lov at skrige. Dynen klæbede til kroppen af svedighed. Verdensklima-uret var drejet en omgang, og Sahara og København havde byttet temperatur.

Aviserne var ejendommelige, men det hørte med til varmen. Når en virkelig tropisk sommer kommer til en nordisk by *må* denne by gå amok. End ikke dagspressen kan ventes at fungere på den vante måde.

Hanne havde kun fået korte notitser fra korrespondenter i Jylland. Der stod hun var blevet skudt. Der havde åbenbart ikke været tid til at undersøge noget, der var intet der forbandt hende med Vesterbro-mordene. Hendes billede var offentliggjort. Det var så kornet og upræcist at end ikke hendes gamle mor ville have genkendt hende. Det måtte være et uofficielt amatørbillede én eller anden fotointeresseret gymnasiast havde taget på perronen før politiet var nået frem.

Hanne var blevet fundet efter sejlturen over Korsør-Nyborg. Kort før Odense var en af de brun-uniformerede tog-stewarder gået ind for at forsøge at sælge hende kaffe, øl, pølser eller brød fra sin rullende vogn. Han havde først troet hun sov, men hun sad i en så akavet stilling, at han tænkte hun måske kunne være syg.

– Jeg forestillede mig det f.eks. kunne være en epileptiker, sagde togsteward Andersen. Andersen lod til at være en kvik fyr. Han var samarit og havde forsøgt med kunstigt åndedræt på trods af skuddet. Det var lige i brystet. Morderen måtte have siddet direkte overfor, mente politiet.

Men ingen af kontrollørerne havde sét andre i kupéen, de havde blot klippet en korrekt enkeltbillet København-Vejle og der havde ikke været mange med toget *før* Korsør, hvor en kongres netop var tilsluttet med tre ekstra-vogne og der pludselig havde været nok at gøre.

»Kriminalpolitiets rejsehold ankom sent i aftes. I nat er samtlige billetter på strækningen gennemgået ...« sluttede aviserne stort sét ens. Men der var dusør udsat for at identificere den dræbte kvinde – signalement: 160 cm, mørk, buttet og ca. 30-årig – ligesom politiet gerne ville i kontakt med familie og venner til afdøde og i øvrigt enhver der kunne give oplysninger.

Men i alle aviserne var affæren naturligvis totalt overskygget af Hendes Majestæt Dronningens gæstevisit på væddeløbsbanen i Klampenborg. Hendes Majestæt havde trykket adskillige heste i hovene, hun havde modtaget talløse blomster-buketter, og en ældre terrorist med et sort skæg og et rødt flag havde forsøgt at skyde på hende. Det viste sig dog senere, da han var blevet nedkæmpet og bundet under kontrol af fire sikkerhedsvagter med pistoler og bajonetter, at det eneste våben han var i besiddelse af var en vandpistol af plastic – og som et blad med en vågen medarbejder noterede sig, var der end ikke vand i pistolen.

Naturligvis måtte en sådan begivenhed påregne sig dagens hoved-interesse. Men i morgen når de fandt ud af hvem Hanne var, og det gjorde de så snart de fik nogle bedre billeder, så ville Helvede være løs og fire gange Saxogade 28B-beboere ville blive fremstillet side om side som »Beboerne i Dødens Hus«. De ville få svært ved at sælge de lejligheder igen de første måneder.

Bladet var specielt oppe på mærkerne. Der var et stort billede af Vor Modige Medarbejder Jens Lund – det var en del år gammelt og viste ham da han som pionér i journalistikken drog på et 14-dages barsk safari-ophold for at spore U-landsarbejdets ånd og vildmarkens stemme. (Han havde brugt samtlige 14 dage på et luksus-hotel i Nairobi, og det var takket være denne måde at gribe opgaven an på han på fotografiet kunne være så velklædt og solbrændt og tætbarberet.) Vor Modige Medarbejder var kommet til bevidsthed ud på natten. Vor Modige Medarbejder havde i nogle dage arbejdet på at trænge ind i visse mystiske affærer i det kriminelle miljø på Vesterbro, og vi må formode han er kommet på sporet af kendsgerninger som kan vise sig farlige – måske ikke blot for gangstermiljøet, men også på længere sigt for det politi der selv burde kunne finde sine spor, men som står magtesløs i de mord-massakrer vi den senere tid har været vidne til i netop dette kvarter. –

Jens var naturligvis på forsiden, som han delte smukt med Hendes Majestæt, og lederen harpede løs på temaet. Vesterbroterroren var »en trussel mod enhver borger i dette land!« erklærede Bladet. »Politiet er kommet langt ud over den grænse, hvor man kan sé med forståelse på sendrægtigheden!«

Men der var ikke noget kød på det. Der var ikke rigtig noget at bore i så længe man ikke kunne finde Hanne og ikke vidste at Hanne var det lig der fik en tospaltet på side 16. Somme tider er livet ironisk. Somme tider er man meget alene fordi man bare sidder dèr over sine aviser og kender historierne og kan forbinde trådene.

Jeg ringede til Ehlers.

– Godt De ringer, sagde han. – Manuel Thomsen kommer her til formiddag. Jeg vil bede Dem diktere en forklaring til mig først, en udtømmende forklaring der er værd at vise frem. Kan De komme herover? –

– Sagtens, sagde jeg. – Men det var noget andet jeg ville. Har De læst Deres aviser? –

Han brummede.

– Har De læst om den mørke buttede ca. 30-årige pige der er fundet død i Intercity-toget i Odense undervejs mod Vejle? Jeg tror det er Hanne Berg. –

– *Hvad*? –

– Beskrivelsen passer. Hun forsvandt i går aftes. Hun har været meget bange. Hun kunne have forsøgt at stikke af, og nogen har ikke villet tage risikoen for at hun vidste mere end hun gjorde. Jeg gætter kun, men jeg synes De skal undersøge det ... Aviserne har kun amatørbilleder der er dårlige, men det *kan* være hende – og beskrivelsen passer forbandet godt. –

– Der er mange mørke buttede 30-årige kvinder, sagde Ehlers. Men jeg skal sé på det. Kommer De op om en times tid? –

– Si, si, señor.

Endnu en gang op til den kære Politigård.

35

Ehlers sad på sit sædvanlige kontor. Han så ikke dårlig ud. Han så bestemt ud. Han så ud som om dette her måtte have en ende.

– Har De sét? sagde han anklagende og viste Bladets leder frem om politiets ineffektivitet.

Jeg nikkede. – De er altid kommet en gang eller to om året, de artikler, sagde jeg trøstende. – Og det gør de over hele Verden, undtagen i Moskva hvor ingen tør sige noget om politiet. Er det ikke altid gået over igen?

– Jo, sagde han og så bidsk ud. – Men det gør det ikke lettere. –

– Har De afhørt Jens Lund? spurgte jeg.

Ehlers gloede irriteret på mig. – Ja, sagde han. – Ja, og han véd intet udover hvad vi fik i går. Han havde på fornemmelsen der var noget galt med Capital, derfor luskede han rundt om Capital og havde gjort det hele dagen, ikke konstant, men en time her og en time dèr, og én eller anden har så pludselig syntes det måtte være nok. Skuddet var ikke virkelig farligt, og jeg er ikke engang sikker på at manden virkelig var besvimet så længe. Jeg er bange for Deres kollega har en hang til det dramatiske. Personlig ville jeg kalde ham en frikadelle. –

– Tak for de ord, sagde jeg.

Ehlers skulle netop til at brumme noget da hans dør gik op og en rødhåret ældre dame kom ind med en kuvert. »Haster. Expres« meldte hun kort og myndigt, hvorefter hun var ude ad døren på ti sekunder uden yderligere overflødige bemærkninger. Hendes fødder gav en genlyd i entréen af små svirpende smæld.

– De er effektive, disse kvinder, sagde Ehlers. Han åbnede kuverten. Han tog et par papirark og et par fotos ud og kikkede. Han sukkede dybt.

– Det *er* hende, sagde han roligt og rakte mig fotografierne mens han bladede i papirerne.

Selvfølgelig *var* det hende. På de store klare politibilleder var der intet at tage fejl af.

– De havde ret, sagde Ehlers. – Og intet andet nyt, og ingen mistænkelige personer i toget, men kontrollørerne skriver rapport om alle de kan huske. –

– Og på grund af forvirringen i Odense, sagde han nærmest snærrende – fordi tog-stewarden alarmerede med galt tog-nummer fra *sin* telefon og ikke sagde noget til den ansvarlige fører, og fordi han ikke tænkte på muligheden for at opsnappe morderen – så kørte toget bare videre mod Vejle, og halvdelen af vidnerne hoppede af i Kolding og Fredericia og Guderne må vide hvor! De skal eftersøges, og halvdelen kommer måske, måske lidt mere, og så skal de fortælle om hinanden og genkende hinanden hvorefter det efter tusind timers kedsommeligt politiarbejde viser sig at der stadig er femten passagerer ingen kan gøre rede for og det er de femten de hver for sig mistænker eller syntes var mærkelige. I mellemtiden er morderen selvfølgelig hoppet af i Odense. Der er gået tog hver time siden i går aftes, og der er også gået fly, og der er bil-udlejning – de sidste ting kunne vi kontrollere, men det er sjældent det lykkes.

Ehlers pustede.

– Morderen kan også have bestemt sig til at lege turist i Odense en uges tid, foreslog jeg.

– Har *De* nogen sinde været i Odense? spurgte Ehlers bidende.

36

Så sad jeg en times tid og afgav min fuldstændige forklaring vedrørende lydene og lysene på Hotel Capitals loft, mens samme forklaring uendelig langsommeligt blev nedskrevet af en meget jysk betjent der brugte to fingre, hvilket var dobbelt så mange som den sidste jeg havde truffet. Det blev gjort med en alvor som gjaldt det mit testamente.

Da jeg kom ud var jeg dyngvåd af varmen. Jeg gik hjem og tog dagens andet bad. Så satte jeg mig ned og prøvede at slappe af. Det var både umuligt og alt for let. Det var så varmt, at man netop kun *kunne* slappe af, men det var alligevel *for* varmt til virkelig at gøre det. Det måtte være sådan visse dyr har det når de bare ruller sig sammen til en kugle i ørkensandet og så ellers bliver liggende ubevægelige til Solen er væk.

Minutterne slæbte sig af sted med en hastighed som et månedslønnet postbud.

Jeg ringede til Ehlers for at høre hvad Manuel havde sagt.

– Fik De noget ud af ham? spurgte jeg.

– Nej. Han kender intet til noget, og vi har ikke noget. Han siger, at loftet er afspærret fordi det ikke bliver brugt. Som De véd foretog vi en grundig undersøgelse, og der var intet at finde ud over støv og spor, men det er det naturligste at finde på et loft.

Det eneste mærkelige var, at låsene var mere solide end man skulle tro der var grund til på et tomt og ubenyttet loft. Det var tunge tyske præcisionslåse med dobbelt sikring. –

– Spurgte De hvorfor?

– Ja. Jeg fik et godt svar, endda. Han sagde, det var for at hindre vagabonder og sprittere og kriminelle i at overnatte deroppe og måske sætte ild til noget. Han sagde, der var alt for mange af den slags mennesker i kvarteret. –

Jeg lagde røret på igen. Jeg tænkte, jeg ikke ville tage skade af at drysse rundt en times tid og røre benene. Det var sikkert køligere nu.

Fejl igen. Det var hedere end nogen sinde. Asfalten var så glødende at man kunne stege kyllinger på den, og luften var kvalmende rådden af hede. På gaden så det ud som om en gyserfilm havde forvandlet hele befolkningen til zombier der gik uden at høre eller sé noget.

Jeg gik tilbage hjem, satte mig udmattet ned – og drømte. Jeg drømte om et ansigt der måske var Den Tyndes, måske Oberst Manuels, måske selve Distriktets. Øjnene i ansigtet var alkohol, nerverne var narkotika, skelettet bestod af sedler tilstænket med blod.

»Drømte« er så meget sagt, for jeg sad blot i min stol et par minutter med lukkede øjne.

Og jeg faldt ikke i søvn.

Men måske holdt jeg op med at tænke bare et par minutter. Og måske er det alt hvad et menneske kan bede om – en gang imellem, i hvert fald.

TREDJE DEL

37

Og regnen kom.

Næste gang jeg så ud ad vinduet *flød* glasskårene hen ad rendestenene, og cigaretpakkerne langs fortovskanten blev opløst. Som ved et mirakel var alle der gik på gaden i løbet af en lille time blevet forsynet med paraplyer og frakker, de så ned og frem og ingen steder hen, og ingen ville kunne genkende hinanden.

Regnen faldt i en hidsig rock-rytme. En sky af damp og væde hang over byen. I morgen ville der i enhver familie være mindst én influenza-ramt, og mindst halvdelen af dem man skulle ringe til ville være sygemeldte.

Min regnfrakke var blevet væk, hvis jeg havde haft én. Jeg var gennemblødt da jeg kom til Ronnie's med de sjaskvåde eftermiddagsaviser under jakken. Jeg drak kaffe og bladede i aviserne.

Det var ikke småting de havde fundet på. Hannes død var hit'et, intet er så godt stof som en præsentabel ung kvinde der bliver skudt i et Intercity-tog. Alle havde hendes navn, og flere af bladene havde billeder af hendes plejeforældre i Vejle, kommunelærer Asger Berg og hustru Camilla, og de stod og så blege og tynde og forkomne ud foran et parcelhus i forstaden med rosenbede foran huset. De havde det ikke godt, og udtalte samstemmende til alle bladene at de ikke forstod et ord af det hele, »det var så meningsløst«.

Kommunelærer Berg og hustru måtte være venlige mennesker. Flere af bladene havde tiltusket sig billeder af Hanne med skoleklassen med 9-års fletninger, Hanne som stolt konfirmand i hvidt i Vejle Kirke, Hanne ved stranden sammen med (pleje-)Mor som 16-årig. Der stod godt nok hun var plejebarn, men ikke hvem hendes biologiske forældre var. Det hele var sjofelt nok alligevel.

Stakkels lille pige! Stakkels gamle lærerpar med deres knuste drøm om den eneste adoptiv-arving til rosenbedene!

Bag mig stod Ronnie og hostede tungt. Stakkels gamle Ronnie, som ville stå her og hoste tungt så længe han kunne, og som så ville blive anbragt et passende sted for at dø efter at have bestyret en snusket café i fyrre år.

Og rundt omkring sad stamkunderne, beskæftigede med deres øl eller kaffe, deres to stykker med frikadelle eller franskbrød med ost. Stakkels hverdags-billigpris-stamkunder som ville få samme ende som alle andre! Stakkels liv!

Jeg var så rasende, at jeg gik ud i regnen igen.

I min ungdom var der en overgang en populær sentimental schlager man hørte alle steder der hed »Blot Slentre Gennem Regn ... bare drive rundt ... Glemme du er til ... skønt hjertet dét gør ondt« eller sådan noget lignende. Det var dén jeg gennemgik nu. Det næste par timer slentrede jeg igennem regnen og blev dyngvåd uden at lægge mærke til det. Jeg gik. Jeg var blevet et par ben, og dét par ben gik, hvad skulle et par ben ellers foretage sig. Jeg gik gade op og gade ned, forbi alle husene, alle de trøstesløse slumhuse og alle deres vinduer der lignede blindede øjne på en kæmpe, forbi alle deres dufte, forbi alle de små butikker med hver deres signaler og meldinger om en livsskæbne spærret inde bag disken, et liv tilbragt bag et kalkulerende kasseapparat, et liv tilbragt med at sælge kartofler for at kunne købe kalvekød om lørdagen, forbi alle socialkontorerne og arbejdsløshedskasserne hvor rækkerne stillede op som hver dag, regnvejr eller ikke, men mere skulende og skuttende sig og bandende end normalt, som en trussel fra en proletarisk-kommunistisk lærebog, forbi restauranterne med hver sin karakteristiske krydring svævende ud over fortovet, den kinesiske, den indiske, den persiske, den jugoslaviske, forbi alle de mennesker der i dag gik amok på grund af regnen og var lige så irritable som de i varmen havde været dovent-godmodige, nu skubbede og puffede de og var fuldstændig fremmede, hver gik på sin lille ø, sit lille ét-menneskes-land af irritation over regnen, forbi bilerne hvis uundgåelige sprøjten var endnu en grund til det kollektive raseri, forbi biograf-facaderne med deres blanding af vold og romantik, sammenslyngede kyssende par *eller* næve-sværd-pistol-kampe med fortrukne ansigter på plakaterne, forbi caféerne ...

Pludselig stod jeg lige uden for Billes Antikvariat i Absalonsgade.

Det var længe siden jeg havde været inde i Billes Antikvariat. Længe siden, dengang Helle og jeg lige var flyttet sammen, dengang vi i hvert fald 3-4 gange om ugen sad sammen hjemme, dengang vi lavede omhyggeligt forberedte middage (essensen af den gamle drøm der hedder »Et Hjem«), dengang ethvert nyt indkøb eller enhver ny facilitet til lejligheden var en ny fælles mulighed, en triumf ... Det var dengang jeg havde været regelmæssig gæst hos Bille. Det var dengang jeg havde købt bøger, bøger man kunne sidde og læse lange kølige aftener to meter fra en kvinde med en kat i skødet i en lænestol.

I Billes vindue stod en af de ældste danske udgaver af Edgar Allan Poe, én med en samling af isnende makabre stålstik der allerede da jeg så den første gang som barn på det lokale bibliotek gav mig mareridt en lang række nætter. Jeg havde haft den siden, men jeg havde solgt næsten alle mine bøger da Helle og jeg blev skilt.

Jeg stirrede på den smukke gamle Poe-udgave og mens jeg stirrede på en gammel bog i regnvejr på Absalonsgade kom jeg langt væk fra både bogen og Absalonsgade, da pludselig en stemme tiltalte mig fra venstre.

– Kom indenfor. De må da stå og blive gennemblødt!

Jeg rev mig ud af drømmeverdenen og så antikvarboghandler Bille selv i døråbningen.

Det ville være en underdrivelse at sige, at Bille er »en original«. Bille er en af Vor Herres mest absurde excentriciteter, i kød som blod.

Hvor længe han har haft sin forretning véd ingen, og de der er gamle nok til at huske dengang han kom kan næppe tale længere. Alligevel er Bille altid lige gammel, årene går sporløst hen over ham, han træder altid som ud af et glansbilled-album, altid iført samme beskedne sæt grå tøj – jakke, benklæder, vest – med en kittel over som han har brugt i sin forretning så længe som jeg kan huske ham – og sandsynligvis meget længere tilbage.

Kitlen skyldes formentlig støvet. Ingen forretning har nogen sinde været mere støvet end Billes antikvariat. Reolerne står fra gulv til loft alle tre rum igennem, men ikke nok med det: Rundt om dem ligger kæmpemæssige bunker af bøger under bestandig sortering til diverse hylder, og ind imellem bunkerne finder man smalle stier hvor det er muligt at passere. Har man f.eks. en skuldertaske på er det næsten umuligt at undgå at vælte en stabel, men det tager Bille altid med dybeste sindsro. Han begynder så langsomt at bygge stabelen op igen med englelig tålmodighed.

Man fik det indtryk at for Bille var det en livsopgave at fordele bøger, fra gulv til reol, fra sælger til ham, fra ham til køber, bare der indtraf en ny fordeling af bogmassen, den konstante bogmasse. En evig cirkulation af bøger var hans liv, og hans eneste, og han havde – til trods for de utrolige væltende massive bunker – fuldstændig check på hvert eneste bind i lokalet. Stamkunder var vant til at nævne en bog, en helt speciel bog efter deres særlige ejendommelige interesser, det kunne være alt fra en kristen drengebog fra 30'rne til en afdanket nazistisk nationaløkonomisk lærebog, og Bille kunne altid finde den i en dynge i baggrunden.

Han var et unikum af viden, mange slags viden. Når han ikke stablede og sorterede bøger læste han dem, og når han ikke gjorde nogen af delene talte han med folk. Da jeg var ny i kvarteret var det ham der havde fortalt mig om hvad der foregik hvor, og hvordan man undgik eller tiltrak de forskellige fristelser Distriktet kunne byde på. Ikke fordi han selv nogen sinde opsøgte dem: Han havde sine bøger, og de var hans liv, men han vidste alt om alle. Bille, det levende leksikon.

Måske var det fordi han var halt, han var blevet sådan. Måske ville han under alle omstændigheder have udviklet sig efter sin egen sære natur.

Bille lignede sig selv. Intet var forandret ved ham, hverken hans påklædning eller hans rolige, eftertænksomme tone med den sirlige gammeldags høflighed.

– Jeg står og sér på Poe-udgaven i vinduet, sagde jeg.

– Ja, sagde Bille, og gjorde en bevægelse som om han stak

pegefingeren – men ikke resten af hånden – direkte ned i vestelommen, en bevægelse han altid havde gjort i gamle dage når han nævnte priser eller havde en bemærkning han selv fandt særlig væsentlig. – Ja, det er Deres. De købte den af mig i sin tid, og jeg fik den tilbage af en ung mand forleden og så Deres navn på titelbladet. –

Han så såret ud.

– Det var en misforståelse, sagde jeg. – Jeg vil gerne købe den tilbage.

– Kom indenfor, gentog Bille værdigt.

Og rystende som en våd hund, med et enkelt blik bagover på vejen hvis asfalt var begyndt at tegne farvede striber i vandet hver gang trafiklysene skiftede, med et blik på denne gadens altid påtrængende virkelighed af indkøbende husmødre og legende børn og skidende hunde og stenede narkomaner, forlod jeg denne verden for et sekund og gik ind i Billes antikvariat – hans raritetskabinet.

38

For til trods for bøgernes polypagtige vælten ud over det hele havde Bille mange andre ting stående: Foran én reol et gammelt kasseapparat med to klokker, mindst syv rækker talknapper i hver sin farve og en løve af jern til at gribe håndsvinget i, samlet vægt flere hundrede kg; foran en anden en skrivemaskine der måtte være mindst 50 år gammel, og hvis spinkle taster allerede var så indfiltrede i hinanden at de næppe nogen sinde igen ville skilles; foran en tredje en kæmpemæssig porcelænshyrdinde der bar på en kurvelignende kuppel af kunstige vindruer der var blevet grå af støv. Til alle sider de særeste sager: Stabler af gamle teaterprogrammer, hele og halve musikinstrumenter, spilledåser uden arme, en antik cigaretautomat, udskiftede gadeskilte – alt sammen ting der af én eller anden grund var endt hos Bille, på vej til baggården, til forbrændingsanstalten eller til Teknisk Museum, måske, og havde fundet et blivende hjem her. Enhver der trådte ind i Billes biks ville umiddelbart opfatte, at her gjaldt ganske andre regler end i verden udenfor, og selv om der var priser på bøgerne virkede det alligevel som om alt blev bedømt efter et andet prissystem.

Den gammeldags butiksklokke klingede sprødt bag ryggen som Bille lukkede døren igen.

– Kom med ind bagved, sagde han.

Jeg fulgte ham gennem samtlige tre butikslokaler ind i et lille mørkt rum bagved, et rum med to lænestole og et lille hvidt rundt bord af bambus der så ud som om det var fra en gammel sommerrestaurant fra Herman Bangs ungdom, som om det havde stået på verandaen et sådant sted hvor man så ud over fjorden mens damerne passede deres sytøj og man udvekslede dannede bemærkninger. Derudover var der et stort skrummel af et uhåndtérligt skrivebord mod den modsatte væg, et bord hvor hundredvis af notater og papirlapper faldt tværs over hinanden som bøgerne gjorde det i forlokalet.

Bille åbnede et glas-vægskab og trak en flaske og to glas frem.

– De trænger til en cognac, sagde han omsorgsfuldt og hældte den op. – Det er skrækkeligt vejr, De har gået frem og tilbage hele tiden. Jeg forstår, De er i vanskeligheder? –

– Hvordan? brummede jeg, med cognac i munden.

– Åh, sagde Bille: – Jeg har gået i forlokalet og sorteret det meste af dagen. Jeg har sét Dem gå op og ned ad gaden mindst fire gange. Min erfaring lærer mig, at der kun er to slags mennesker der går uafbrudte ture op og ned ad de samme gader i øsende regnvejr, og det er de forelskede og de der har problemer. Men De sér ikke forelsket ud. –

– Leger *De* Sherlock Holmes?

– Jeg leger alt hvad jeg kan. Her skal De for resten sé en smuk gammel udgave af Conan Doyle's historier, en tidlig udgave fra John Murray i London jeg fik for nylig . . .

Han rejste sig for at hente en bog, men i mellemtiden kimede en telefon et sted fra. Den lød som om den stod midt inde i en bogstabel, og det var netop hvad den gjorde. Lettere haltende skubbede Bille en stabel til side og greb en uendelig gammeldags telefon der så ud som om den var forsynet med et snoet hørerør.

– Bille.

– Nej, jeg har ikke sét den længe. Jo, jeg regner med at få den igen. Det er et års tid siden sidst jeg havde den. Ja, tak, jeg skal sé efter den. Farvel, hr. direktør. –

Han lagde røret på og vendte tilbage.

– Sid ned.

Bille smilede: – Det var skattedirektøren. Skattedirektøren sætter pris på at blive kaldt »hr. direktør«. Han samler på ordbøger, især dialekt-ordbøger. Jeg har af og til kunnet hjælpe ham, men ikke med den gamle bornholmske ordbog, ikke lige nu – den er efterhånden blevet svær at opdrive. –

– Nå, men jeg sidder bare og taler forretning. Hør, hvis det ikke er for påtrængende at spørge: Hvad er det der bekymrer Dem sådan at De frivilligt opsøger en influenza? –

Jeg sad godt. Cognac'en var god. Bille var venlig. Jeg fortalte ham tilpas meget af mine bekymringer.

Imens sad han bare og nikkede ind imellem godkendende, som om hvert ord jeg sagde var en højtlæsning af et manuskript han selv havde skrevet.

– Jeg har godt hørt om det . . . sagde han. – Der er ikke langt herfra til Hotel Capital. Jeg har før hørt der foregik ting dèr. Men hvor gør der ikke det? –

– Netop, sagde jeg, netop. Det foregår over det hele, det samme siger politiet. Det kunne sagtens være sket i enhver anden opgang end Saxogade 28B, det kunne være 28A, 26, 24 – eller min eller Deres. –

– Ja, svarede Bille. – Ja, Valentin har mange huse.

»Bille véd alt!«

– Men det værste, sagde jeg – nu jeg var kommet i gang og

havde fundet min form for præst at betro mig til – Det værste var Ole og Hanne. Jeg kan ikke lade være med at synes det er min skyld. –

– Det sker hele tiden, sagde Bille.

– Ikke så tæt på, sagde jeg.

– Jeg har prøvet det værre, sagde Bille idet han skænkede en ny cognac op. – Jeg har prøvet det meget værre. For at gøre en lang historie kort: Jeg var forlovet engang. Selveste Victor Valentin slog mig af banen. Min veninde blev aldrig gift med ham, men hun fik hans barn og døde kort efter. Barnet sendte han til provinsen. –

Lyset drev som støvprikker i røgen hen over bordet. Intet så længere virkeligt ud.

– Til Vejle? spurgte jeg.

– Ja, det *var* Hanne – sagde han. – Jeg kendte hende kun lidt. Jeg ville ikke trænge mig på med mine gamle historier. –

Vi sad tavse nogle minutter. Alt béd sig selv i halen i denne mærkelige historie. Alt fandt sted i tre-fire små gader, alle mennesker kendte hinanden og var i daglig forbindelse med hinanden, og alligevel anede ingen noget om noget som helst.

– Det ligner ikke Sherlock Holmes meget, synes De vel? sagde jeg hen over det lille bord, for at sige noget.

Telefonen ringede igen.

Bille haltede af.

Jeg åbnede det tilgroede baglokale-vindue og så ud.

Aftenen var ved at falde på. Regnen blev ved i ét væk. I baggården begyndte dyngvåde arbejdere at komme hjem på cykler og knallerter.

Jeg hørte Bille sige noget om at ville komme senere i aften.

– Et dødsbo, sagde han da han kom ind. – Luk venligst vinduet.

Jeg lukkede det.

– Jeg vil nemlig gerne svare diskret på Deres spørgsmål – sagde han.

Han gik ind i det nærmeste bogrum, åbnede en stor messingdragkiste og fandt noget frem han stak i lommen. Derpå vendte han tilbage til mig.

– I én henseende minder det i hvert fald om en Sherlock Holmes-historie, sagde han. – De husker måske, at Holmes altid forvissede sig om, inden parret fra Baker Street drog hjemmefra, at dr. Watson havde sin revolver med. –

Jeg nikkede.

– Jeg tror De også må have én, sagde Bille og trak en lille flad pistol op af sin kittellomme. – Her, tag den. Den *er* ladt. –

– Jeg har selv én magen til, fortsatte Bille roligt. – Man skal ikke løbe nogen risiko som handlende her i kvarteret. *Min* ligger under kasseapparatet, og jeg har tilladelse til den. –

– Har De nogen sinde brugt den?

– Nej, jeg har aldrig skudt på nogen. Men jeg har én gang jaget et par læderjakker væk der ville smadre mit vindue, og jeg har én gang fået en røver til at gå igen uden videre. –

– De forbavser mig. Men jeg kan ikke skyde.

– Det kan jeg lære Dem.

– Nej, véd De hvad.

– Kom med.

I det midterste lokale, hvorfra man intet kunne sé og mindst muligt høre udefra, rykkede Bille nogle bogstabler til side idet han så vurderende på hver enkelt bog som var den ham en kilde til sanselig tilfredsstillelse mellem fingrene. Da stakkene lå som han ville og en vægplads var blank så han på sit ur, brummede, gik ud og låste fordøren og slukkede lyset i forlokalet. Så gik han ind i det tredje rum, dykkede igen ned i dragkisten og kom tilbage med et rundt sort instrument.

– Det er en lyddæmper, sagde han. – De må lige øve Dem lidt, men helst diskret.

Den kommende time skød jeg til måls efter diverse tegneseriehefter som Bille hængte op på den bare væg, andenhånds tegneseriehefter som han solgte for 25 øre til børnene, og jeg kom – når jeg selv skal sige det – temmelig hurtigt med. Gamle fodboldspillere bevarer altid en smule af deres boldøje, og skydning har ikke så lidt med boldøje at gøre. Jeg var helt lykkelig da det lykkedes mig at ramme Superman i maven fra den modsatte side af rummet. Det var så let og så morsomt at skyde. Da jeg blev klar over hvad jeg tænkte var jeg ved at fryse.

– Tag den med, sagde Bille. – De *kan* risikere at få brug for den, om ikke andet så til at true med.

– Hvorfor skulle nogen overfalde mig? spurgte jeg.

– Fordi de måske så føler sig sikrere. – Hvorfor skulle nogen overfalde *mig*?

– Er *De* da blevet overfaldet?

– Ikke for nylig, men dengang jeg fortalte Dem om. Før Den Tynde forsvandt med Else – min eneste trøst i dag er at hun gjorde det frivilligt, dengang var dét det værste for mig, men i dag gør det det lettere – da sørgede han lige for, jeg blev præsenteret for hans magt. Han sendte et par fyre efter mig for at slå mig ned. –

Et kort øjeblik så han ud som om hans nerver rystede, men så tog han sig sammen og fortsatte kort:

– Det var dengang jeg kom til at halte. Jeg har også nogle ar på kroppen, men de er lettere at skjule.

Det var knipler dengang, knipler og glasskår. Men jeg synes, det virker som om metoderne er blevet endnu værre, når man tænker på de sidste dage. –

Helt naivt som om jeg ikke burde vide bedre, røg det ud af mig: – Ja men, for Fanden, så lever vi jo i en ren terror-stat! –

– Det har vi altid gjort, sagde Bille blidt. – Tag en cognac mere. Der er intet nyt i at leve i en terror-stat. Halvdelen af alle de bøger jeg har stående her – fra Dickens og Balzac til Dostojevski – handler om den ene eller den anden form for terror-stat. Der har altid været gangstere, der vil altid være gangstere. Hvor der er en vilje er der en vej, og hvor der er et behov er der nogen der vil opfylde det, ligegyldigt hvad det så er. Hvor der er en drift – sex, narkotika, spil, hele lirekassen – er der et marked, og hvor der er et marked er der en haj. Der er altid en plattenslager på Hovedbanegården for at snyde turisterne, der er altid en alfons der prygler sine piger, og der er altid en Rottekonge over det hele som kontrollerer nettet, hvad enten han hedder Scarface i Chicago eller Den Tynde i Distriktet. Der er altid nogle der vil gøre *alt* for penge. De er lige så lette at udrydde som bladlus. –

– Har *De* aldrig tænkt på at flytte? spurgte jeg den gamle mand der sad mellem sine ting i sin slidte kittel med en revolver mellem fingrene og talte som en revolutionær partisan.

– Nej, svarede han enkelt. – Jeg hører til her.

Vi sad et par minutter i tavshed. Regnen blev ved.

– Kom igen i morgen eller når De kan og vil, sagde han. – Jeg må hen og sé på dét dødsbo før det bliver ribbet. – Det er en gammel original der er død i nat i Sundevedsgade, en af spritterne – han døde en naturlig død, leveren kunne ikke tåle mere. Han havde et helt pulterkammer fuld af sære bøger, sagde de. Nu vil de andre sælge dem for at få til et par branderter. –

Han tog en frakke ned fra knagen, viklede sig ind i den, greb et enormt halstørklæde der næsten af sig selv rullede sig fire gange rundt om hans hals, stillede cognac'en ind i skabet, slukkede lyset og sagde:

– Når *jeg* dør vil de også sige det var en gammel original der havde en hel butik fuld af sære bøger, og nogen vil sælge dem for at få til et par branderter. –

Det var så sandt.

Vi skiltes ude på gaden. Han gik til sit dødsbo, jeg til mit – mit hjem. Den lille lette pistol var utroligt tung i jakkelommen. Jeg holdt den ene hånd over den som jeg gik ned ad Absalonsgade i den stadig silende regn.

39

Det var en ganske anden tid jeg vandrede ud i nu, det var en ny temperaturzone. Byen var gledet ind i sit stille område af tidlig aften. I de fleste hæderlige hjem var middagsmaden spist, der blev puslet om børnene og drøftet stort og småt, huslejeproblemer og elektricitets-regninger eller onklers og tanters sygdomme, og freden sænkede sig foreløbigt over alt. Om bare en time eller så ville mørket falde på og dække med sit store sorte tæppe, og mens regnen plaskede ville folk sé fjernsyn og drikke kaffe eller adspredt blade aviserne igennem. Nogle enkelte ville sikkert stadig læse H.C. Andersens eventyr for deres børn.

Døgnets fredelige tid, det er hvad den tidlige aften er. Den smager af mad, solnedgang, varme, hjem.

Den smager ikke mindre af det for en mand der vader alene rundt i regnen.

Gaderne var tomme. Selv spritterne, tiggerne, ludderne, narkomanerne og gadekattene var krøbet i skjul.

Jeg blev belønnet for opstigningen til min fjerdesal med hele to telegrammer. De var begge fra Bladet. Det ene fra Barbara, det andet fra Otzen. De var enslydende: RING SNAREST. Journalistik lærer nu folk at formulere sig.

Jeg sank dybt ned i min skrivebordsstol, smed benene op på bordet og gloede formålsløst ud ad vinduet hvor der ingenting var at sé ud over tætte regnstriber.

Jeg var helt tom indvendig, så tom som gaden. Hvis jeg havde haft et fjernsyn kunne jeg have tændt for det.

Efter et kvarters stivfrossen stilhed greb jeg telefonen, fik Bladet og bad om Barbara. Hun var optaget. Jeg bad om Otzen. Otzen var optaget. Jeg gav dem begge besked om at ringe tilbage og tog igen fat på min dybsindige betragten af regndråbers formålsløse vilkårlige veje ned ad vinduesruder i slumkvarterer.

Jeg blev enig med mig selv – ved et hurtigt lille improviseret husmøde – om at der var noget jeg manglede. Jeg gik ned i den nærmeste natkiosk for at få det. Damen bag disken – en stor svær midaldrende skude – gav mig uopfordret ret i, at i et sådant vejr trængte man sandelig også til noget at styrke sig på. Sandsynligvis havde hun også sagt dét under hedebølgen.

Da jeg gik op igen med min whisky var regnen stadig lige kraftig, men en beskeden begyndende larm var ved at rejse sig fra flere af værtshusene, og bordellerne havde tændt deres neon.

Så ringede omsider Barbara.

– Det glæder mig du er i live endnu, sagde hun. – Er der noget nyt?

– Kun småting. Hvad med dig?

– Jeg har fortsat min research. Jeg har fundet Den Tynde's private adresse. Det er Søbakkevej 14 i Lyngby. Postnummer 2800, hvis du vil skrive.

Jeg noterede på bagsiden af en skatteopkrævningskuvert på skrivebordet.

– Telefon?

– Hemmelig. Jeg har ikke kunnet få den.

– Ellers noget?

– Jens er tilbage og lader sig fejre. Han er allerede lettere lallende, og jo flere drinks han får jo mere husker han om overfaldet.

– Og jo mere dødelige bliver hans sår?

– Sådan omtrent.

– Barb, hvad vil Otzen mig?

– Otzen?

– Jeg har fået telegram fra ham. Samtidig med dit.

– Han har ikke sagt noget. Måske vil han prøve at få dig tilbage. Måske vil han bare skælde ud.

– Det *har* han gjort.

– Det kan ikke gøres for tit.

– Fuck you!

– Nu igen?

– Du véd det ikke?

– Nej.

– O.K. . . . Vi tales ved . . .

og efter en kort (men følelig) pause tilføjede jeg:

– Skat.

Hun sagde hun gik kl. 1:00 og lagde røret på.

Jeg satte mig hen i vindueskarmen og stirrede stift på huset på den anden side af gaden. På fjerdesalen boede et ungt par der sad i to lænestole med hver sit barn på skødet. Det lignede et billede fra Bladets familieside. De så ikke ud til at røre sig særligt eller sige noget videre, de sad der bare.

Jeg satte en sentimental Frank Sinatra-plade på og drak en whisky til.

Så ringede Otzen.

– Kan du ikke komme op på Bladet?

– Hvorfor?

– Jeg vil gerne tale med dig.

– Det gør du.

– Under fire øjne.

– *Jeg* bliver ikke aflyttet. Hvad handler det om?

– Kunne du ikke tænke dig at komme tilbage?

– Hvorfor dét?

– Lad være med at være så forbandet stædig. Denne sag er blevet Bladets sag. Vores medarbejder er blevet skudt på . . .

– af en ualmindelig klodset skytte, indskød jeg gnavent.

– . . . og jeg har hørt du véd mere om déther end du siger, tilføjede Otzen.

– Hvem siger det?

– Har du ingen loyalitet over for Bladet? Du har arbejdet her i fem år!

– Så sent som i går fik jeg et bedre tilbud med højere løn og kortere arbejdstid.

– Hvor?

– Det er fortroligt. Jeg kunne jo risikere, *du* søgte stillingen.

Otzen snøftede irriteret.

– Kom nu til fornuft, sagde han. – Kom op og samarbejd!

– Jeg skal tænke over det, sagde jeg.

Men da jeg havde siddet derinde i de snævre kontorer hele natten ofte nok til at vide besked kunne jeg ikke lade være med at tilføje:

– God vagt.

Loyalitet over for Bladet, hvad? tænkte jeg ved mig selv et minut efter. Loyalitet? For hvad? For en stykbetaling på under en tudse for hver artikel gennem fem år? Fordi de trykte mine ting udelukkende fordi de ikke havde fundet nogen bedre, og så snart de gjorde det ville de foretrække dem? Loyalitet over for Otzen, hvis eneste tanke de sidste ti år havde været ikke at fornærme bestyrelsen af direktører, højesteretssagførere og politiske »personligheder«? Loyalitet over for pamper-panelet?

Vorherre til hest, jeg kunne lige så godt være »loyal« over for Mafia'en.

Det var dét.

I mellemtiden var det ved at blive sent. Endnu en dag var ved at være endt.

Det var dén.

Tilstrækkelig mange af dem, og så ville livet være forbi. Det var dét.

En smuk gravsten. »Her ligger Karl Aage – Det var dét«.

Regnen blev ved.

Jeg burde gå ud og spise. Mennesker skal spise. Ehlers havde sikkert spist, Otzen og Barbara havde spist. Mennesker *skal* spise indtil de bliver skudt.

Jeg flyttede øjnene fra regnruden og ned på bordpladen. Dèr lå kuverten med Den Tynde's adresse: Søbakken 14, 2800 Lyngby.

Den måtte jeg hellere sé på i morgen, dén adresse.

Klokken var 23:00 da jeg gik ned ad trappen og ud igen. Den var 1:30 da jeg gik op ad trappen og ind igen. I mellemtiden var der intet sket. Jeg havde været hele kvarteret rundt et par gange, havde passeret både Saxogade, Hotel Capital, politistationen på Halmtorvet og Billes Antikvariat. Alle steder var der stille. I gaderne holdt kun nogle få rabiate drukrøve ud i den stadig silende regn.

Da jeg gik i seng havde den unge familie overfor slukket alt lys for længst.

40

Da jeg vågnede var klokken 6:15, og regnen silede stadig tålmodigt ned uden tilsyneladende at have holdt én eneste kaffepause i et døgn.

Jeg stak Kraks Københavns-Kort i jakkelommen og gik ned til Hovedbanegården. Gaden var blank og intetsigende. Verden bestod af tom, gådefuld asfalt med flerfarvede neonskygger, kun oplivet af en enkelt spøgelsesagtig bil hist og her.

Også Hovedbanegården var tom og øde, på nær et par sprittere der allerede hang omkring den lige åbnede morgencafé efter sandsynligvis at have overnattet på træbænkene inden døre. Deres morgenmad var guldøl. Jeg fik en kop kaffe før jeg gik ned og tog toget ud mod Lyngby for at finde Den Tyndes hus.

Måske var det bare det tidlige tidspunkt der gjorde det. Lyset kan være så skarpt, så smertende intenst tidligt om morgenen, som om det vil bore sig gennem øjnene på én – især, når man ikke er vant til at være oppe på dét tidspunkt. I hvert fald oplevede jeg den tyve minutters togtur med klinisk skarphed.

Som dagens zoner er så følsomme og glidende, som lyset ustandselig skifter over byen og forandrer alt, sådan ændrer også byens karakter sig glidende fra kvarter til kvarter, fra station til station. Toget kom ind til Hovedbanen, og jeg havde ikke andet at gøre end at sætte mig i en ryger-kupé, tænde en cigaret og sé ud på regnen og konturerne af min by i en våd sløret morgen.

Ved Vesterport steg et par arbejdere op. De var iført overalls, store sweatere og regnslag i mørkegrønt, de havde hver sin Cecil mellem læberne, og de skiftevis hostede og bandede over én eller anden akkord. Vesterport var travlt trøstesløs, men to minutter efter nåede vi Nørreport, det rene City hvor alt var kontorer og mumlende bikuber af forretning og tikkende telegrafer, og her steg ingen på, for hertil *kom* man, man tog ikke fra. Sådan er det i det hele taget, når man tager toget til forstæderne tidligt om morgenen. Det er som at køre baglæns. Alle skal den modsatte vej.

Østerport, stedet for store rummelige lejligheder og stilfærdigt kuponklipperi, nydeligt og kultiveret. Folk derude passede sig selv i deres stuer med alle deres fornemme malerier, og hvis man overhovedet ville få dem til at sige et ord var det kun ved direkte at spytte på dem.

Så var vi allerede ved at være ude af byen. Nordhavn viste sig, og arbejderne stod af. Der havde været nogle stykker i hver vogn, så jeg da de med genkendende hilsener til hinanden vandrede ud fra stationen i små tilfældige mørke silhouet-grupper som på et gammeldags oliemaleri. Om ti minutter ville de tavse være i gang med at laste og losse, slæbe kasser, hæve kraner, løfte paller, transportere sild som metal ud og ind eller frem og tilbage mens regnen væltede ned over dem. Om fire timer ville de have en pause til at sidde i en skurvogn og spise deres medbragte madpakke, og først fire timer efter igen ville de på ny krybe gennemblødte ind i kupéen og komme hjem.

Vorherre skulle tænke lidt mere på Nordhavn.

Svanemøllen, trekvart ude af byen, Hellerup, Københavns Snob City, med disse kæmpemæssige villaer hvorfra fars sønner væltede ind over byen og opsugede alle chef-jobs, hvorfra studenterne sprang frem som bøgeløv i skovene, hvorfra de fine, de rige, de smukke kom ... Jeg var ved at kvæles ved Hellerup. Jeg burde ikke være stået så tidligt op.

Et afsnit grønt og kolonihaver, Bernstorffsvej, Gentofte – men Gentofte er ikke Gentofte fra toget, fra toget er det blot en ydmyg landsby – Jægersborg, Lyngby. Ud.

I Lyngby fik jeg endnu en kop kaffe. Da jeg betalte den kom jeg til at sé ned i min pung, og da slog det mig at jeg snart ikke havde nogen penge mere. Hvad så? Kunne nogle feriepenge fra Bladet holde den gående en måned? Måtte jeg sælge de sidste bøger og plader, mine sidste kæledyr for en halv husleje? Jeg havde aldrig været medlem af nogen fagforening. Jeg havde intet krav på understøttelse. I det hele taget havde jeg vist ingen krav på noget som helst.

Der var stadig 202 kr. og 85 øre. Da jeg lagde pungen tilbage, bemærkede jeg at der også var en revolver.

Mens jeg drak kaffen slog jeg op i min Krak. Søbakkevej lå som en sidevej til Søbakken, der igen lå lige op imod Søbredden, Søskrænten og Søpromenaden, der alle tre lå som gennemgående veje imellem Søvejen og Søparken der begge førte direkte ud mod Søen Selv, nemlig Furesøen. Det så ud som om det ville være en pæn spadseretur.

Uden for Lyngby Station regnede det videre. Irmas supermarked var ved at åbne. Kvikke unge ekspedienter slæbte varer ud og ind, ældre grånende kassedamer satte friske papirruller i deres apparater, alt blev gjort klart til at kunderne kunne vælte ind til ugens udsalgstilbud med nypåklæbede prissedler. Arbejdsmorgenen var i gang. Selv herude ankom cyklister og knallert-kørere til stationen og skuttede sig i regnen før de stemplede deres billet og tog ind til arbejde i den by jeg havde forladt.

Det tog kun fem minutters rask gang, så var jeg ude af morgentravlheden og igen inde i en ny zone – et land, hvor ingen havde travlt.

Her lå ikke bare de store huse, men de store grunde. Her havde hvertandet hus en mindre park. Rundt om parkerne var der betænksomt anbragt skove, og mange af skovene havde udsigter ned til søer. Der var fuglesang, ægte skræppende fuglesang, i stedet for de halvkvalte lyde fra defekte jukeboxe jeg plejede at høre om formiddagen. Hvert hus havde egen garage, mange havde lysthuse, lange indkørsler med hvide grusede gange, rosenbede, et spir eller et tårn på toppen af det hele. De fleste måtte have tjenestefolk for overhovedet at få vasket gulvet en gang imellem. De fleste måtte have mindst én bil, snarere to-tre stykker. De fleste måtte have en allerhelvedes solid checkkonto i et førende pengeinstitut. Hvor er det dejligt at sé at den slags mennesker findes. Folk der har god plads og venlige omgivelser, folk der har kaminer med ægte levende ild og som ikke behøver bekymre sig fordi mælken eller kartoflerne stiger.

Herude boede de der stadig kunne blive liggende på deres røve og snorke mens tjenestefolkene satte deres barbervand over uden at larme for meget, og mens havnearbejderne sikkert allerede havde losset de første seks-syv skibe og fået de første ti-tolv influenzaer.

Fuglene i trætoppene tog fat på en ren symfoni, da jeg drejede ned ad Søskrænten. Regnen var ved at dæmpe ned, det virkede som om den omsider overvejede et break.

Det er en helt anden verden herude, tænkte jeg – alt foregik på et andet plan. Inde på Vesterbro går Olsen op til Hansen og siger de er på røven, den hænger, den er laset ad Helvede til, og kan han låne en hund til den første? Herude i Lyngby gik Schwanenflügel ind til Feinkelstein og spurgte om han ikke, i gensidig erhvervsudviklings-interesse, ville påtegne en veksel pr. den første eller udvirke at deres fælles bank i det mindste ved hjælp af en støtte-kaution forhøjede kassekreditten.

Inde på Vesterbro gik folk amok på gaden og fortalte alle og enhver deres livshistorie eller begyndte pludselig at smide brosten ind ad vinduet på Socialen, fordi det var den der behandlede dem dårligt sidst eller fordi de simpelt hen var syge af at stå i kø foran den. Herude i Lyngby sad de i lædersofaer og drak Chivas Regal indtil de fik smidt maskerne for et par timer.

Inde på Vesterbro boede »tilfældene«, »taberne«, »patienterne«, »afvigerne« – de fejlslagne produktioner. Herude boede dem der bestemte hvem der duede til hvad, hvem der var tilfælde og patienter. Herude boede sagførerne, direktørerne, aktionærerne, provsterne, redaktørerne, bestyrelsesmedlemmerne, politikerne.

Og Den Tynde.

Jeg drejede videre mod Søbakken.

41

Søbakken havde kun én sidevej, og det var netop Søbakkevej, en idé der sikkert i sin tid havde givet en byplanlægger fjorten dages hyre.

Søbakkevej var ikke nogen Istedgade. Der var fjorten numre. På den ene side nummer 2-12, på den anden side nummer 1-13, og i bunden hvor den blinde vej sluttede lå nummer 14 og lukkede alt af.

Søbakkevej havde lutter fornemme villaer, men uansét hvordan man gik ned ad vejen ville man altid først og fremmest få øje på nr. 14. Den dominerede udsynet, den lå i midten, og den var enorm. Det var en mindre herregård, i hvidt og gråt; der var høje trapper op mod en entrédør der så ud som om den krævede tre arbejdsmænd til brug for hver åbning, og hele vejen rundt om lystslottet var der anbragt et to meter højt sort gitter. Grunden var kuperet, det fremgik af den rigelige have omkring huset såvel som af min Krak: Umiddelbart på den anden side af Søbakkevej 14 hvælvede skrænten sig vej ned til Søen, og et mose- og ingenmandsland, jeg vagt huskede fra enkelte søndags-udflugter i min barndom, strakte sig en halv snes meter før vandkanten ned til Søen hvor man i gunstige vejrsituationer ofte afholdt ro-konkurrencer og altid så roere træne sammen- og vejrbidt imellem forskrækkede turister der havde lejet en robåd for første gang i femten år og havde svært nok ved at manøvrere årerne uden at væde cigaren i munden samtidig.

Søbakkevej 14 havde kun én solid låge, og på den stod der kun 14 og intet navn. Ikke særlig oplysende. Mere sagde det om beboeren, at så snart jeg var kommet hen til lågen for at sé om der virkelig intet navn stod, fór to store vilde hunde frem fra hver sin busk i parken og snærrede truende ad mig.

Der var en elektrisk klokke ved siden af nummeret. De to helvedeskøtere stirrede forventningsfuldt på hinanden og så ud som om de væddede en femmer på om jeg turde trykke på knappen.

Jeg véd ikke hvem af dem der vandt. Jeg fjernede mig stilfærdigt og prøvede at ligne en nærsynet mand der ledte efter noget helt andet.

Hundene troede ikke på den. De gøede vildt og voldsomt.

Imellem nummer 14 og nummer 13 var der en lille sti med en høj hæk på begge sider og et hvidt gærde foran til at forhindre cyklister i at få uretmæssig adgang. Jeg gik et par skridt fremad i den stadige støvregn, men hørte i samme øjeblik en svag stemme inde fra nummer fjorten. Jeg gik tættere ind til hækken, men stemmen blev overdøvet af hundegøen.

Så, mens jeg trykkede mig op ad hækken som var den en gammel ven jeg ikke havde sét siden skoletiden, kom lyden af en bil der kørte på højst to hjul ned ad Søbakkevej. Dækkene skred lige ud for stien, og jeg listede mig frem og så ud bag den beskyttende blomstrende hæk. Jeg kunne sé at en herre der var temmelig høj og tæt trådte ud af en middelstor blå bil og ringede på den elektriske klokke i lågen, med ryggen vendt uhøfligt mod mig. Hans frakke var pæn. Lågen åbnede sig omgående bifaldende og smækkede straks i igen, og hundene var påfaldende tavse.

Døren smækkede.

Vognen kørte igen.

Regnen var ved at trappe ned for alvor. Jeg regnede ud at klokken efterhånden måtte være omkring 9:00, da de første vinduer pludselig åbnede sig rundt om og stemmer rejste sig, forbavsende samtidigt og synkront fra de forskellige huse, som om man havde ét fælles vækkeur her på vejen. Et sekund efter kom det klassiske rødklædte postbud cyklende på sin gule tjenestecykel ned ad Søbakkevej, som på et turist-souvenir postkort, og i samme øjeblik kunne man lugte det ristede brød i køkkenerne. Postbudet kørte troligt kædeskramlende hver meter fra hus til hus, og lydene fra husene, en samling svage pusle-skrabe-røre-lyde, blev gradvis stærkere.

Det blev også lyset. Jeg følte mig næsten blodskudt i øjnene.

Men jeg ventede. Jeg ventede, og jeg tænkte på skoven jeg stod i udkanten af, på at hele landet engang havde været skove uden én eneste café, på stien med den mudrede klæge vandede jord, på sneglene, de skrøbelige dyr, der vablede op og ned ved hvertandet fodtrin jeg tog mens jeg stampede frem og tilbage. Jeg tænkte på mælkebøtterne som stod og så uforskammet struttende livsfyldte ud, og jeg tænkte på de høje bjørnekløer.

Jeg tænkte på hvordan jeg som dreng havde leget i timevis i moser, med flitsbuer og fiskestænger og tømmerflåder. Jeg tænkte på min barndom og min mor og mine søskende. Jeg tænkte på de elskerinder jeg har haft, de rejser jeg har foretaget, de jobs jeg har haft. Jeg gik så vidt som til at opregne alle de forskellige whiskymærker jeg kender. Det gik der lang tid med.

Imens begyndte velklædte mænd, kvinder og børn at komme frem, enkeltvis eller parvis, som stiliserede silhouetter sét fra stien, og bevæge sig hen imod biler og køre væk. Nu var dagen begyndt herude, og billerne kom frem fra havebænken. Der var et kvarters starten og fremfaren af biler, udveksling af hilsener og høfligheder, og så pludselig var der lige så stille som før, bortset fra en enkelt radio der – i skarp konkurrence med et par solsorte – galede løs, og dén radio kværnede formentlig til ære for en efterladt rengøringsassistent.

Måske var der gået en time før der skete noget igen: Hundene gøede.

Samtidig, som efter aftalt spil, kom en bil ind på Søbakkevej. Bilen parkerede lige uden for nummer 14.

Denne gang stod jeg bedre. Der var en dejlig stor busk til højre for min forrige udsigts-position, og den gjorde jeg til mit midlertidige hjem.

Det var igen en stor blå vogn. En taxi.

Og den ventede på den herre der kom gående ned ad den lange flisebelagte indgang til lystslottet. Selv om jeg kun havde sét ham fra ryggen var jeg ikke i tvivl om, at det var den selvsamme som jeg havde sét ankomme. Den pæne frakke var let genkendelig.

Jeg undrede mig over, jeg ikke allerede da havde genkendt Sorte Manuel.

42

Det var der intet mærkeligt i, irriterende nok. Intet var mere naturligt, end at Den Tynde skulle forhandle med sin underchef, og intet tidspunkt kunne være rimeligere eller mere ædrueligt end den tidlige formiddag.

Jeg blev stående til Manuel var kommet ind i taxien.

Ingen havde ladet sig sé i nummer fjorten. Hundene var stille igen. Alt var stille. Selv den kværnende radio fra før havde knyttet bylden. Måske var husassistenten med sin transistor nået til bagværelserne.

Stilfærdigt og selvudslettende sneg jeg mig ned ad Søbakkevej mod Søbakken.

Jeg fløjtede hæst mellem tænderne på vej igennem regnen ned til togstationen igen. Jeg havde atter omegns-gaderne helt for mig selv.

En kop kaffe i samme ankomst- og afgangshal. Et par gamle portører der luntede rundt og forsøgte at sé ud som om de havde travlt i henhold til et muggent regulativ af 1938 der foreskrev regelmæssig moderat travlhed. Formentlig skulle de ind og revidere sidste års billetter.

Sjap, sjask og søle overalt på stationen. Kaffen kunne ikke undgå at komme til at smage af alle de sko og støvler der havde sat deres mudrede aftryk i gulvet.

Toget kom, og jeg steg ind i det. Folk sad i kupéen og dryppede med en mine som var de kastrerede eller dødsdømte.

Lige over for mit sæde lå et eksemplar af Bladet.

Dagens historie handlede om to 17-18 årige fyre der havde slået en bogholder i et jackpot-firma ihjel. Den ene af dem havde været ansat der som arbejdsdreng engang og havde fået *kam*meraten med på at de skulle skaffe sig adgang til firmaet og score whiskyen og cigaretterne i konference-lokalet. Bogholderen havde arbejdet på overtid og sét dem. Bogholderen genkendte den tidligere arbejdsdreng. Bogholderen var blevet skudt med en gammel revolver fra en antikvitetshandel. Knægtene var forsvundet *uden* whiskyen og cigaretterne og var nu pågrebet.

Helt igennem til at blive syg af. Det kunne være sket for enhver 18-årig knægt der skulle vise sig og som pludselig blev panisk da bogholderen kom frem. Det kunne være sket for enhver bogholder der var så uheldig at være på overarbejde mens knægtene kom ind. Meget modbydeligt. Meget forståeligt. Meget virkeligt.

Det var Jens der havde skrevet historien. Jeg forstod, at bogholderen – til alt held – måtte have været ungkarl, for ellers ville Jens ikke have undladt at bringe enken og børnene i sammenbrudt gråd ved siden af knægtens jamrende forældre fra Brønshøj.

Knægten var der et billede af. Han så ud som om hans liv var forbi. Det tror man i den alder lige meget hvad der sker. Han troede sikkert det samme da bogholderen kom, og det var derfor han fyrede.

Mine fingre gled ned i den våde jakkelomme til revolveren. Den lå der stadig, og den var stadig ladt. Hvis *jeg* blev gal, hvis *jeg* fik et anfald af paranoia og anede en sammensværgelse imod mig, en sammensværgelse af dén slags folk får idéer om hver dag, hvis jeg fik den opfattelse at alle mine venner og bekendte blev skudt bag om ryggen på mig og jeg var den næste og alle andre var agenter i Den Tynde's sold, hvis jeg troede det, om så bare for et sekund, så kunne jeg flå min pistol op af lommen og skyde i heldigste fald seks af mine medpassagerer inden Hovedbanegården ...

Den slags ting sker ofte nok til at gøre enhver sindssyg. Hver nat lister der skumle pyromaner rundt og forsøger at fyre tændstikker af i nærheden af eksplosive materialer op til hvem som helsts bolig, hver nat fiser galninge rundt med sære og skumle hævnplaner mod hele den øvrige menneskehed. Og alt imens sidder anderledes kloge kolde og checkede hoveder og planlægger indkøb af kommende elektronisk styrede missiler der skal kunne udløses over Aggressive Fjendtlige Magter (i det følgende kaldet AFM) i tilfælde af at samme afsender missiler mod *os*.

Den slags ting sker, de sker hele tiden, og man véd det hele tiden, men når man tænker for meget på dem bliver man straight syg.

Jeg blev så syg at jeg – da vi endelig ankom til den stinkende og sjappede Hovedbanegård – gik op på Bladet for at tale med Barbara. Enhver sund sans sagde mig at blive væk fra Bladet, så dèr kom jeg.

Allerede portnerens hilsen burde have advaret mig. Den gamle fyr med moustachen som plejede at nikke diskret forstående, som en gammeldags butler der ikke blander sig i hvad herskabet foretager sig, men som dog markerer en svag munterhed med venstre mundvig, kikkede den anden vej som om jeg var en død mand.

43

Jeg gik ind ad bagvejen og bankede usét på Barbaras kontordør i den lange gang hvor alle Bladets journalister sidder i hver sit 12 m^2's kontor og tæsker i hver sin skrivemaskine. Lugten er død dèr, ***død*** simpelt hen. For mange cigaretter, for meget papir, for lidt åbne vinduer, for lidt luft selv om man åbner dem. Man får kun nabokontorets cigaretrøg ind.

Barbara åbnede. Kold, elegant og upassende velklædt.

– Dig? sagde hun. – Kom ind!

Hendes kontor var som det plejede og som hun selv: Ordentligt og velorganiseret, alt lagt i omhyggelige kolonner, noter og kladder til venstre, færdige manuskripter til højre, kommende sager i en lille rød mappe, bilag samlet i en vasketøjsklemme til Bladets revision, skrivemaskine, blok og kuglepen i klarstilling bag ved tekoppen foran telefonen.

– Hvor kommer *du* fra? spurgte hun. – Du er gennemblødt! Og hvordan kan det være *du* er oppe på denne tid? –

– Jeg har været ude at checke Victor Valentin, sagde jeg. – *On the spot.* Ude på Søbakkevej. –

– Fandt du ud af noget? spurgte Barbara nysgerrigt.

– Ikke noget særligt, svarede jeg. – Gad vide om han har en kone? –

– En kone? sagde Barbara. – Jeg har ikke hørt noget om hende. Øjeblik. –

Barbara ringede til Arkivet. Arkivet havde intet. Arkivaren var vrissen, kunne jeg på lang afstand høre. »– De fik hele sagen forleden dag!« sagde han anklagende. Han var allerede i forsvars-position. To opringninger om én sag var nok til han følte sig mistænkt for sjuskeri og ligegyldighed.

– Ingen kender åbenbart en fru Valentin, sagde jeg. – End ikke vort arkiv.

– Mavis må kende hende, sagde Barbara. – Det er den eneste chance jeg kan sé. –

Barbara havde selvfølgelig ret. Hvis nogen vidste noget måtte det være Mavis.

Mavis havde været på Bladet så længe som nogen kunne huske, og hun havde altid bestyret samme rubrik, spalten »Mellem Os«, som fortrinsvis beskæftigede sig med rygter om bryllupper, skilsmisser, fødsler og illegitime sexuelle forbindelser der aldrig blev nævnt ved rette navn. Mavis havde specialiseret sig i sligt og havde hundreder af meddelere, kendte folks naboer og genboer, som ringede til hende og gerne ville give hende et tip. Mavis havde, mente visse, foregrebet både den moderne nærgående journalistik og den såkaldte bekendelses-litteratur ved altid kun at beskæftige sig med de sider af livet der lå i direkte sengeniveau. Mavis var, mente andre, en grib og en sjakal der ernærede sig både direkte og indirekte af de mest modbydelige former for fordærvet journalistisk kød. Disse meninger var især udbredte i Højre-partiet, efter hun afslørede den daværende kirkeministers »festlige natteliv« og således bevirkede at samme minister siden havde været kirkelig udsending i Torshavn.

Sådan var meningerne om Mavis' arbejde stærkt delte. Om hendes person var der imidlertid ingen uenighed: Alle var enige om, at hun var elskeligheden selv. Stor, frodig, malet tværs over hele ansigtet i de mest skrigende kulører, uafladeligt pladrende som en papegøje med hænderne fjasende foran overkroppen som et par pantomimedukker, sagde »Elskede« til alle – og ville gøre hvad som helst for enhver der bad, hvilket sandsynligvis var grunden til at hun kunne støve alt sit lort op.

– O.K., prøv, sagde jeg.

Barbara tog telefonen og ringede til Mavis. Hun sagde bare hun var interesseret i Victor Valentins ægteskabelige forhold, sagde at *hun* nok skulle gøre Mavis en tjeneste en anden dag og ringede af igen.

– Hun undersøger det, sagde Barbara.

– Hvornår ringer hun tilbage? spurgte jeg.

– Når hun véd noget, sagde Barbara. – Du véd hvordan sladder-journalisterne arbejder. De skal atid først tale med nogen der skal tale med nogle andre, og så ringer de tilbage. De *ringer* altid, det var et mirakel jeg fik hende på linien. Mavis må have en telefonregning der ligner din spiritusregning.

Og apropos dig – Du har for resten glemt at sige »Tak for sidst« og »Hvor er det dejligt at sé dig, kæreste«. Du plejer i hvert fald at huske den slags rent rutinemæssigt. –

– Undskyld, sagde jeg. – Sorry, Barb.

I samme øjeblik fór redaktør Otzen i egen imponerende person ind. Han stod dèr i døren, så meget af ham som der var plads til, med sin stive gammeldags knækflip, sine oprullede skjorteærmer, sin vest og sin gammeldags grafit-blyant – hans image på redaktionen – i hånden mens han nidstirrede mig så meget som en hoppende mave tillod ham. Hans stemme var kampklart kraftig, øvet som den var i gennem talløse år at skrige tværs igennem og overdøve såvel en samlet redaktion som et helt trykkeri.

– Nå, dèr er *De*, snærrede han. – De har sagt op. De er ikke ansat på Bladet. Hvad bestiller De her? –

Han var højrød i hovedet, men som altid når Otzen var apoplektisk var det svært eller umuligt at afgøre om det var fordi han var det, eller fordi han havde bestemt sig til at være det. Mange havde taget fejl i tidens løb, og nogenlunde lige mange til begge sider.

– Jeg har tilkaldt ham, sagde Barbara roligt. – Jeg har brug for hjælp med et par af brevene. Det er de særeste ting folk skriver om. –

– Hm! brummede Otzen. Han lignede en tordensky og vandrede mindst fire gange på et halvt minut Barbaras lille kammer igennem uden ét decideret *ord*, men med mange mærkelige lyde.

Så vendte han sig om mod mig, så hans mave dansede som et skib i høj søgang, og spurgte – som om han nærmest spyttede ordene ud:

– Nå, hvad er der så i vejen med *Dem*?

– Ingenting, sagde jeg.

– Pfui! lød det fra hans tykke læber. – Pfui! Hvor skal De arbejde?

– Det véd jeg ikke.

– Men De vil ikke tilbage? De vil svigte Bladet?

Ordene *svigte* og *Bladet* fik alt hvad den kunne trække. Det lød som om jeg havde forrådt hele fædrelandets befolkning til nazisterne.

– Jeg er træt af journalistik.

– De vil måske spille igen?

Otzen havde en hukommelse som en tyrk, og det var formentlig dén der i en fjern fortid havde gjort ham til chefredaktør. Selvfølgelig huskede netop *han*, at jeg i sin tid havde været musiker før jeg blev journalist og var for træt af ustandselig at være på tourné i provinsen – kun for i stedet at komme på uafbrudt tourné i min egen by.

– Ja, måske.

– Vi starter vores Årlige Musikalske Talentkonkurrence i næste måned. De kan jo ringe til redaktionen hvis De ønsker at stille op. –

Han sagde det sarkastisk og mekanisk. Så prøvede han et øjeblik at sé blid og følsom ud før han sagde:

– Behøver det være så definitivt? De kunne tage en orlov!

Jeg var lige ved at omfavne ham. I hans mund var dét en ren og skær kærlighedserklæring.

Men en mand er en mand og en beslutning er en beslutning.

Otzen så opgivende på mig og sagde: – Kom ind og tal med mig når De er færdig. Hej, Barb. –

Han lukkede døren grundigt og var væk.

I samme øjeblik blev jeg grebet bagfra.

Et par arme slyngede sig om min ryg og holdt mig fast. Jeg var lige ved at råbe om hjælp, da det gik op for mig det bare var Barbara.

Hun kyssede mig i nakken og gned sig op ad mig med kussen lige i mit rygben. Så sukkede hun, flyttede sig og gik hen og låsede døren. Derefter vendte hun tilbage, stillede sig foran mig og tog – med et lille smil spillende om læberne – sine bukser langsomt og omhyggeligt af, så stod hun i sin bluse og sine trusser.

Jeg er ikke mere langsom end enhver anden. Der skete noget i mellemgulvet. Hun rejste sig med et frækt flabet smil og knappede mine bukser op. Vi faldt om på hendes sofa.

En halv time senere sagde hun: – Du er idiot, men du er virkelig speciel, darling. Jeg har aldrig kendt nogen herinde der tog sig så lidt af noget. –

– Mmmm, sagde jeg. Jeg var ved at falde i søvn. Jeg havde haft en enorm udløsning. Jeg var overvældet.

– Ingen der taler sådan til chefredaktøren, ingen, sagde hun.

Som vi lå sådan på hendes lille divan, side om side, så jeg hende fra ryggen og så hendes spidse bryster strutte under blusen, så brystvorterne kærtegnede stoffet. Det var for meget. Jeg rejste mig halvt og gik som et brunstigt rovdyr ind i hende bagfra.

Hun stønnede, tilfreds med komplimenten, og der gik en flydende evighed der i jordtid måske kun har været minutter.

Så rejste hun sig og var pludselig jordnært praktisk, bragte sit hår i perfekt orden med tre håndbevægelser, tog sin bukser på (mens jeg stadig halvt lå og gispede med pikken bogstavelig talt hængende ud af mine) og sagde, i en storesøsterfornuftig tone:

– Jeg har deadline klokken to. Jeg ringer til dig når Mavis har noget nyt. –

Jeg kyssede hende og gik ud af det lille grå kontor.

Jeg glemte Otzen og gik ad bagindgangen ned i gården. Jeg gik ud i den regnfulde eftermiddag, lige så gennemblødt som jeg havde været hele dagen, og så på Byen. Den lignede sig selv. Skrammet, arret og hæslig, men fuld af lokkende løfter, som den ikke ville holde. Det var stadig tidligt på dagen, og det lugtede den af. Tingene var ikke *sket* endnu, folk var ved at lægge op til at de senere *skulle* ske, folk var stadig i starthullerne og ved at vågne op til at erkende og forberede hvordan aftenen skulle gå. En sær rytme mennesker har: Man bander og sværger om morgenen, begynder dagen modvilligt. Henimod middag affinder man sig med den, og så går eftermiddagen med at finde ud af hvordan man bliver færdig med den på den mest tilfredsstillende – eller mindst frustrerende – måde. Det går så aftenen med, man slukker sin livstørst – og så er man klar til i morgen.

Og en hel industri står klar til at slukke enhver livstørst. Bryggerierne, vinfirmaerne, apotekerne, bordellerne, biograferne, butikkerne, discothèquerne, modehandlerne, pusherne. Og de der slukker *din* tørst har selv en tørst, makker, og måske kan *du* til gengæld slukke dén.

Og når tilstrækkelig mange mennesker slukker hinandens forskellige former for tørst, makker, så hedder det et *samfund*. Og så laver man regler for hvordan de forskellige former for tørst må slukkes til bestemte tider af bestemte specialuddannede tørstslukkere med afgjorte arbejdstimer til fastsat honorar.

Mens jeg vadede hjem mod Vesterbro tænkte jeg stadig væk på de to fyre der havde slået bogholderen ihjel.

Lige ved indgangen til Istedgade, da jeg var kommet bag om Hovedbanegården på tredje gennemgang den dag, var der en razzia i gang. Politibilerne holdt og dyttede midt på gaden, mens en række af politiets provins-knægte – sikkert lige så nervøse som de to unge bogholder-mordere – var inde og ribbe Café Papegøjen for hvad der nu måtte være. Det lignede en rutine-razzia: To vogne, fem-seks strissere og et par hunde. De forbipasserende på fortovet afslørede sig straks når de gik forbi: Folk der hørte til i Distriktet kastede et blik på sceneriet og gik videre til købmanden eller hvad de nu skulle. Folk der kom igennem på vej til eller fra City stillede sig i udkanten og gloede og ventede på der skulle ske noget dramatisk de kunne fortælle familien over aftenkaffen og gentage for kollegerne på jobbet i frokostpausen næste dag.

Ind imellem dem, de fremmede nysgerrige, stod enkelte lokale der havde klodser investeret i Café Papegøjen på én eller anden måde: Fordi de var stamgæster, fordi de kendte værten, fordi én i deres familie arbejdede der, fordi en af deres venner havde været der under razzia'en. Men *de* så på en ganske anden måde end de fremmede, sagligt, objektivt og lidenskabsløst.

Imellem dem stod hypnotisøren Magic, Fortidens Vidne.

– Hvad er der i gang? spurgte jeg ham.

– Rutine, sagde han. – Bare rutine. Med mellemrum stormer de et af stederne på den måde. Det er for at holde de unge betjente i øvelse, ikke andet. Denne gang skulle det være enten Papegøjen eller Café Eros – det var Halmtorvet sidst, og de skifter altid nogenlunde rimeligt over gaden. –

Det var en farce, og Magic nød den.

Også Obersten, som jeg pludselig fik øje på i udkanten, lod til at nyde den. Han stod et sekund på det modsatte fortov og så på sceneriet, strisserne der fór ud og ind og de »forvarede« der kom ud og fik endevendt lommerne, og i udkanten trak han på sine pæne frakkeskuldre og gik videre, formentlig ned til sit live-show på Gasværksvej.

Han så mig næppe.

Ikke fordi det ville have gjort større forskel.

Jeg drev videre efter Oberstens model. Jeg fulgte ham i tyve meters afstand, til han ganske rigtigt drejede af ved Gasværksvej ned mod Top Cat.

Selv gik jeg over til Ho Ling Fung for at få lidt fast føde. Tiden kaldte på varme og skarpe krydderier der ville kunne få én til at føle man var i live også selv om man ikke så Barbaras bryster og frække mund.

44

Det var rædselsfuldt, men sådan er livet. Man går ned til go'e gamle Ho for at få en gang varm kinesisk middagstjald, man bestiller og tror man lige skal jage regnen og influenzaen væk, nu hvor Barbara netop har gjort én næsten til ven med sin krop – og hvad så? Så bliver det hele ødelagt med det samme.

Hun var alene. Hun sad lige over for mig ved et to personers bord som mit eget. Hun spiste æggesuppe med nudler, Tai Wan. Hun var sorthåret. Hun var meget rank i ryggen. Hun måtte være omkring tredive. Hun var så smuk at jeg følte det som om mine nosser var kvást i en garagedør.

Hun sad bare dèr, ganske alene og stilfærdigt, og spiste. Men hver gang hun rørte sig var det som om der afgik en sirene-alarm i min hjerne. Hun lignede en drøm jeg engang havde haft. Hun lignede en voksen udgave af den teenage-pige jeg havde været forelsket i i skoletiden.

Hun var et rovdyr. Man kunne sé det af den måde hun slikkede kanterne om skålen på, den måde hun langsomt løftede gaffelen op til munden på. Hvis folk i dette land anede hvad *virkelig* pornografi var, så ville de tillade alle Den Tynde's bordeller, men forbyde dén kvinde at nærme et glas hvidvin til sine læber med dén kælne fornemmelse i hånden!

På et tidspunkt – mens jeg spiste noget varmt jeg ikke helt kunne huske hvad var, men stærkt og krydret og sikkert sundt og glimrende – gik hun på toilettet, og det tog mig ti minutter at få vejret igen. Jeg véd ikke hvor mange år det var siden, jeg sidst havde sét så stolt og stejl og smuk en ryg.

Et par minutter sad jeg for mig selv og lagde planer om at gå tværs igennem restauranten over til hendes bord og fortælle hende hvor pudsigt det var at vi sad her helt alene begge to, og skulle vi ikke hellere flytte bordene sammen, og hvor boede hun for resten, og hvad lavede hun ...

Hendes næse var svagt krummet med et jødisk skær. Hendes ansigt var på én gang rundt og skarpt, med brede slaviske kindben, men en meget bestemt hage. Øjnene var store, drømmende, flydende, lettere dovne, men hele kroppen havde et udtryk af energi og beslutsomhed og spændstighed.

Jeg opdagede pludselig, at Ho åbenbart havde forsøgt at sige noget til mig i flere minutter.

Ho så lettere bebrejdende på mig. Han tænkte sikkert stadig på Barbara fra forleden aften. Han smilede dog. Orientalere smiler *af princip*, og det er en stålhård yoga at smile til hvad som helst. Det kræver faktisk en orientaler.

Jeg kikkede og kikkede på den sorthårede. Hendes hud var meget gullig, mørklødet, med en farve der mindede om en bestemt type sten man ofte sér sydpå i Europa. Når hun rykkede armen på stolen for at nærme sin gaffel til risene fik jeg en fornemmelse af hvordan det måtte sé ud når hun bevægede sit skød.

Det var ikke til at holde ud.

Mens jeg var på pissoiret før kaffen forsvandt hun. Da jeg kom tilbage var lokalet tomt.

– Hvem var hun? spurgte jeg Ho, da jeg betalte.

– Hun sagfører, svarede han. – Kontor om hjørnet. Sagfører. Ikke gift. –

Hvorfor han sagde det sidste véd jeg ikke. Måske lagde han bare vægt på at fyre alt af hvad han vidste. Måske gav han et lille orientalsk tip.

– Hjørnet til Eskildsgade? spurgte jeg.

– Ja, Eskildsgade, svarede Ho. – Komme her tit. Meget smuk menneske! –

Jeg nikkede, betalte og gik med et halvt kilo uspecificeret kinesisk foder i maven. Rigtigt, om hjørnet til Eskildsgade – lige over en tandlæge-klinik – lå der et advokat-kontor. Dørpladen i stuen var guldtryk med sorte bogstaver og navnet var Gitte Bristol. Jeg bestemte mig til, at hvis jeg nogen sinde skulle få brug for en advokat, så ville jeg engagere Gitte Bristol.

Da jeg kom hjem barberede jeg mig, og dét viser mest af alt hvor stort et indtryk hun havde gjort på mig. Adam har uden tvivl gjort samme erfaring: Når mænd begynder at barbere sig tæt og grundigt og omhyggeligt står der som regel en kvinde bag.

Jeg var lige ved at nynne visse tåbelige schlagere under barberingen.

Så ringede Barbara heldigvis.

– Hej, din skid! sagde hun. – Du er mere værd end man skulle tro. Nå, nu skal du høre. Jeg har talt med Mavis. Du gætter aldrig hvem Den Tynde's kone er! –

– Nej, sagde jeg. Jeg tænkte på den mørkhårede Gitte.

– Veronica Wool!

– Veronica Wool? Hvem er nu dét?

– Er du ikke gammel musikmand? Det siger de da herinde på Bladet. De siger, du skulle være blevet musikanmelder. –

– Op i røven med musikanmeldelserne. Veronica Wool? Jo ... Nu har jeg den.

Jeg huskede godt Veronica Wool, stuvet langt af vejen på reserve-fjernlageret i et af bevidsthedens bagkamre. Veronica Wool var en af den slags sangerinder der fyres mellem tyve og tredive af af om året i den lettere underholdningsbranche. Hun var fra Viborg eller Silkeborg eller noget i den retning, havde haft succes ved de lokale sommerfester og var ved et held rendt ind i en grammofonpladedirektør med et par ledige tiloversblevne sange fra en tidligere produktion. Direktøren havde hyret et orkester, og der var sket det som sker oftere end nogen uden for branchen tror: Tilfældet havde scoret kassen. Sangen »Du Var Aldrig Min« var blevet månedens topscorer for – for – ja, var det ti, tolv eller fjorten år siden? Anyway, den havde været på jukeboxene hele dén måned, og man hørte den stadig nu og da i radioen i de programmer hvor lytterne sendte deres ønsker ind og forklarede at de netop gerne ville høre dén eller dén plade fordi den mindede dem om dét eller dét.

– Har De nogen særlige oplevelser med den sang? spurgte radio-reporteren altid, og det havde de altid. Enten havde de lige truffet nogen eller var lige blevet forladt af nogen eller havde selv forladt nogen, eller det havde været utroligt regnvejr eller fantastisk solskin, eller de havde været ude at rejse og havde så hørt den i Tyskland som de spadserede i korte bukser i Harzen.

Sangen var et hit. Veronica Wool blev det aldrig.

Efter »Du Var Aldrig Min« havde der været fem-seks forsøg på at leve op til succes'en, og de var alle sammen gået ned. Heller ikke jobbene rundt omkring i foreningerne og på scenerne var gået godt. Det var ikke noget man læste om, man læser ikke om nedture medmindre nedturene er blevet presse-ringvrag og forveksler omtale med arbejde, men pludselig hørte man bare ikke mere om Veronica Wool, hun gik ind bag tæppet som showfolk siger. Hun forsvandt.

Og så blev hun altså åbenbart gift med Den Tynde. Gud véd, hvordan de to havde truffet hinanden? Gud véd, hvordan de havde det sammen, Den Tynde og Veronica Wool!

Jeg sagde tak til Barbara og bad hende hilse og takke Mavis og sagde jeg ville ringe til hende i morgen.

Barbara var sgu så vidunderlig, tænkte jeg. Barbara var virkelig en dejlig, selvstændig, fræk og frisk pige.

Så hvorfor sad jeg hele tiden og tænkte på en sorthåret advokat som jeg end ikke havde vekslet et ord med?

45

Aftenen faldt på, mens væden strømmede ned i asfalten. Jeg skiftevis sad i vindueskarmen og vadede rundt i stuen. Jeg var »rastløs«, som Min Mor ville have sagt. Nogle mennesker har en evne til at sætte sig i en stol og sé ud som om de er en blomst der endelig har fundet den ideelle potte at vokse i. Sikkert godt for dem, og meget interessant at sé på.

Især når man ikke selv har den.

Da jeg kom ud på gaden igen var der en pause i regnen, folk gik ud fra lejlighederne for at stå i døråbningen og lige trække en smule luft mens de kunne. Også ludderne var kommet frem og stod med paraplyerne på ryggen og havde deres besvær – det er meget svært at sé fræk ud med en paraply på ryggen. De hellige missionærer fra Colbjørnsensgade var ude at sprede deres små traktater fra deres eget trykkeri om »Den Dag Der Ændrede Mit Liv« og »Kender Du Herren?«. En politibil drønede ned ad Istedgade med pibende sirener, og staklerne fra det kaserne-lignende Mandehjem var kommet ud med deres sprittede solbærvin og stod og gloede på alt det de havde sét hele deres liv, med de samme fortinnede øjne som de altid havde haft – øjne som en trafiklyskurv der er gået i stå og viser en permanent gullig tåge gennem fedtet glas.

Det var ikke mig der gik ind på Stjernecaféen, det var den automatiske pilot der sad i mine ben. Det var ingen plan, men ikke desto mindre stod jeg over for bartenderen få minutter efter og fik en dobbelt whisky og så mig omkring på alt hvad *jeg* havde sét hele mit liv.

Så steg sirenerne igen, faldt igen, og steg igen.

– Hvad Fanden er det? spurgte jeg bartenderen, Store Bob, et elskeligt væsen hvis han gider.

– Véd det ikke, du. Måske en razzia til? Når de først begynder bliver de som regel ved. Måske lavede de bare dén i eftermiddags for at få nogle andre til at tro de ikke kommer i aften. –

– Snedigt, Bob, snedigt. Du skulle have været strisser. –

– Mors drøm, sagde Bob beklagende.

Jeg drak og hørte jukebox, og et par minutter efter kom der én og spurgte om jeg var med på en tænkebox. Jeg var med, jeg kunne lugte i luften at det var min aften, jeg vidste at jeg kunne tage det helt roligt, lade være med at tænke over noget som helst og bare – som i gamle dage når musikken kørte bedst – læne mig *op ad* rytmen, udvide vejrtrækningen ved hjælp af den, ikke prøve at forcere den eller hidse den op, men støtte mig til den. Alle spillere har sådanne aftener, i det store eller det små.

Det her var i det små, men jeg vandt dog et par omgange og en halvtredser i kontanter og var så småt begyndt at spekulere på om dette – ved flid og omhu – kunne blive en ny levevej, da Kurt, geskæftige Kurt, alvidende Kurt, altid-først-med-den-sidste-sladder-Kurt, Kurt der burde have været journalist i stedet for mig, kom farende ind med den iver der viste at han vidste noget, og gik direkte hen til vores bord.

– Gaden myldrer af strissere, sagde han. Ikke til mig, men til min modspiller, som om han ville være særlig glad for at vide det.

Min modspiller var fair. Han stak mig halvtredseren før han rejste sig og forsvandt ud ad bagudgangen og efterlod mig alene med sin dame.

Kurt blinkede til mig og satte sig ned.

– Hvad fanden er der sket? spurgte jeg ham, som jeg før havde spurgt Bob.

– Aner det ikke, indrømmede han. – Men de har en klar razzia kørende. De er ude efter nogen. –

Sirenerne hylede og glimtlysene blinkede ind til os mens vi talte. Det var kort sagt en ganske almindelig aften i *vores* kvarter.

46

Kurt og jeg spillede poker, og min fornemmelse fra den afbrudte terning-match viste sig at holde. Jeg var i fin form, eller rettere: De kort som sad netop i *min* hånd var dem der havde bestemt sig til at være i fin form. Enhver kan, pokermæssigt sét, vinde ved at have det svineheld at have fire konger. Det kræver et særligt held, en speciel af guderne begunstiget nat, at vinde ved at have fire syvere over for tre esser.

Det var sådan spillet gik, og dét var jeg ikke utilfreds med. Men bedst som vi sad og spillede roligt fremad – mens den forsvundne fyrs pige havde anbragt sig stilfærdigt snorkende op ad stolehjørnet, og mens Elvis Presley stadig fortalte om hvordan én eller anden *King Creole* tydeligvis var i stand til at tæske dem alle sammen med armene bundet på ryggen og benene hængt op i en perlekæde omkring halsen – kom razzia'ens blinkende blip-båt blip-båt lyde direkte uden for vinduet.

Naturligvis var Kurt den første der reagerede. Han var klart bagud.

– De er på vej *herind*, sagde han – som om han var skrækslagen, som om han havde ventet, at uansét hvor strisserne ville lave razzia'erne, så ville de i hvert fald skåne visse særligt udvalgte punkter – f.eks. Christiansborg, Børsen, Thorvaldsens Muséum og Stjernecaféen.

Kurt havde, som min forrige modstander, sømmelighed nok til at give mig gevinsten – trods alt 200 kr. – før han forsvandt ud ad den samme bagindgang som min tidligere modspiller. Min tidligere modspillers veninde sad stadig væk og sov.

Jeg rettede mig op – for forandringens og fornøjelsens skyld – og så på Bob. Bob stod bag bar'en og så ud, som om han var ved at ordne noget meget afgørende. Han øjne var aldeles udtryksløse, og så vidt jeg kunne sé samlede han kun små bon'er sammen i plasticklemmer.

Lydene udefra blev højere og højere. Jeg tænkte på, om strisserne mon var på vej herhen, som Kurt havde ment. Jeg véd ikke hvorfor jeg tænkte Kurt havde ret, det var mere fordi hans lugtesans ellers var så pålidelig.

Men jeg havde intet at frygte. Jeg rakte ned i jakkelommen, ned til de sedler jeg havde vundet i aftenens løb, for at fiske en cigaret.

Og så kom jeg til, med mine fingre, disse svage skrøbelige instrumenter, at strejfe revolverens klare kolde blanke stål.

Pludselig blev jeg klar over, at *jeg* havde lige så megen grund til at flygte som enhver anden. Jeg sad her med en pistol uden gnist af våbentilladelse, og hvem vidste om ikke dét ville give én eller anden lovende ung under-assistent fra Viborg ret til at blive over-assistent.

Hvis jeg rodede nærmere efter havde jeg uden tvivl også et par gram tjald i en af mine inderlommer. Tilsammen tilstrækkeligt til – hvis de var i dét humør, og det kunne de godt være, især hvis de ellers ikke havde fået noget særligt ud af aftenens razzia – at spærre mig inde for et par uger.

Trods alt var jeg loyal, og jeg håber nogen vil mindes det. Jeg betalte Bob, og jeg prøvede at vække den forsvundne kammerats veninde (men det var umuligt), før jeg forsvandt ud i baggården via herretoilettet.

Byens nat var blevet sortere og mørkere.

Politifløjterne kom tættere og tættere ind på ørerne.

Men jeg var heldig. Jeg boede lige op ad Stjernecaféen. Fra baggårds-udgangen behøvede jeg bare at skrå over gården, stikke ind ad en side-køkkengang – og så var jeg på min egen trappe. Næsten ligesom Ole Kok måtte have haft det, når han skulle smugle fra Hotel Capital til sin egen bolig.

Det lykkedes. Jeg stak igennem gården, fandt min trappe, stak op, velsignede min veltimede flytning af køleskabet, deponerede min tjald nede under gulvtæppet og kylede min revolver ned i en af de tomme vaser Helle ikke havde gidet tage med og som jeg aldrig havde gidet bruge til noget, og satte mig ned et sekund og trak vejret stilfærdigt og regelmæssigt, for ikke at forstyrre mine naboer.

Efter en ti minutters tid tænkte jeg det kunne være interessant at sé hvad der skete udenfor. Jeg følte mig *meget* ren da jeg med en cigaret i munden og uden nogen som helst form for narkotika eller våben gik ned ad den slidte fortrappe til Istedgade.

Scenen lignede én i en amerikansk kriminalfilm i TV lørdag aften. Strissere fór frem og tilbage og talte med hinanden, mund-til-mund eller walkie-talkie til talkie-walkie. Ustandselig hørte man kodesprog lyne gennem luften, af typen »C-4 kalder B-3«, og det var ikke til at få en gnist af mening i. Rundt om politibilerne i midten af gaden stod en mængde mennesker i store klynger og gloede på hvad der skete.

Hvad der skete var i øvrigt svært at finde ud af. Folk fór frem og tilbage, lygterne blev tændt og blændede alle og enhver, enkelte strissere førte folk frem og tilbage mod salatfadene til undersøgelse i vognens bageste del. To eller tre gik ind ad gangen, og ofte kom kun én af dem ud. Den der kom ud havde en triumferende mine på, som om han ville sige at det var i hvert fald ikke ham der var dum nok til at blive snuppet.

De andres miner så man ikke.

Jeg lænede mig op ad min opgangsdør, og så på det. Det var så længe siden, jeg sidst havde været i biografen.

Jeg så, da de slæbte af med Kurt. Kurt klynkede ligefrem. Jeg kunne ikke fra selv fem meters afstand – midt i den almindelige larm – høre hvad han sagde, men jeg kunne opfatte hans forsøg på at overbevise dem om at de havde taget helt frygteligt fejl. Jeg genkendte blandt betjentene et par af de ansigter, jeg havde sét på stationen.

Jeg véd ikke hvor længe det havde varet, før jeg var træt af filmen. Det virkede så velsignet planløst. Unge knægte fra Viborg og Silkeborg, udklædt som strissere der nærmest lignede en farce eller en sommerrevy, greb i fuld alvor folk i skuldrene, satte håndjern om andre menneskers håndled og bar dem ind i deres store skurvogne. Disse »andre mennesker« de greb i var folk der havde levet i skurvogne hele deres liv her i Distriktet.

Og de unge fyre fra provinsen greb dem til syvende og sidst

for at sikre *deres* hyre og klare *deres* familiemæssige forpligtelser med børnepenge, køleskabe og oliefyrs-afbetalinger pr. hvert kvartal. Og de fyre de greb fat i, og de piger de fik fat i, var stort sét på alder med dem selv og prøvede på det samme: At klare den, at få det til at løbe rundt.

Det var skrækkeligt formålsløst alt sammen.

Som jeg var nået til dén tanke så jeg Jens, af alle imellem dem. Han fór rundt, som strisserne fór rundt, med sin notesblok vippende foran sig, som en fortidig middelalder-ridder ville have vippet med sit skjold, og med sin kuglepen vajende som et sværd. En korsridder. En korsridder for en solid regelmæssig hyre.

Netop som jeg var på vej op igen så jeg antikvarboghandler Bille. Bille gik på det modsatte fortov – han humpede langsomt fremad, hinkende, men beslutsomt, og ingen tænkte tilsyneladende på at slæbe *ham* ind i en af bilerne til en nøjere visitation.

Da han kom frem til mig vendte han ansigtet om mod mig, nærmest som om han var forbløffet over at sé dén slags typer færdes i gaden. Han gik hen mod mig, pegende med fingeren imod sit armbåndsur, som om jeg havde spurgt ham om klokken.

Da han var helt henne sagde han: – Kom ned til mig så snart som muligt i morgen. Jeg *må* tale med Dem. –

Så drejede han videre, som om jeg var en drukkenbolt der havde tiltalt ham uønsket, og forsvandt op ad Absalonsgade.

47

Jeg gik op igen, men uden at kunne falde blot nogenlunde til ro. Som jeg blev siddende i vindueskarmen og stirrede ud over den mørkere og mørkere gade kunne jeg have lignet en voksfigur.

Måske var jeg på vej til at blive én. Man har hørt om mere usandsynlige ting.

Alligevel må voksfiguren være faldet i søvn, for på et tidspunkt vækkede telefonen mig. Jeg lod den ringe, men stod op. Klokken var 7:00. Jeg var åbenbart ved at blive morgenmenneske.

Jeg gik – som en anden robot – ned til Ronnie for at gennemgå mit sædvanlige ensomme morgen-ritual med kaffen og aviserne. Der stod kun en notits om razzia'en i går, så strisserne havde åbenbart ikke fundet hvad de søgte. Hvis de *havde* gjort det ville de have skreget op over fire sider som kalkunske haner.

Derimod var der en ca. 50-årig mand der havde overhældt sig med benzin og sat en tændstik til – i Søndermarken, nogle hundrede meter fra razzia'en og samtidig med den. Flere havde sét det, men ingen havde nået at gribe ind.

I den dødes tegnebog, der overlevede ilden (de er gjort af hårdt stof, de tegnebøger) fandt man blot en lap papir med påskriften: »Kassen var tom«.

Ingen identifikation.

Bare en ca. 50-årig mand hvis kasse var tom.

Hyggeligt. I avisen anbragt ved siden af Dagens afklædte Sé-Mig-Pige der hed Linda og var fra Brønshøj og til sin tid ville have to børn, men det hastede ikke. I mellemtiden hadede hun flæskesteg, men satte stor pris på Jack Nicholson og Bee Gees.

Jeg gik ned til Bille. Morgengaderne var tomme som aldrig før, sikkert på grund af razzia'en. Det var som om hele befolkningen var krøbet ned i et musehul.

Bille var ikke blot oppe, men havde allerede åbnet butikken.

– I min alder sover man ikke meget mere ... sagde han. – Det meste af natten læser jeg. Når jeg alligevel er oppe kan jeg lige så godt åbne. Undertiden kommer der en drukkenbolt forbi tidligt om morgenen – én der har siddet på værtshus hele natten og ikke har flere penge til at fortsætte for, og når han så sér jeg har åbent går han hjem og henter sine bøger. Jeg får af og til gode ting på den måde, skønt guderne må vide hvor de folk har dem fra. Nå, kom med ind bagved. –

Vi vandrede igennem bogbjergene ind i det lille bagværelse.

– Nå, noget nyt? spurgte Bille.

Jeg fortalte ham om Veronica Wool og om min udflugt til Den Tynde's bopæl i omegnen.

Bille lyttede med sammenknebne øjenbryn. Så rejste han sig og sagde, som om dét var det vigtigste i verden:

– Har De fået Deres morgenkaffe?

Det bekræftede jeg fuldt ud.

– Så lad os tage af sted, sagde han overraskende. – Jeg vil gerne sé det. De tager vel med? Har De tid? –

Jeg havde ikke andet. Jeg tog gerne med.

– Der er bare dét, sagde Bille spekulativt, at jeg ikke kan gå så langt – det er længe siden jeg har gået bare så langt som til Rådhuspladsen, og det er langt fra stationen, siger De. Lad os tage en cognac mod regnen og ringe efter en bil. –

Også han brugte Isted-Bilen. Langsomt kørte vi ud ad byens våde bleghed mod forstæderne, fra grå zone til grøn zone. Det var en tavs tur. Chaufføren så ud som om han lige var vågnet, endnu ikke barberet og med sorte rande under øjnene, men tilfreds med den lange tur og med at koncentrere sig om kørslen. Bille satte sig ved siden af ham, for lettere at kunne komme ud, og blev siddende uden at mæle et ord hele vejen.

Takket være den geniale opfindelse automobilet var vi på hjørnet af Søbakken og Søbakkevej ved næsten samme tid som jeg havde været det i går. Bille betalte, og vi steg ud.

Vi gik langsomt ned ad Søbakkevej i en regn der var blevet lettere og lettere. Bilerne stod stadig foran husene, men fuglene var begyndt at skræppe op.

Bille snusede som en kokainist der længe har savnet sit stof.

– Det er længe siden jeg har været herude ad, sagde han, som om han besvarede mine tanker.

Jeg udpegede nr. 14 i bunden for Bille. Jeg viste ham den lille sti mellem nr. 14 og nr. 13, hvorfra jeg i går havde stået og iagttaget vejens stilfærdige og noble liv. Vi stillede os samme sted.

Og som om det var en dagligt gentaget teater-forestilling, indøvet automatisk fra scene til scene, kom en taxi med Oberst Manuel Thomsen, og Obersten ringede på og gik planmæssigt ind.

Den eneste forskel i programmet var at taxien i dag blev holdende på sin plads med højttikkende taxameter.

Det tog da også kun ti minutter før Obersten kom ud og vognen igen forsvandt.

Bille rettede sig op fra den krumbøjede stilling han havde iagttaget fra. Han så beslutsom ud.

– Jeg går derind, sagde han. – Jeg vil tale med ham.

– Skal jeg gå med? spurgte jeg.

– Nej. Jeg vil helst gå alene.

– Hvad med hundene?

– Jeg skal nok få dem væk.

Bille gik hen til porten og trykkede på klokken. En stemme kom ud af en højttaler, en tynd pibende stemme. Bille sagde noget jeg ikke opfattede. Hoveddøren gik op, og en skikkelse kom ud og gennede tilsyneladende hundene ind i en art gård så Bille kunne passere. Jeg så hans lille dværgagtige ryg forsvinde i den store indgangsdør og spekulerede på hvad der mon nu foregik.

Der gik et minut. Ud over den stille villavej lød et skud. Et umiskendeligt revolverskud.

Jeg løb op til porten. Den var åben, og da jeg åbnede den helt så jeg det var fordi der sad en papirkniv af gnistrende elfenben i klemme, sikkert Billes papirkniv og Billes trick. Jeg tog den med, fjollet som man altid er når det haster og man ikke véd hvad man begiver sig ud i, og stormede op ad trappen.

Da jeg var nået til døren lød der et skud til.

Døren var lukket. Bille havde åbenbart ikke flere papirknive på sig.

Jeg bankede vildt på, mens mit hjerte hamrede ved tanken om hvem der ville lukke op og modtage mig hvordan, men der er tidspunkter i ethvert menneskes liv, hvor man simpelt hen har for travlt til at være kujon. Jeg holdt fast om papirkniven.

Døren blev straks åbnet.

Af antikvarboghandler Bille.

48

–Kom ind, sagde han. – Der er ikke noget at være bange for. Vi er alene i huset. –

– Hvem skød? spurgte jeg.

– Jeg, sagde Bille. – Sé!

Han pegede igennem en rummelig tæppebelagt vasefyldt standeraskebægerpakket entré hen imod et værelse til højre.

Jeg gik derhen.

På gulvet, midt på et sikkert usandsynlig kostbart tæppe, lå Den Tynde og lignede med sit hvide skæg mere end nogen sinde en præst. En død præst. Nøjagtig midt fra hans bryst flød blodet ud i en tynd silende strøm der farvede det gråmelerede tæppe rødt. Det var ikke meget blod han havde, tænkte jeg tomt, kun sådan en spinkel lille vandkumme-stråle.

På bordet bag ham, åbenbart det skrivebord han arbejdede ved, lå en stor stabel sedler. Det var tusindkronesedler, og der var et tykt bundt.

Dét tilbud var for meget for mig. Jeg tænkte – som i ét skærende lyn – på den ca. 50-årige der var fundet brændt med sit »Kassen er tom«. *Min* kasse var også snart tom. Og jeg var ikke engang 50 endnu.

Jeg stak sedlerne til mig og gik ud til Bille.

– Han er død, sagde jeg overflødigt.

– Det var netop min hensigt, svarede Bille. – Det var dét jeg ville. Skal vi gå? –

Et øjeblik var jeg ved at le ad denne lille handicappede antikvarboghandler der nok så roligt tog en taxi til omegnen og gik ind og skød byens førende gangsterkonge for så at sige: – Skal vi gå?

– Vi kan ikke tage en taxi, sagde jeg. – Det vil blive meddelt til politiet. Og De kan ikke gå langt. –

– Jeg kan gå langt – *nu*, sagde Bille med en stolthed og en fyndighed som en cowboy-helt eller en islandsk saga-kæmpe. Han så på én gang tilfreds og koncentreret ud.

Jeg kastede et sidste blik på Den Tynde's lig. Hundene gøede da vi, efter omhyggeligt at have lukket døren, igen gik ud på vejen. Gitterporten lod sig venligst åbne indefra – i et kort sekund havde jeg frygtet vi var fanget, men vi var ude ved et tryk på en knap. Rundt omkring i husene var folk begyndt at stå op og rumstere, men ingen lod til at have bemærket skuddene. Måske var der undertiden jagt herude, måske blandede man sig bare ikke i dén slags.

Jeg foreslog Bille at vi tog stien og gik lidt rundt om søen i stedet for at gå ud på de alt for åbne landeveje.

Han accepterede. Jeg tog ham i armen da vi gik. Det var mange år siden jeg havde gået med en mand under armen.

– Jeg vidste nemlig han var alene, sagde Bille som svar på et spørgsmål ingen havde stillet.

– Hvordan? spurgte jeg høfligt.

– Razzia'en i går, sagde Bille. – Den slags folk tager ikke chancer. Når der er razzia'er véd de straks, at det kan føre til husundersøgelser hos dem, og så sender de familien væk. Selvfølgelig har Valentin – for mig er han stadig Victor Valentin – fået en opringning i går aftes om hvad der skete. Selvfølgelig har han fundet et godt påskud til at sende konen og børnene på besøg ét eller andet sted. Bare for en sikkerheds skyld. –

– Det blev kostbart for *hans* sikkerhed.

– Rigtigt. Livet er ejendommeligt. At skyde Victor Valentin er noget jeg har drømt om i tredive år. Jeg har aldrig fået det gjort. Pludselig lykkes det med ét. –

– Men tro ikke, fortsatte han, – det var min egen gamle sag om Else, og tro ikke det er fordi jeg halter. Det var lige så meget på grund af Elses datter – og også Deres ven Ole. Jeg kunne pludselig sé, at det bare kunne fortsætte og fortsætte i det uendelige, et magtesløst politi, dén slags gangstere ... Jeg har alligevel ikke mange år igen. Måske, har jeg tænkt siden De besøgte mig, måske kan en gammel haltende antikvarboghandler alligevel gøre lidt for verden før han tager afsked med den. –

Sådan gik vi og talte sammen langs søen, langsomt fordi vi hele tiden stirrede ned på jorden for at undgå at snuble over hist og her fremspringende rødder. Snegle og orme levede deres stilfærdige liv i vores skohøjde, Solen begyndte at rejse sig og sende sine spinkle stråler igennem regndråberne, og vi gik som to mænd der ikke havde andet at gøre end at gå.

Da vi nåede Lyngby Station tog vi toget, og hele vejen hjem sagde ingen af os ét ord. Vi var fælles om én stor skæbnesvanger ting, og der var andre mennesker i kupéen.

Fra Hovedbanegården tog vi en taxi hjem til Bille.

Da vi var kommet tilbage var det ved at være frokosttid. Gaderne var fulde af liv, og deres larm og tummel nåede os.

– Jeg har siddet her hele mit liv, sagde Bille som han tog cognacflasken frem og skænkede. – Og jeg vil helst dø her. Som et gammelt dyr der slæber sig ind i sin hule i fred. –

– Hvad mener De? spurgte jeg.

Jeg havde en anelse.

– Jeg skyder mig, sagde Bille og trak sin pistol op af lommen. – Nu skriver jeg en tilståelse af mordet på Victor Valentin, og dén får De. De siger, at jeg ringede til Dem og bad Dem komme herover ved middagstid – om en halv times tid. Der er ingen grund til at rode Dem mere ind i det. Jeg skriver lige dén tilståelse – tag De en cognac til imens. –

Bille var en overordentlig metodisk mand.

– Jeg ringede efter Dem, fortsatte han i samme saglige tonefald, mens han trak en aldersstegen skrivemaskine frem, – og overgav Dem det brev jeg nu vil skrive. Derefter skød jeg mig. Det gør jeg ikke nu (han så min uvilkårlige afværgende bevægelse) – jeg venter, til De er gået. Men De må love mig at gå direkte til politiet, så historien virker sandsynlig. Jeg skulle nødigt være blevet for kold når de kommer, så bliver det Deres problem. –

Han lagde sin revolver på bordet, tog et stykke papir og skrev sin tilståelse. Tangenternes melankolske hak-hak-hak drønede igennem det lille rum.

Mennesket er et sært væsen. Her havde Bille gået i tredive år og haft hævnplaner. I tredive år havde han dagdrømt om at give Den Tynde igen for at have hugget hans veninde og gjort ham selv halt. Og nu, blot fordi hans venindes datter var død – nu sprang han op som en panter og var helt klar til at tage konsekvenserne, som en klassisk gentleman af den gamle skole fra de romantiske fortællinger.

– Er det ikke at gå for vidt? spurgte jeg pludselig højt.

– Nej. Det er muligt jeg ikke bliver afsløret, der er endda gode chancer vil jeg tro, men så er der igen gode chancer for at en anden bliver hængt op på *mit* mord. Desuden er jeg ikke ked af det, jeg er *stolt* af det. Jeg har givet *mit* beskedne bidrag til en bedre verden, og det er et godt bidrag. Det eneste ærgerlige er at det blev så sent. –

– *Vil* De ikke leve? spurgte jeg, mens jeg ærgrede mig over at lyde som en psykiater på sengekanten.

– Det har ingen særlig mening, sagde Bille kort. – Jeg har levet her i tredive år. Tyve år til vil bare blive en gentagelse. Jeg vil læse de samme bøger og drikke den samme cognac. Desuden synes jeg det er retfærdigt. De er velkommen til at smile, men jeg tror på retfærdighed. –

Han hamrede videre.

Jeg havde ikke mere at sige. Jeg drak hans cognac.

Endelig var han færdig. Han trak papiret ud af maskinen, gennemlæste det omhyggeligt og rettede et par kommaer, så foldede han det sammen, pakkede det ned i en kuvert som han lukkede med et segl og skrev udenpå »Til politiet«.

Han rakte mig kuverten.

– Og så er der kun én ting tilbage, min ven, sagde han. – De undskylder nok jeg kalder Dem min ven, men jeg kunne ikke have gennemført det uden Dem, og jeg takker Dem. Men før De går er der noget, jeg gerne vil give Dem. De må love mig ikke at sige nej! –

– Det kommer an på . . . sagde jeg tøvende.

– Nej, sagde Bille. – Det kommer ikke an på noget. Sé her! – Ud af sin skrivebordsskuffe tog han en lille lædermappe som han åbnede. Ud af lædermappen tog han en tegnebog som kunne have overlevet fem selvmord i Søndermarken.

– Jeg efterlader mine sager i udmærket orden, sagde han stilfærdigt og udramatisk. – Jeg har skrevet testamente for længe siden, og jeg skylder ikke penge væk. Mine bøger går til auktion til velgørende formål – mellem os sagt er det Hjemmet for Enlige Mænd i Istedgade, det har reddet mange sølle sjæle. Men *De* skal have Deres Poe-udgave igen, og så skal De have denne tegnebog. Der er en snes tusind kroner i. Jeg har lagt dem op i tidens løb. Jeg véd De står uden job. De kan hjælpe Dem igennem et stykke tid. Tag dem! –

Den indre spejderdreng i mig sagde, at det kunne jeg ikke være bekendt. Den indre go'e gamle kyniker i mig sagde, at hvis der blev fundet 20.000 kr. i kontanter hos Bille efter hans død, og hvis han ingen arvinger havde, så ville beløbet blive konfiskeret til fordel for Statskassen og dermed til syvende og sidst betale endnu en embedsmand et ben i ét eller andet direktorat.

Jeg tog imod dem og stak dem ind i jakkens inderlomme, hvor Billes hæderligt tjente penge blev nabo til de seddel-bundter Den Tynde næppe havde tjent så hæderligt. Jeg skulle lige til at fortælle Bille om mit lille kup, da jeg indså det ville være meningsløst. Når man står og skal lige til at skyde sig selv er alt andet meningsløst.

Jeg tømte mit glas og rejste mig op. Det var svært at gå.

– De må hellere sé at komme af sted, sagde Bille venligt og værdigt, som om han huskede en kunde på en vigtig aftale som han var bange for at forsinke ham i.

– O.K., sagde jeg, lammet. – Tak skal De have. Jeg er glad for at have truffet Dem. –

– I lige måde, svarede Bille belevent.

Så ledsagede han mig ud af butikken, ledte for sidste gang sin sidste kunde ud igennem bogstablerne som om det var en ordinær ekspedition, og lukkede døren efter mig for at gå ind igen i bagværelset og skyde sig.

Der faldt en let støvregn over Absalonsgade. Enkelte mennesker fór rundt på deres indkøb og bemærkede mig overhovedet ikke. Hvem skulle også bemærke en normaltbygget, nogenlunde velklædt 35-årig mand fordi han går på gaden ved frokosttid? Og hvem skulle kunne sé på ham, at han lige har overværet et mord og nu venter på et selvmord?

Jeg stillede mig foran Billes vindue. Der gik kun to minutter før knaldet kom.

Og ganske som på Søbakkevej: Ingen så ud til at høre det. Livet fortsatte som om intet var hændt, varerne blev lossede over diskene og ned i indkøbsposerne, busserne kørte frem og tilbage, på Bladet sad de og diskuterede dagens historier, og de andre antikvarboghandlere var som alle andre i gang med dagens dont.

Jeg tog hatten af og gik med den i hånden. Jeg var meget tæt på at bede en bøn.

49

Til trods for Billes klare instrukser gik jeg ikke direkte over til politistationen på Halmtorvet. Jeg havde noget der brændte mig i inderlommen. Jeg gik først hjem og lagde alle mine sedler under gulvtæppet. Sikke mange hemmelige ting jeg efterhånden havde: Stjålne penge, narkotika og ulovlige revolvere.

Jeg talte pengene, mens jeg skubbede dem jævnt ind under tæppet uden forræderiske buler. Billes tegnebog indeholdt præcis de 20.000, han havde sagt. Den Tynde's seddelbundt– formentlig aftenens gevinst som Manuel lige havde afleveret samme morgen – var på 35.000 kr.

Hvis ellers ingen kom mig på tværs var jeg nu den lykkelige ejer af 55.000 kr. Man kan gøre en del ting for 55.000 kr.

Efter en hurtig kop kaffe vandrede jeg ned til Halmtorvet og præsenterede mig for min nære ven i skranken. Jeg spurgte ham om Ehlers tog imod.

– Politiinspektøren er ikke til stede, sagde han. – Er der en anden, De vil tale med?

– Nej, sagde jeg roligt. – Nej, jeg skulle bare aflevere et brev til politiet. Jeg véd ikke hvad det handler om. Det er fra antikvarboghandler Bille i Absalonsgade, han går dårligt og bad derfor mig om at aflevere det. –

Mr. Skranke tog imod brevet og stirrede mistænksomt på udskriften, som om han vidste brevet kun var et påskud for at han selv skulle slås ned.

I samme øjeblik kom Ehlers ind, mere træt og blodskudt end jeg havde sét ham før – det vil sige: ikke så lidt træt og blodskudt – med to strissere i sit kølvand, to uniformerede drenge der fulgte ham som dyr følger deres dyrepasser. Han så mig og standsede op, og uvilkårligt standsede de med.

– De her? sagde han sarkastisk. – Hvad kan vi hjælpe *Dem* med? –

– Jeg kom bare for at aflevere et brev, sagde jeg. – Et brev fra antikvarboghandler Bille i Absalonsgade. Han bad mig bringe det til politiet. –

– Lad mig sé, sagde Ehlers.

Mr. Skranke rakte ham det endnu uåbnede brev. Ehlers tog en papirkniv fra skranken og åbnede det omhyggeligt. Gode manérer den mand havde.

De første sekunder læste han med iskold ro. Så med ét tog han sig til hjernen som om den var ved at gå amok, som om det var i sidste øjeblik, og gav sig til at massere sin pande hidsigt. Han genvandt sin kontrol og læste videre.

Så gav han sine ordrer til de to betjente: De skulle ufortøvet rekvirere læge og køre til Victor Valentin, Søbakkevej 14, idet der i ejendommen var anmeldt mord. Sagen hørte under Lyngby Politi, men han skulle nok ringe om det, da morderen havde tilstået i hans distrikt, og mordet i øvrigt stod i nøje forbindelse med en række sager her.

I samme sekund som betjentene havde vendt sig greb han telefonen og gav sig til at konversere med Lyngbys politimester. Lyngbys politimester lod ikke til at have noget imod ikke at blande sig i sagen. Lyngbys politimester fik heller ikke mange ord indført. Ehlers snakkede som en besat.

Jeg tænkte, jeg nok var overflødig, og gik stilfærdigt hen imod døren med et høfligt nik til Mr. Skranke.

– Tak skal De have, tak, sagde Ehlers i samme øjeblik. – Ja, jeg skal holde Dem orienteret. –

Så knaldede han røret på og vendte sig om mod mig og sagde i sergent-tonefald: – Vent lidt.

Han greb en anden telefon og gav sig til at diktere et par ordrer. Et øjeblik efter var to nye betjente myldret frem fra sidegangen. De skulede uvilligt til mig. Måske var jeg vidne, måske var jeg morder. Betjente er ofte forsigtige med at smile.

Han gav dem ordre til at gå over og lukke op i Billes butik. – Kommer selv om et øjeblik. Lægen er på vej. Rør intet. I kommer til at klatre ind ad bagvinduet. –

Så vendte han sig om mod mig: – Vidste De, hvad der stod i brevet? –

– Nej, sagde jeg. – Må jeg sé det?

– Nej, sagde han. – Det skal undersøges for fingeraftryk. Og hvis De rører ved det nu kan De hævde De ikke har gjort det tidligere. –

– Jeg gad nok vide hvad der står, sagde jeg let. – Bille er en mærkelig mand. –

– Ja, sagde Ehlers, – meget mærkelig. Han har begået selvmord. –

Jeg har aldrig været nogen god skuespiller, men på den anden side havde Ehlers sikkert heller aldrig været nogen god teatergænger, så mit forsøg på at sé overrasket ud gik tilsyneladende glat igennem.

– De er gammel kunde hos ham? spurgte Ehlers tonløst.

– Ja, sagde jeg. – Ja, jeg har købt mange bøger hos ham. Jeg købte lige denne i dag, tilføjede jeg idet jeg trak min afskedsgave,

Edgar Allan Poe-bogen op af jakkelommen. Dén havde der dog ingen grund været til at skjule under gulvtæppet.

– Hm, sagde Ehlers blot. Han stod et øjeblik brummende og grundende og lignede en ged der gumlede. – Hm, ja, De må hellere komme med derover. Vi véd ikke hvad der kan være sket, og De skal under alle omstændigheder afgive en erklæring. –

– Det er jeg efterhånden vant til.

– Ja, det er ret tit det går på, ikke? sagde han. Tonen lød ganske som en affabel samtale, men hans øjne så hårde ud.

Ikke så mærkeligt. Nu havde han to mord til. To mord ekstra, seks i alt, og stadig en irriterende fordrukken journalist med en forbløffende udviklet evne til at dukke op på mordstederne og have hyggelige aftaler med folk lige før de enten blev skudt eller skød sig selv.

Han greb mig under armen, ikke så blidt som jeg for få timer siden havde grebet Bille sammesteds oppe ved Furesøen, og ledte mig ned ad trappen og ud på Halmtorvet hvor regnen holdt sig. Uden et ord gik vi over til Absalonsgade. Den ene af betjentene stod udenfor.

– Det var som De sagde. Bagvinduet var åbent. Han er død. –

– Lad os gå ind, sagde Ehlers tonløst.

Hans øjne paraderede op og ned ad væggene som vi gik ind i antikvariatet, han forrest. Han kastede blikke på hver eneste reol, som ventede han en morder skjult imellem bøgernes blade.

Den anden betjent rejste sig i bagværelset.

– Denne vej, Chef, sagde han.

Som om Billes beskedne butik nogen sinde havde haft andre veje!

I baglokalet stod betjenten foran det lille bord og så på Bille der sad sammensunken og bagudlænet i sin stol, med blodet flydende ud fra præcis samme sted som Den Tynde. Heller ikke Bille havde haft meget blod, kun en lille kage var størknet på hans gamle kittel som han måtte have taget på efter jeg gik. Måske *har* midaldrende mænd ikke meget blod.

Revolveren lå for hans fødder.

– Rør ikke telefonen, sagde Ehlers. – Gå ud og ring efter en fingeraftrykekspert. –

Det kunne jeg ikke lide. *Mine* fingeraftryk skulle nok være ét eller andet sted i rummet fra forleden.

Men selvfølgelig ikke på revolveren.

Højst på cognac-flasken.

En hvidkitlet herre kom ind med et stetoskop dinglende over sin kittel, en høj, bebrillet, tynd mand der så ud som om han helt alene uden hjælp fra andre bár alverdens byrder på sine skuldre. Det kunne kun være lægen.

Han knælede et øjeblik ned foran Bille, og hans høje figur med den hvide kittel næsten skjulte den døde gamling, som var lægen en vampyr der slår kappen både beskyttende og truende rundt omkring sit offer.

Efter en tid vendte han sig om mod Ehlers og sagde: – Død. Højst to timer siden, mindst én. Mord eller selvmord. Hvad tror De? –

– Han har tilstået selvmord, sagde Ehlers kort. – Men *kunne* det have været mord? –

– Det *kan* det altid, sagde lægen lige så kort. – Det må fingeraftryks-eksperten finde ud af. Revolveren ligger der jo. –

– Ja, snerrede Ehlers, – hvis det var den revolver der blev brugt. –

– Det må våben-eksperten finde ud af, erklærede lægen, som åbenbart var eksperternes ven. – Mit job er at erklære han er død af et skud i brystet inden for de sidste timer. Det er det hele. Skal jeg undersøge ham nøjere? –

– Ja, når fotograferne har været her. De får ham over. –

– O.K.

Lægen gik uden at vaske hænder, hvilket skuffede mig noget. Jeg havde altid troet, politilæger vaskede hænder hver gang de så et nyt lig.

Ehlers kaldte på sin tilbagevendte betjent og bad ham om våbeneksperten.

Så vendte han sig mod mig.

– Jeg får fandens travlt de næste par timer, sagde han. – Jeg skal undersøge dette dødsfald og have udsagn fra alle vore eksperter. Og der er ét dødsfald til jeg skal sé på, i omegnen. Jeg ville have al ret til at bure Dem inde i mellemtiden, da De *mindst* – det beskedne ord fik en truende klang – *mindst* er hovedvidne. Men De kan gå hjem med en betjent posteret hos Dem så De ikke kan stikke af. –

– Jeg stikker ikke af, sagde jeg.

– Jeg tør ikke give Dem muligheden, sagde Ehlers. – Det ville være komplet uansvarligt. Men De har valget mellem at gå hjem og vente under bevogtning til jeg kan tilkalde Dem, eller at gå med på stationen og vente dèr – ligeledes under bevogtning.

– Det er i sin orden hvis De køber ind hvad De mangler – sammen med betjenten. Men drik Dem ikke fuld, dét siger jeg Dem! Vi to får meget at tale om inden denne dag er til ende, og De skal kunne svare fornuftigt! –

Jeg var ikke i tvivl om, han havde ret. Vi ville få meget at tale om.

Jeg var mere i tvivl om de fornuftige svar. Ikke mindst om hvor jeg skulle *få* dem fra.

50

I mellemtiden var der intet at gøre.

Jeg gik ud fra Billes forretning med en af Ehlers' to betjente under armen. Det var utroligt så mange mænd jeg var blevet kærlige med inden for de sidste timers tid.

Fornemmelsen var klaustrofobisk, fornemmelsen af ikke at kunne svinge med sine arme når lysten var inde, fornemmelsen af ikke at kunne standse op og tænde en cigaret uden at have adviseret sin partner, fornemmelsen af at hvis man i kådhed hoppede over et enkelt trappetrin ville det være at opfatte som et undvigelses-forsøg. Sådan må siamesiske tvillinger have det.

De første ti meter ned ad Absalonsgade var jeg rasende som en baby med påtvungen barnepasser. Ved den femtende meter begyndte jeg at le indvendigt som en baby der sér mulighederne i sådan én. Ved den tyvende, sådan ca., fandt jeg ud af at man ikke har *så* megen morskab i livet at der er grund til at give afkald på den der melder sig af sig selv.

Jeg bestemte mig til at gå på indkøb med betjenten.

Før vi rundede hjørnet til Istedgade spurgte jeg denne unge, lyshårede, skægløse herre om hans navn. Et øjeblik så han ud som om han røbede en embeds-hemmelighed, så indrømmede han han hed Schmidt.

– Har De også et fornavn, Schmidt? spurgte jeg imødekommende og interesseret.

– Steffen Schmidt, sagde han kort.

– Aha, svarede jeg: – Altså Steffen Schmidt Schmidt?

– Kun ét Schmidt, svarede han gnavent.

– Undskyld, jeg misforstod Dem. Jeg må lige gøre et par indkøb. De husker, politiinspektør Ehlers gav sin tilladelse til det. –

– Jo.

Vi drejede om hjørnet og kom ud for Istedgades Supermarked. Jeg pegede på det, og vi gik ind. Jeg tog en kurv. Han fulgte mig i hælene. Jeg så mig usædvanlig godt om dén dag. Jeg havde det som en mand der véd han skal i fængsel i morgen, og som derfor sér sygeligt grundigt på varerne i sit lokale supermarked. Normalt ville han bande over al det shit de fylder hylderne med og bane sig vej direkte frem til den disk der har dét han skal bruge, men nu da han i lang lang tid vil være ufrivilligt afskåret fra synet nyder han hver eneste detaille af supermarkedet. Mine øjne gled over dåseærter, dåsekarotter, dåseskinke, dåsetunge, med kærtegnende blikke til frysedisken hen over de pakker med is og frosne tærter jeg alligevel aldrig vil have rørt med en anden mands ildtang.

Jeg tror det tog mig en halv times tid at komme hen til kasseapparatet med en karton A-æg og seks dåser fadøl.

Schmidt og jeg ventede solidarisk side om side på at det blev vores, d.v.s. min tur til at betale.

I døren på vej ud mod fortovet sagde jeg forklarende til ham, som om vi var gamle venner der skulle spise en middag sammen:

– Nej, forstår du, jeg synes vi skal have *friske* rejer til omeletten! Dåserejer smager ikke af andet end blik, vel? –

Schmidt ønskede ikke at diskutere sagen.

Ude på gaden stod Magic. Magic står altid ét eller andet sted ude på gaden. Jeg hilste overstrømmende venligt, og Magic spurgte hvordan det gik. Jeg sagde det gik fint og præsenterede min *nære* ven Steffen, som jeg skulle spise til middag med.

– Er De interesseret i tankelæsning? spurgte Magic med et skarpt blik mod Schmidts uniform.

– Ikke særligt, sagde Steffen høfligt.

– Det forudsætter også man *tænker*, sagde Magic betydningsfuldt. – Det er vel noget, De sjældent er ude for i *Deres* arbejde?

Gamle artister som Magic *hader* altid politiet. Der er altid en strisser der har forhindret en forestilling for dem i Holstebro i 1943 eller i Mariager i 1958 ved at påpege at loftet er for lavt ifølge politivedtægten eller at der skal være én brandmand mere til stede (én brandmand netop svarende til artistens overskud) for at arrangementet er lovligt. Intet under Magic tog chancen og hævnede sig.

Schmidt svarede klogeligt intet, men så blot tålmodig ud.

Jeg svarede Magic at hans tillid til sine medmennesker gjorde ham ære, og derefter trak jeg Schmidt igennem Istedgades frugtforretning (for at købe et par ganske ligegyldige bananer, jeg aldrig nogen sinde havde tænkt mig at spise), slagterforretningen (for at få at vide, efter at have stået i kø bag fem kunder der gloede umådeholdent på Schmidts uniform, at de ikke solgte rejer, hvad der ikke kom som nogen overraskelse for mig), fiskeforretningen (efter rejerne), bagerforretningen (efter franskbrød, og på mit høflige spørgsmål om han foretrak surbrød svarede Schmidt intet, hvad der efterlod de øvrige kunder det indtryk at han var tvær og uhøflig), købmandsforretningen (efter et par flasker vand og lidt plastic-bestik) og tobakshandelen (efter cognac til ære for Bille. I dag kunne jeg ikke tænke mig at drikke whisky).

Da vi vendte tilbage til min beskedne bopæl efter en times nær-demokratisk shopping var Schmidt tvær og urimelig at samtale med.

– Hvor kommer De fra? spurgte jeg.

– Thisted, svarede han surt.

– Thisted? Smuk by. Dejlig by. Store Torv er et af de dejligste torve i Jylland. Og udsigten fra muséet og kirken ud over byen! –

– Synes De virkelig? spurgte han glad.

Jeg nænnede ikke at sige nej. Jeg skulle være sammen med ham indtil Ehlers kom tilbage fra Den Tyndes lig. Vi kunne lige så godt slappe af.

Jeg spurgte om han ikke kunne tænke sig en bid mad, og han svarede jo. Vi gik begge ud i mit beskedne køkken – han så sig høfligt interesseret om på uordenen – og jeg lagde an til min planlagte reje-omelet. Jeg varmede panden, slog æggene ud, piskede dem og iblandede krydderier mens jeg nippede til et glas cognac.

– Det er til ære for min ven, forklarede jeg. – Antikvarboghandleren var min ven, ham der skød sig. Han elskede cognac. Vil De ikke have et glas? –

– Nej, tak, sagde Schmidt.

Han så ikke ud som om han mente det.

Jeg piskede videre.

– Laver De altid mad selv? spurgte han så.

– Ikke altid. Gør De? –

– Min kone laver maden.

– Har De børn?

– To. En dreng og en pige.

– Hvor gamle er de?

– Fem og syv.

– Er De glad for dem?

– *Om* jeg er!

I ét øjeblik blussede hans ansigt op som en stor rød sol, hans muskler svulmede, han var helt sig selv og hævet over sin uniform og sin tjeneste. *Om* han var glad for sine børn!

Jeg lagde æggene på den varme pande og hældte rejerne på.

– Hvad med en øl til maden? Eller må De *heller ikke* dét? –

– Ja-a, når det er *til maden* . . .

– Dækker *De* bord? Der er service her.

– Jo-o . . .

I løbet af et halvt minut var han i gang med at stikke plastic-tallerkner, plastic-knive, plastic-gafler, plastic-glas og dåseøller sammen på et bord som om han var hjemme.

Da vi havde spist sagde han endda velopdragent tak for mad. Vi fik kaffe, og halvdelen af os fik cognac.

De næste to timer sad vi bomstille omkring kaffekanden og røg i min lejlighed. *Han* ventede med en urokkelighed som en pligttro lovens tjener. Også jeg ventede. Jeg gennemgik i mit hoved de talløse spørgsmål Ehlers kunne tænkes at ville stille mig og de nøjagtig lige så mange svar jeg i den anledning ville blive afkrævet.

Ind imellem så jeg på gulvtæppet. Som Schmidt sad dèr ved mit lille bord var hans venstre sko tæt ved at røre ved de 55.000 kr.

Jeg håbede han ikke var alt for følsom i sin venstre fod.

Røgskyerne lagde sig tættere. Vi blev begge matte.

– Det er en mærkelig sag, synes De ikke? spurgte jeg.

– Jo, sagde han. – Men jeg må ikke diskutere den med Dem! –

– Nå, sagde jeg. – Må De diskutere f.eks. musik med mig?

– Ja, sagde han, let tvivlende. – Men dét véd jeg ingenting om! –

– Har De noget imod jeg spiller lidt?

– Ikke spor.

Jeg satte en country & western-plade på – jo ældre jeg er blevet, jo større pris har jeg sat på denne smeltende stål-guitar musik, som jeg altid tog pis på da jeg var ung. Jeg plejer at hævde, at det kræver mindst to skilsmisser for for alvor at kunne værdsætte country & western.

Så sad vi dèr igen en times tid. Stuen var sort af røg. Gadelarmen kom ind imellem op som et svagt akkompagnement til musikken. Jeg nippede videre til cognac'en, men trods min træthed var jeg ganske klar. Jeg tænkte på Rosenbaum der vimsede rundt i sin stue, på Ole den nat på Capital da han havde spillet klaver, på Hanne den nat vi havde spillet på hinanden, på Barbara i går inde på redaktionen, på Den Tynde liggende på sit pæne tæppe med en tynd blodstrøm piblende frem fra hjertet, på Bille, død bag sine store stabler af bøger som kun kunne interessere ham og mig og halvtreds andre galninge i byen . . .

Jeg tænkte og tænkte. Imens sad betjent Schmidt fra Thisted fastfrosset, vagtsom og urørlig undtagen når han rørte sin kaffekop.

Formentlig var vi lige lettede da telefonen endelig ringede.

51

Jeg rejste mig for at tage den, da Schmidt – med en pludselig altbesejrende professionel energi – overlegent viftede mig væk.

– Hallo, sagde han med røret i hånd.

Der fulgte en kort pause. Jeg kunne ikke høre den anden ende af røret.

– Nej, lød så hans stemme, fast og bestemt. – Nej, De kan ikke tale med ham. De taler med politiassistent Schmidt, og *han* er under forvaring og har ikke tilladelse til at tale med nogen. –

Der var endnu en pause hvor modparten formulerede sig.

Schmidt svarede: – Det kan jeg ikke sige noget om. De må prøve senere eller ringe til politistationen på Halmtorvet senere i aften. –

Han ringede af, endnu mens der lød nogle svage kvidderlyde i røret. Kun på disse spage protesterende lyde, der holdt ud indtil røret blev lagt på, kunne jeg genkende Helles stemme. Sådan havde jeg hørt den ofte nok.

– Hvem var det? spurgte jeg.

– Det må jeg ikke oplyse, sagde Schmidt. Han sad og gjorde notater i en lille sort notesbog af den type man får for 2,85 kr. i Vesterbros Kontorforsyning. Jeg var ikke i tvivl om at han skrev: »20.55: Opringning fra . . . «

– Hør nu her, sagde jeg. – Jeg er da ikke arresteret, er jeg? –

– De er under forvaring, sagde Schmidt mens han klappede sin notesbog sammen og anbragte den sikkert i sin inderlomme.

– Tak, det var sødt af Dem. Vil De besvare min telefon for fremtiden?

– Indtil jeg får ordre om noget andet.

– Gør De aldrig andet end det De får ordre til?

– Ikke i min arbejdstid.

Vi satte os til kaffen igen, men den gode stemning var spoleret.

Da telefonen igen ringede lukkede jeg øjnene for at betyde Schmidt at han ikke skulle genere sig, og jeg havde slet ingen plads eller ret i denne lejlighed, det skyldtes udelukkende en beklagelig misforståelse mit navn stod på dørpladen. Igen sagde han neutralt: – Hallo.

Denne gang måtte stemmen i den modsatte ende være en mere mistænksom natur, for han blev straks tvunget til at præsentere sig.

– Politiassistent Schmidt. Nej, De kan ikke tale med ham. Han er under forvaring. –

Stemmen var åbenbart fræk og stillede flere spørgsmål, for straks efter sagde Schmidt:

– Det kan jeg ikke oplyse.

Atter et spørgsmål.

– Det tør jeg ikke sige.

Derefter blev røret knaldet på i øret på Schmidt. Der lød et skarpt klik, mens han stadig stod med sit rør i hånden og lignede en fortabt baby der har fået et stykke legetøj han ikke rigtig véd hvad han skal stille op med.

Langsomt og tøvende lagde han røret på og vendte tilbage til bordet og tobakstågerne.

Jeg havde stadig ikke åbnet øjnene. Jeg sagde intet.

Det varede kun tre drag på cigaretten og ét nip cognac før telefonen ringede igen. Denne gang var der ingen tvivl om, hvem det var. Fra første sekund Schmidt tog telefonen kunne jeg høre en på én gang rungende og skinger stemme indtage hele den stue vi sad i. Det var chefredaktør Otzens.

Otzen gav Schmidt den stemme og den diktion hans medarbejdere var vant til at høre ved møderne. Schmidt var ikke vant til den. Den var åbenbart værre end *hans* overordnedes.

Jeg kunne – til trods for Otzens energiske indsats – ikke høre det hele, men de enkelte ord der slap ud af røret var nok. Blandt dem jeg opfattede var »uhyrlige misgreb«, »knægtelse af ytringsfriheden«, »forfølgelse af enkeltpersoner«, »politiets uduelighed«, »mangel på elementær fornuft«, »henvendelse til højere instanser« og »juridisk efterspil«.

Det gjorde sit indtryk på Schmidt. Han havde næppe fået ét ord indført, og da han satte sig tilbage var han kendeligt bleg. Han så ud som om der var noget han gerne ville sige, men han *måtte* ikke.

Imens regnede jeg ud – med hjælp af endnu en kop kaffe og en loyal cigaret – at når Otzen ringede nu og spillede løve, måtte det være fordi det var Barbara der havde ringet før og ringet af. Barbara var sine venners ven, og Otzen var sine (selv forhenværende) medarbejderes beskytter og i øvrigt politihader om en hals siden han selv for tredive år siden havde fået en spritkørsels-dom han betragtede som Danmarkshistoriens største justitsmord og ofte holdt belærende foredrag om i kantinen. Det skyldtes ikke mindst Otzens datidige dom, at Bladet var så fordomsfrit stillet over for domstolene og retfærdigheden i Danmark og som det eneste dagblad gik ind for at »sætte myndighedernes metoder under debat«.

Telefonen ringede igen, og denne gang kunne jeg høre på Schmidt han léd mange gange værre end de forrige gange. Hvert af hans svar endte med »hr. sagfører«. Som jeg hørte dem i min stol med musikken i baggrunden lød de noget i retning af dette:

– Ja, hr. sagfører. Korrekt, hr. sagfører.

– Nej, hr. sagfører. Tilbageholdt som vidne.

– Nej, hr. sagfører, ingen anklage.

– Nej, hr. sagfører. Værs'go', hr. sagfører! –

Og derpå rakte han *mig* røret.

– Jeg troede ikke jeg måtte tale med nogen? sagde jeg.

– Det er Deres sagfører, sagde han.

Det var selvfølgelig Bladets sagfører (Otzen var hurtig i aftrækket) der allerede planlagde at indgive en protest mod politiet for forstyrrelse af pressens arbejde for folkeoplysningen og som tilbød at være til stede under afhøringen for at yde juridisk assistance.

Det var svært at blive af med ham. Jeg noterede hans nummer ned og lovede jeg ville ringe så snart en afhøring var berammet. – Men, sagde jeg, – De véd hvor lang tid der kan gå. Det er jo et yndet trick hos politiet bare at lade vidner vente og vente. –

Da jeg lagde røret på var stemningen i stuen meget spændt. Schmidt skulede. Jeg håbede han ikke skulede så meget, at han bemærkede gulvtæppets buler.

Det havde han endnu ikke gjort, da den næste opringning kom. Da var klokken 22:00, og det var Ehlers der bad ham bringe mig til afhøring – oplyste han for én gangs skyld frivilligst og venligst.

Vi gik i tavshed.

52

– Deres ven boghandleren var et mandfolk!

Det var det første politiinspektør Ehlers sagde til mig efter jeg havde taget min sædvanlige plads i hans tortur-stol og Schmidt var forsvundet.

– Jeg er enig med Dem.

– Vil De læse hans brev?

– Jeg troede det var beslaglagt som bevis-materiale.

– Det *er* undersøgt. Der er kun *hans* fingeraftryk på selve brevet, og hans og Deres på kuverten. Værs'go'! –

Han rakte mig det. Nedenunder Billes navn og adresse og datoen stod der:

For at spare politimyndighederne unødige problemer skal undertegnede herved erklære:

at jeg dags dato kl. ca. 10:00 har dræbt eller »myrdet« direktør Victor Valentin, kaldet »Den Tynde«, i hans hjem, Søbakkevej 14, 2800 Lyngby, ved to skud i brystet med min revolver, hvortil jeg besidder våbentilladelse PB 283614 –

og *at* jeg derefter har taget mit eget liv med ét skud i brystet med samme pistol. Eller rettere: Jeg vil have gjort det, når De modtager dette brev, som jeg beder en kunde overbringe Dem under påskud af at jeg er halt.

Jeg er – skrevet af hensyn til Deres psykiatere – i besiddelse af min fulde fornuft og samtlige mine sanser. Jeg tør sige, jeg har befriet denne by for et skadedyr, og at det er sket frivilligt og forsætligt.

Da loven ikke har mulighed for at ramme mennesker som Victor Valentin må enkelte borgere gøre det – og tage konsekvenserne af det.

Disse linier for ikke at efterlade unødig uorden bag mig. De vil formentlig finde revolveren for min fod, og mit testamente og andre nødvendige papirer i den skrivebordsskuffe jeg sidder foran. Nøglen er i min lomme.

Brevet var underskrevet behørigt: *A. Th. Bille.*

Der var ikke meget at sige til dét.

– Hvornår kom De ned til ham? spurgte Ehlers uden overgang.

– Åh, ved elleve-tiden tror jeg – svarede jeg vagt.

– Jeg tror ikke rigtigt på det, sagde Ehlers. – Jeg har stadig væk på fornemmelsen De véd mere om det her end De vil ud med.

– Hvad skulle det være? spurgte jeg.

– Nej, hvad skulle dét mon være? gentog Ehlers sarkastisk. – Det er bare lidt ejendommeligt, så ofte De træffer på mordere og selvmordere og lig inden for den sidste uges tid. –

– Jeg har en broget bekendtskabskreds, sagde jeg.

– Det sér sådan ud, svarede Ehlers. – Men De er fri indtil videre. Mordet er tilstået, fingeraftrykseksperterne kan kun finde Billes fingre på revolveren, våbeneksperterne siger at det er den samme revolver der har dræbt Hajen og Bille, og hans testamente ligger hvor han siger i brevet. Véd De hvordan han disponerer over sine midler? –

– Nej, sagde jeg. Jeg syntes det lød klogest.

– De går alle sammen til Hjemmet for Enlige Mænd!

– Smukt.

– Tja-a . . .

Ehlers drævede. Jeg så op på ham og så hvor træt han var. Kinderne var indsunkne, huden gullig, øjnene blyagtige. Dén mand trængte til et par ugers søvn.

Men han flammede stadig væk et sted i kroppen. Han *kunne* ikke være officiel og holde sin kæft.

– Sikken sag! sagde han. – Og Deres blad, som altid har hakket på politiet, kan De nu sé hvilke vilkår vi har? Det er sådan sagerne er, og ikke som Deres referater og krav altid fremstiller dem – ikke klare og stringente, men forvirring og vanvid! –

– En gammel mand bliver myrdet, fortsatte han flydende, – og man søger i alle retninger. Så bliver hans ovenbo myrdet, og der er tilsyneladende ingen anden forbindelse mellem de to mord end at de bor i samme hus. Men så dør den ene beboer ovenover igen, vi opdager huset er en central for narkotika og sandsynligvis spritsmugling – uden at vi kan bevise noget – og endnu en beboer bliver myrdet, endda i toget, tilmed efter at have opholdt sig under politiets beskyttelse!

– Og selv om vi ikke har gnist af idé om hvem morderen er, selv om vi ikke kender den hånd der har skudt disse mennesker, så véd vi næsten sikkert at de alle på den ene eller den anden måde, på et højere eller lavere trin, har arbejdet inden for en bestemt gangster-sammenslutning der ledes af bagmanden Victor Valentin, som vi endnu aldrig har kunnet sætte fast for noget.

– Og det værste er at alt er så forbandet fordømt usikkert. Vi véd alt, men vi véd ingenting om hvad det er der pludselig har fået det hele til at fungere som en brandbombe. De kan have solgt deres varer i månedsvis derfra, de har givet haft stærkt samarbejde mellem mordhuset, hotellet og caféen i stuen. Men nu er caféen lukket, hotellet kan ikke fældes, og alle dækker hinanden så intet kan bevises mod nogen. Måske finder vi ved et held ud af, *hvem* af Hajens gangstere der skød ofrene – om ti år, når han sidder i cellen og snakker over sig til en snaksom medfange der giver os et tip. Måske kommer en dag én eller anden og angiver ham eller dem for at hævne sig i en helt syvende forbindelse. Måske får vi det aldrig at vide, og så må vi leve med den viden, at en firdobbelt morder går omkring i byen og er parat til at starte arbejdet igen næste gang han finder en sponsor. –

– Men den *virkelige* morder er da Den Tynde, sagde jeg.

– »Den *virkelige* morder« er et fantom, sagde Ehlers. – Den virkeligt virkelige morder er dén person hvis finger krummede sig om aftrækkeren på revolveren i de fire tilfælde, og ikke dén der bad ham gøre det. Selvfølgelig er det en professionel lejemorder. Fanden til måde at tjene penge på! –

Jeg gav ham helt ret.

– Men *hvorfor*? blev Ehlers ved, som om han havde speed-delirium. – Hvorfor? Noget må have sivet ud, eller *de* må have troet noget var sivet ud. Først Christensen, måske har han sét noget eller villet sige noget – så Rosenbaum. Og så de unge, bare på mistanke om at de *kunne* sige noget! Den slags er ubarmhjertigt, det er vanvid når først det bryder løs. Jeg har kun oplevet det på dén måde én gang før. Det var i '69 ...

Hans hoved sank ned et øjeblik men så genvandt han selvkontrollen og fortsatte:

– Nå, ligemeget med det. Dén slags er som hundegalskab, pludselig bryder det ud og dagen efter er alle ved at udradere hinanden. Alle mistænker hinanden for at være spioner, ingen tør stole på andre end sig selv. Og så fjerner de hinanden efter ordre fra toppen ...

– Ja, tilføjede jeg: – Og om en måned eller to begynder de bare forfra et andet sted.

Ehlers nikkede samtykkende og så fjern ud.

Det var mørkblåt udenfor, og luften var sikkert frisk og regnrenset.

– Ikke for dét, sagde Ehlers efter en pause – Manuel er sikkert taknemmelig i dag. Nu er *han* chef. Sandsynligvis sidder han i øjeblikket og planlægger den nye narko-central med et par af underhøvdingene mens han sér godt efter hvem han kan forestille sig som *sin* Manuel ... Manuel Thomsen vinder meget ved Valentins død. –

– Det gør konen vel også?

– Fru Veronica? Ja, hun arver hus og bankbog og nogle ejendomme. Hun skal nok klare sig. Men jeg tror, Oberst Manuel i længden tjener mere ved dette – ejerskifte.

– Og mellem os sagt, jeg ville virkelig ønske vi kunne hænge *ham* op på mordet på Hajen. Det ville kun være retfærdigt. Men det kan vi ikke, for boghandleren har tilstået klart og ligefremt. Boghandleren er morderen, basta! og boghandleren er død. Det er det hele. –

– Og nu vil jeg gå hjem. Jeg er træt. De bliver nok nødt til at møde til forhør og afgive et par rapporter en af dagene, men jeg skal ringe til Dem. De har ikke fået nyt arbejde? –

– Nej.

– De kunne jo overtage antikvariatet.

– Tja-a ... Det er vist ikke lige ...

Jeg var ved at gå ud, da Ehlers bjæffede en sidste hilsen efter mig.

– Véd De hvad, sagde han, – når man skal arbejde med sådan en sag, »inden for lovens rammer«, så får man sgu sympati for den form for retfærdighed visse boghandlere udøver i deres fritid! –

Det var omkring midnat da jeg kom ud. Det *var* helt frisk og renset. Og en stor rund vibrerende Fuldmåne dinglede drillende over Halmtorvet som om den ville demonstrere, at visse legemer var mindre dødelige end andre.

53

Måske var det luften, måske Fuldmånen, måske bare en udløsning oven på den sidste uge.

I hvert fald: Da jeg havde drevet rundt med hænderne i lommerne et kvarters tid, frem og tilbage ad Halmtorvet, og stirret på ludderne der tog opstilling rundt omkring i hotel-entréerne og dørportene og på deres kunder der kom kørende i bil og stod af et lille stykke fra for at komme spadserende hen til dem og foretage deres valg, da jeg havde drysset lidt op og ned ad den stjerneklare nats gader og sét et par selskaber og et par vægtere daske forbi mig og hørt larmen fra en halv snes lejligheder hvor man fejrede fester med høj grammofonmusik og rablende råb – så var der noget der greb mig.

Jeg skal ikke hævde det var noget Højere. Det var måske snarere samme reaktion som man siger gamle cirkusheste har så såre de hører en trompet-tone. Det var *nu* det pludselig kunne mærkes i hele min krop at jeg var journalist.

Grønthandlere og bagere lå og sov nu, for deres job begyndte tidligt om morgenen. Ludderne gik rundt og trak nu, for deres job havde sine bedste timer. Musikerne rundt omkring var i gang med det tredje og sidste sæt og sikkert helt i stødet.

Og journalisterne – journalisterne var ved at aftale deres stof for at sætte sig til maskinen før de sidste deadlines.

Jeg rakte en arm ud i luften, og ét minut efter stod der en Isted-Bil lige ved siden af mig. Én eller anden bad den om at køre ind på Bladet. Én eller anden betalte chaufføren og gik direkte op til redaktionssekretariatet og gav dem et par antydninger om en solo-historie om en kendt bagmands død ved revolverskud. Én eller anden hævdede som den eneste journalist i byen at kende morderen der til gengæld havde begået selvmord.

Redaktionssekretær Michelsen så først ud, som om han mente jeg var fuld. Så tøede han gradvis op. Efter et par minutter ringede han til Otzen for at høre hans mening.

Fem minutter efter var Otzen der.

– Dynamit! erklærede han omgående. – Dynamit! Tag en cigar, min dreng – vil du ikke have en whisky?

– Jo, tak. Og lidt kaffe.

– Hent kaffe straks! råbte Otzen efter budet. Hvis jeg i dét sekund havde bedt om tør fransk champagne havde Otzen fået det sendt pr. taxi fra en løssluppen natklub.

Jeg stod og svajede frem og tilbage. Det var mange nætters mareridt der sad i benene på mig. Redaktionssekretariatet flød lidt ud for mig, men det har det nu altid gjort, det er en del af redaktionssekretariaters natur.

Efter kaffen fik jeg et kontor og en skrivemaskine. Som en blind mand, så træt var jeg, famlede jeg mig hen over tastaturet for at fortælle hvad der var sket.

Mens mørket lagde sig tæt over byen sad jeg dèr og hakkede i brættet med udsigt til en baggård hvor lastbilerne ustandselig kom retur med gårsdagens ikke solgte aviser, og jeg blev helt klar over, at også jeg var en ludder – en ludder, på samme måde som politi-ludderne og gangster-ludderne, en journalist-ludder. Jeg prøvede at sé sådan på det, at jeg alligevel mere var *historiens* ludder end Bladets ludder.

Et par gange sortnede det for øjnene, jeg fik en gyngende uvirkelig fornemmelse i mellemgulvet, som om jeg var en art forsøgsdyr for ubekendte kemiske kræfter, men hver gang koncentrerede jeg mig om dét jeg havde sét: De to døde mennesker, Ole og Bille.

Sjældent har et skrivebord stået så knivskarpt for mig. Hver eneste detalje lyste med en sygelig sjælfyldt glans: cigaretpakken, askebægeret, kaffekoppen, papirarkene. Jeg vidste ikke hvem jeg var og hvor jeg var henne. Jeg havde mistet enhver forbindelse med fornuften.

Udover én ting: Jeg vidste jeg skulle aflevere min historie kl. 3:00.

Det lykkedes. Jeg flåede den sidste side ud af skrivemaskinen, gik ind i redaktionssekretariatet igen – nu, hvor det næsten var forladt og halvdelen af de skarpe gule lamper var slukket og alle askebægrene overfyldte – og afleverede sagen til Michelsen der udelukkende havde siddet og ventet på dén, som om han ikke havde kone og fire børn.

Han gryntede bare.

Tre minutter efter var jeg ude i luften igen med en befriende fornemmelse af at være undsluppet et morderisk mareridt. Jeg stod i ti minutter og indåndede bare luft, mens jeg betragtede de enkelte mennesker der endnu var ude i denne den mørkeste del af natten. De fleste så ud som om de var forfulgt af dæmoner. De fór frem og tilbage, tilsyneladende planløst, som insekter sét gennem et mikroskop, på deres veje til én eller anden form for midlertidig fred der om ikke andet så dog kunne få dem til at sove en time eller to før deres race begyndte forfra.

Psalmisterne har ret, tænkte jeg. Vi vandrer i Sjælens Mørke Nat, vi leder forgæves efter håb vi tror vi har og drømme vi omhyggeligt opdrætter, og vi er dømt til ustandselig at strejfe rundt for at finde hvad vi tror vi lever for.

I morgen kunne hver eneste af dem der nu flakkede rundt i byen på jagt efter et varmt værtshus eller en fristende favn være lige så døde og færdige af lige så idiotiske og meningsløse grunde som Christensen, Rosenbaum, Ole, Hanne, Den Tynde og Bille. I morgen kunne hver eneste af dem være kørt ned af en spritbilist der kom til at snitte deres taxi på hjemvejen. I morgen kunne hver eneste af dem opdage at lide af et håbløst kræfttilfælde og kun have tre uger igen.

Ind imellem disse menneskefigurer der blev sortere og sortere at sé på kørte deres biler som små dyttende legetøjsbure der bragte Bamse og Dukke Lise fra sted til sted med indbygget askebæger. Bilerne lignede alle sammen ligvogne, og trafiklysene glimtede med næsten overnaturlige farver.

Jeg tog lige hjem. Jeg følte end ikke trang til en drink.

54

Et halvt hundrede år efter vågnede jeg. Jeg var stadig mig selv, i besiddelse af samme og samtlige lemmer, anbragt i den samme lejlighed i det samme kvarter og tilsyneladende kun én nat ældre.

Det var som altid den kvikke lille telefon der havde vækket mig. Da jeg mumlede mit navn søvnigt ned i tragten forklarede tragten mig den hed Ehlers.

– Jeg har læst Deres historie, sagde han. – Udmærket, synes jeg. Meget *fair* sat op. Ja, det var bare det jeg ville sige. Måske sés vi ved lejlighed. Farvel igen. –

– Farvel, sagde jeg og sank tilbage på min madras. Men det var for sent. Ehlers *havde* uigenkaldeligt vækket mig. Med vildt protesterende skrig i kroppen iførte jeg mig et passende antal beklædningsgenstande og gik ned på gaden efter aviserne.

Forsiden og to sider inde i bladet. Billede og biografi af mig. I dagens anledning var jeg blevet til »vor fremtrædende medarbejder«. Naturligvis havde redaktionssekretæren skåret historien ned til det halve, men den fyldte godt alligevel.

Jeg fejrede det første stykke ærlige arbejde i længere tid med en kande kaffe og et par cigaretter *hjemme*.

Midt i anden kop ringede telefonen trofast endnu en gang. Det var Barbara der ønskede mig til lykke med historien – og med at være ude af sagen.

– Sés vi snart igen? spurgte hun.

– Jeg ringer til dig senere, svarede jeg. – Jeg er lige vågnet. Jeg har ikke fundet min hjerne endnu. –

Den næste der ringede var chefredaktør Otzen. Der lod til at være en sælsom spirituel sammenhæng mellem Barbaras og hans opringninger, den ene fulgte altid efter den anden.

Jeg var Otzens ven i dag. Han fortalte han havde givet ordre til at Bladet lod mig tilflyde en bonus – »lad os kalde det et *gratiale*« – på 15.000 kr. for en historie der havde sat alle øvrige aviser i skyggen for dén dag. Otzen var glad og taknemmelig og havde jo hele tiden vidst, at jeg nok skulle klare dén sag. Og nu mente han tiden var inde til at drøfte betingelserne for, at jeg vendte tilbage til Bladet som fastansat.

– Vi har brug for hinanden, rungede han med den stemme der var så bekendt fra redaktions- og bestyrelses-møderne på Bladet. – Kom hjem! –

Jeg forklarede ham at jeg var taknemmelig for den gode bonus, men jeg ønskede ikke nogen fast stilling.

– Tænk nu over det! sagde Otzen faderligt. – Og kik ind når De dropper forbi! De véd hvor værdsat De er her på Bladet! –

Jeg sagde tak og smed røret. 55.000 plus 15.000, nu havde jeg 70.000 kr., stort sét skattefrit.

Jeg greb min pung. Dén var til gengæld nået ned på 28 kr., så jeg kunne lige så godt tage hul på depotet med det samme.

Jeg lagde en blues-plade på grammofonen og fik en gammel tænderklaprende neger til at synge om hvor helvedes ondt han havde haft i hovedet da han var vågnet på gulvet i en hytte i Georgia en mandag morgen i 1935. Det satte mig ikke i hverken bedre eller værre humør. Jeg var tom i dag, helt tom. Der var ikke noget der spillede nogen større rolle, end ikke en beskidt holdbar blues.

Da telefonen ringede næste gang var det Helle der ikke syntes hun havde sét mig længe og ville høre hvordan det gik. Det var først da hun sagde »ikke sét længe« det gik op for mig, at denne uge var den første det sidste år hvor jeg ikke på *noget* tidspunkt var kommet vaklende hjem til hende.

Hun kunne høre hvor distræt jeg var – gennemskuet som sædvanlig – og vi talte om at tales ved som titusinder af mennesker gør hver eneste dag.

Da jeg havde lagt røret på havde jeg fornemmelsen af at have brændt fortidsbroerne af bag mig uden at kunne sé nogen som helst fremtidsbroer. Jeg tømte kaffekanden og så ud ad vinduet. Støvregnen var vendt tilbage, og gaderne lignede sig selv fra før alle mordene og alle razzia'erne. Regnfrakker og paraplyer blev båret frem og tilbage, og mange gjorde sig et ekstra ærinde ind på værtshusene med den fornyede regn som god undskyldning.

Jeg tog blues-negeren af pladetallerkenen, rullede en enkelt tudse ud fra pengebundtet, stak mine cigaretter i lommen, stoppede en rask pibe tjald og gik ud i byen.

Jeg gik bare. Jeg gik videre og videre i regnvejret. Det er – som før sagt – så beroligende at bevæge sine ben når éns nerver dirrer for meget.

55

Naturligvis endte jeg på de røde sæder i Stjernecaféen hvor jeg lod jukebox'en blafre mens jeg sad med halvt lukkede øjne og drak whisky i det fjerneste og mest diskrete hjørne. Frank Sinatra sang om hvordan han altid havde gjort det på *sin* måde, *My Way*, og jeg lo og græd på én gang. Det hele var som et spil, som at sé et krøllet blad fra regnskabsblokken morgenen efter en nats poker når spillene *er* spillet og regningerne betalt. Alt sér forvrænget ud under sådan en synsvinkel. Alt ligner en blanding af en stumfilmsfarce og en børnesang med en lallende og skingrende slutning.

Meningsløst helt igennem. Fire mennesker bliver myrdet. Fire mennesker, to gamle to unge, tre mænd og én kvinde, én jeg ikke kendte, én jeg havde hilst på, én jeg var ven med og én jeg havde været i seng med – alle tolv aflivet af en trettende, Den Tynde eller hans fjorten-femtende håndlanger. Og så ham aflivet af en ny mand på banen der havde aflivet sig selv for at få det hele til at gå op.

Det var en vanvittig dødedans. Det var muligvis en række »tilfælde«, men de var sket.

Det *var* sket.

Det var en uges mareridt og seks lig. Seks døgn, seks døde. Og så altså 70.000 kr. ned i fóret til mig.

Og intet havde ændret sig en brik. Endnu en uges tid ville der være lidt murren og forvirring rundt omkring, men så ville trippet køre videre. Nye folk ville transportere samme stoffer fra andre lofter til samme narkomaner, og den eneste forskel var Boss'ens navn. Om et par uger ville Sorte Manuel sandsynligvis hedde Den Sorte og blive omtalt som Den Sorte, og hvis det ikke var blevet Den Sorte, var det blevet Den Tykke eller Den Høje.

Der er altid én der er parat. »For de gamle der faldt / er der nye overalt.«

Og hvis det var mig – eller selv Jens – der var røget havde Bladet også fundet ud af det, og hvis Ehlers var røget havde han vel også en Sort Manuel til at erstatte sig.

Nobody's perfect, ingen er uundværlig – og alt er ét bundløst kaos.

Der er svagheder og sår og stinkende hemmeligheder alle vegne, forklarede jeg tålmodigt mig selv. Der er nogen der er døde, det er det hele. De dør hele tiden. Tænk dog på hvad der er sket i New York, San Francisco og Hong Kong mens denne uge er gået på Vesterbro som kun er en lille del af København!

Og under alle omstændigheder ville hele trippet køre uantastet videre. Hotellerne ville stadig åbne og støve hurtigt af før de endnu en gang udlejede de samme forhorede senge, ludderne ville trække op hver aften og stå parat med deres håndtasker og alfonserne i nærheden, pusherne ville luske sig rundt og tilbyde alt fra pakistanere til preludiner, spillerne ville jage fisk til senere afplyndring, bartenderne ville tørre glas af og lukke flasker op og lade klude svirpe over bordene med mellemrum, taxierne ville båtte, lyskurvene skifte, mennesker mødes – og aviserne udkomme hver dag.

Og Kurt og Magic og jeg selv og ti tusind andre med lige så tomme ansigter ville regelmæssigt møde hinanden på gaden og veksle et par ord med hinanden indtil det blev vores tur.

Hvis der havde været Chopin på jukebox'en havde jeg sikkert trykket den ind.

Hvad ville der mon ske for Veronica Wool, som jeg aldrig havde sét? Ville hun i virkeligheden være dybt taknemmelig, tage kassen og begynde forfra – finde en smuk ung kapelmester og prøve et come-back? Eller ville hun måske investere i ejendomme eller flytte til Spanien?

Hvad med Hannes forældre, det elskelige lærerpar i Vejle? Var *deres* liv nu sunket i grus?

Åh Gud, og sådan var det hvert sekund døgnet rundt alle vegne.

Måske var det derfor alle havde så travlt med ikke at blive rodet ind i det.

Men uansét hvem der døde: Nogle dørskilte ville blive byttet ud, nogle plader blive skiftet i jukebox'ene, et par stykker ville nu og da sidde og smågræde som jeg sad og smågræd – det var det hele.

Saxogade 28B stod sikkert allerede i aviserne under »Lejligheder udlejes«.

Én eller anden idiot proppede jukebox'en fuld af tyske schlagere og så tilfreds på sin store fuldbarmede enormttandede veninde da den første tone af soft-icen flød ud.

Jeg røg en langsom pibe og tænkte pludselig – af alt og alle – på den mørkhårede Gitte Bristol, advokat.

Hendes ansigt begyndte at svæve tværs igennem lokalet samtidig med at Elvis tog fat på den uopslidelige *Are You Lonesome Tonight?* og jeg så hendes øjne i spillemaskinernes rastløse rysten.

Jeg var lige ved at ringe til hende, men så tænkte jeg det nok var klogere at vente.

Måske kunne jeg bede *hende* anbringe nogle af mine sparepenge i sikre og stabile papirer.

Dén idé lo jeg meget af, helt alene.

Jeg sad meget længe næsten ubevægeligt på Stjernecaféen, indtil jeg mærkede midnattens kølige luft komme ind ad døren. Så gik jeg op til mig selv. Jeg ville gå i seng, og jeg håbede at ingen ville vække mig i nat.

Og da jeg tænkte »vække« blev jeg med ét lysvågen og huskede på ny den opringning der havde vækket mig en sen nat og foreslået mig at komme over til Saxogade 28B. Hvem havde dén været fra, den der havde startet hele denne maskine? Hvem var det der for en uge siden havde sagt: »Kom straks over ... i Saxogade ... 28B ...«?

Jeg vidste det ikke. Sådan er livet. Måske ville jeg aldrig få det at vide. Måske var det aldrig foregået i virkeligheden. Måske havde jeg bare drømt dét med.

Jeg håbede ingen ville vække mig i nat.

Og jeg håbede, at jeg måske en dag ville kunne sé tilbage på det hele og tænke, at det var da meget interessant.